Another side of 辻村深月

角川書店

目次

論考

カバー・中面イラスト／佐伯佳美
ブックデザイン／原田郁麻

特別対談

×宮部みゆき

作家の眼差し

辻村さんがデビュー前から敬愛する宮部みゆきさん。
記念すべき初対談の話題は作品論、
作家論と多岐にわたりました。

構成／瀧井朝世　写真／干川修

辻村　本日はありがとうございます。宮部さんとは何度もお会いしているのですが、きちんと対談でお話ししたことはなくて、今回お受けいただけてとても嬉しかったです。

宮部　私も今日はワクワクしています。お会いする前から辻村さんの作品はデビュー作から読んでいたんですけれど、共通の担当さんから、辻村さんが私の本をたくさん読んでくださっていると聞いていたんです。それで逆に「対談しましょう」と言いづらくなってしまって。会って私が何も考えていないパッパラパーだってばれたら、きっとがっかりされるだろうから（笑）。でも、もうばれてもいいかなと思って。

辻村　そんなそんな！（笑）。私の方こそ憧れが強すぎて、もっと前に対談の機会があったら、かしこまってしまって何も喋れなかったと思います。私、大学一年の頃に『理由』が刊行されて、八重洲ブックセンターのサイン会に行っているんです。長い列に並んで、自分の番になった時は頭が真白になりました。

宮部　わあ、そうだったの。最初にちゃんとお会いしたのは辻村さんが『ツナグ』で吉川英治文学新人賞に決まられて、受賞者と選考委員がちょっとだけ顔を合わせた時でしたね。私、『ツナグ』は一話目からボロボロ泣いちゃって。これを推そうと思って選考会に行ったら、いきなり満票で決定でした。

辻村　嬉しい。泣きそうです。

宮部　『ツナグ』を書いた時、ご自身でも喪失体験とかがあったのですか？

辻村　ありませんでした。自分が会いたい故人に心当たりのない、フラットな状態だからこそ挑めた小説だった気がしています。続篇の『ツナグ　想い人の心得』が出た時には、『ツナグ』の担当編集者だった木村由花さんをはじめ、何人かツナグを通じてお会いしたい人がいる状態になっていたので、また違う書き方になりました。刊行時、宮部さんは書評を書いてくださいましたよね。

宮部　このシリーズの肝は「死がすべてを無に帰すわけではない」ということだ、などと書かせていただきました。

辻村　宮部さんの三島屋のシリーズを読むと、死がすべてを無にするわけではないということや、現世側からあちらをのぞき込むだけじゃなくて、向こう側からものぞかれているんだということを強く感じるんです。他ならぬその宮部さんに書評でそう書いていただけたことはとても光栄でした。

宮部　本が出た時、由花ちゃんが「ひとつもふたつもジャンプアップした作品です」と言ってあの本をくださったの。

辻村　そうだったんですか……。『ツナグ』で受賞する前、『ゼロ、ハチ、ゼロ、ナナ。』も吉川新人賞の候補になりました。私は普段、自分がノミネートされた

×宮部みゆき

作家の眼差し

時の選評は読まないようにしていたんですが、編集者に「今回の宮部さんの選評だけは読んでほしいです」と言われたんです。宮部さんが〈物書きはなぜ他人の不幸を書くのかと対峙している〉、ミステリーにしないほうがよかったのではという声もあったけれど〈果敢にトリプルアクセルに挑んだ辻村さんに拍手を贈りたいと思います〉と書いてくださっていて。自分でもなぜあの小説を書いたのか言語化できなかった部分を示してくださった上で、失敗してもいいから跳びたかった私の気持ちを汲んでくださったのだと、とても励まされました。

宮部　それはよかった。『ゼロ、ハチ、ゼロ、ナナ。』は好きな作品で今でも時々読み返すんです。カラオケでね、よく歌う歌があるんです。「おろち」っていう、楳図かずおさんの傑作漫画が実写映画になった作品があって、それの最後に流れる、柴田淳さんが歌っている「愛をする人」って歌なんですよ。もちろん映画「おろち」のために書かれた歌なんだけど、私、はじめてその歌を聴いた時から、これは『ゼロ、ハチ、ゼロ、ナナ。』の歌だと思っています。ぜひ聴いてみてください。

辻村　聴きます！

宮部　今日はいろいろおうかがいしたくて。最初にくだらないことを訊きます。京極夏彦さんから、辻村さんは怖いもの好きで、「放送禁止」って番組も全部見てるって聞いたことがあるんです。私は、実録風のものって怖くって、「ほんとにあった！呪いのビデオ」とかも一切見られないの。辻村さんはそんなにお好きなんですか。

辻村　「呪いのビデオ」のシリーズは、怪異はもちろん、それを追いかける側のドラマも面白くて、見ているとすごくアドレナリンが出ます。「呪われた心霊動画ＸＸＸ」とか「Ｎｏｔ Ｆｏｕｎｄ」のシリーズも好きです。

宮部　ホラーは昔からお好き？

辻村　はい。特に怪談やモキュメンタリーは、誰かの語りによる物語である点が大好きです。怪異に対して必ず誰かの主観が入るんですよね。その語り手が信用ならない時もあるといった部分も魅力的に思えます。

宮部　そっかあ。そりゃ辻村さんがホラー書くのも納得だよね（笑）。

辻村　宮部さんは、ご自身でも怪談を書かれているのに駄目なんですか。

宮部　私、写真とか映像で見るのは駄目なのね。怪談書きとしては「呪いのビデオ」はちょっと興味あるんだけど。今日、もうひとつおうかがいしたかったことがあって。アンソロジー『はじめての』でご一緒したでしょう？　私、気が小さいからネットのレビューはあまり見られないんだけれど、自分が関わった本が出た時は、刊行初日か二日目に一回だけ見るんです。そしたら『はじめての』に収録された辻村さんの「ユーレイ」を読んだ人が、「これは白辻村さんだ」とか「今回は黒辻村ではない」と書いていたんです。白と黒って何？　って思ったんだけど、そんなふうに言われることについて、なにか意識されているかなと思って。

辻村　読後感のいいもの悪いもので分けてくれているのかなと思うんですが、自分ではあまり意識はしていないんです。でも読者が自然とそう言ってくれるようになったことが嬉しいです。「この人には別の作風がある」という理解のもと、どちらの作風も尊重してもらえている気がして、著者としてはありがたく感じています。

宮部　同業者でなく読者の一人として、私だったら何で分けるか考えるのよね。『闇祓』は黒だよね。『嘘つきジェンガ』は詐欺師の話だから黒かと思うけれど、突き放していないから白かな。でも『本日は大安なり』は白っぽいけど、悲喜こもごものなかに人間の暗い部分も出てくるし……。読む側がそうやって考える楽しみってありますよね。

辻村　人によって白か黒かは違うかもしれませんね。

宮部　そういえば「ジェンガ」の三篇目は、覆面漫画家のなりすましの話ですよね。辻村さん、なりすましされたことありません？

辻村　今のところないんです。もし私の名前を騙(かた)ってサロンやっている人がいたら絶対受講しに行きたいです（笑）。

宮部　昔、まだパソコン通信という言葉が使われていた頃に、私のなりすましが出たことがあったんです。私はパソコンやってなかったんだけど、藤原伊織さんに「俺ニフティ見てんだけど、なりすまし出てるよ」と教えてもらってね。馳星周さんも、「意外とまともなこと言ってんだよ」って。結局その人がカミングアウトして「ごめんなさい」って終わらせてくれて、私は終始タッチしなかったんだけど。

宮部みゆき × 作家の眼差し

辻村　宮部さんを騙るなんてすごい！　どんなことが書いてあったんですか。

宮部　どうやってこの作品を書いたかとか、担当編集者とこんな話をしているとか、本当にまっとうなことを言ってたの。だから『嘘つきジェンガ』を読んだ時、それを思い出して、辻村さんも経験があるのかと思ったの。

辻村　私はたぶん、なりすましする側です（笑）。私がもしも作家になっていなくて、今も山梨で作家に憧れている状態だったら、きっと「宮部さんの作品は実は私がゴーストライターで書いている」とか言ってる気がする（笑）。それっぽく装うために巧妙に「『火車』や『ソロモンの偽証』は違うけど、三島屋のシリーズだけは私が任されているんだ」とか。すみません、今、ものすごく失礼なことを言っていますね、私。

宮部　ふふふ。

辻村　本当に、十代の頃から宮部さんの小説が大好きだったんです。当時、友達に誕生日プレゼントに『火車』のハードカバーをお願いして買ってもらったこともありました。

宮部さんの小説を読んでいると「これ私のことが書いてある」という瞬間もたくさんありました。高校生の時に『スナーク狩り』を読んでいたら、視点人物の一人が「世の中の人は良くも悪くも君にそんなに注目してないよ」と言われていて、その言葉にはっとしました。まだ自意識過剰って言葉も知らない頃にその言葉に触れたことで、自分の何かを言い当てられた気持ちになったんです。「良くも悪くも」という部分が響いて、すごく救われました。

宮部　そういう意味で私が高校生くらいの時に影響を受けたのは佐藤愛子さんでした。最初に読んだのは『女の学校』というエッセイでね。自分の抱えている暗い屈託を蹴散らしてくださるような内容でした。でも今聞いていて不思議に思ったのは、辻村さんも屈託のある女子高校生だったってこと？

辻村　屈託しかなかったです。

宮部　私は単純に、友達も多くて明るい高校生だったんだろうと思ってました。

辻村　友達が多くて明るかったらたぶん、小説家になっていないと思います（笑）。

宮部　私、普段は主人公を作者に当てて読むことはしないんだけれど、『オーダーメイド殺人クラブ』を読んだ時は、辻村さんもヒロインと同じような学生だったのかなと思ったの。イケてる仲間と一緒にいるけれども、彼女たちと心情を等しくしているわけじゃないっていう。とてもビビッドな学生小説だったので、そう思ったんです。

辻村　私はイケてる子たちの顔色を見て

しまう存在でした。仲良くしたいけど、そういう部分が見抜かれていて、「なんか真面目でつまらない」みたいに言われちゃう感じというか……。

その頃から一番好きな作家が綾辻さんと宮部さんでした。私が学生の時に、おふたりが推理作家協会賞を同時受賞されたんですよね。どちらかが数時間早い最年少で。

宮部 綾辻さんと私、誕生日が一緒だからね。

辻村 十代の時に大好きでスターだった人たちが今もスターで格好よくて、同じ業界にいることがすごく幸せです。

宮部 私も出てきたばかりの頃、憧れていた作家に会えたりすると、幸せな気持ちを噛みしめましたね。はじめて行ったパーティは推理作家協会賞のパーティで、受賞された小池真理子さんがラベンダー色の素敵なワンピースをお召しになって壇上でお話してらしたのが、光り輝いて見えたのね。後年小池さんに「あの時こういうワンピース着てらしたんですよね」と言ったら「なんでそんなこと憶えているの、本人が忘れてたわよ」って(笑)。私にとってあの日は、自分はこの業界の一員になったんだと噛みしめた日だったんです、とお伝えしました。みんな、そういうことを、バトンタッチしていくんでしょうね。

辻村 私が何度か賞にノミネートされていた頃、編集者に「宮部さんが、若手の作家たちに焦らなくていいって伝えてあげて、と言っています」と言われたんです。でもその時は、今回書いた以上のものなんて書けないし、自分には今しかないのに、という気持ちがどうしてもあった。だけど、今、四十代になって、言ってくださったことの意味がすごくよくわかるんです。当時の自分が焦っていたとようやく認められるようにもなったし、そのうえで宮部さんがかけてくださっていた言葉にものすごく感謝しました。今日は宮部さんは二十代から四十代にかけて、どういうお気持ちだったのかもうかがいたいです。

宮部 私は二十七歳で出てきましたけれど、出版界全体がものすごく豊かで、の

んきに見守ってくれてたんですよね。その頃は赤川次郎さん、内田康夫さん、西村京太郎さんがミステリー界の九割の富を稼いでくださって、私みたいなぺーぺーの作家を食べさせてくれていたんです。「いつか自分があの立場になって恩返ししようと思いながら今は食わせてもらって、とにかくどんどん書け」って言われていました。今はそういう状況じゃないですよね。デビューできたらすぐ結果を出さなきゃならなくて、しかも競争は激しい。だから当時の私のことはあまり参考にならないと思うんだけど。

辻村　実際、どんどんお書きになって。

宮部　無我夢中だったから、あんまり憶えていないの。ちょっと前に荷物を整理していたら昔のカレンダーが出てきて、書き込みを見たら「えーっ」ってなるくらい、ものすごく仕事してたの。だから今、書き盛りの辻村さんたちを見ると、輝いているなって思うと同時に、今はオーバーワーク気味になっていても自分では気づかないくらい忙しい時なんだろうなとも思うのね。本当に睡眠時間削って書くことがあるだろうから、それだけは心配。

辻村　ありがとうございます。前に私が「十年後二十年後に『ソロモンの偽証』みたいなものを書ける作家になりたいです」とお伝えしたら、「もう明日から書いちゃっていいのよ」っておっしゃいましたよね。

　ただ、私は『蒲生邸事件』を最初に読んだ時、どのような書き方をされたのかまったくわからなかったんです。でも、数年おきに読み返すなかでちょっとずつ、この部分はこういう書き方なのかなと思えるようになってきて、そうなると同時に、なんてすごいことをしているんだ、と宮部さんがより遠ざかる感じもあります。

宮部　私、去年、歯を抜くために三泊四日で入院したりコロナに感染したりして、完全に元気になるまで二カ月くらい開店休業状態だったのね。そうしたら小説の書き方を忘れちゃったの。それで自分が昔書いたものを読んだら、これどうやって書いたんだろう、って。まったくわからないの（笑）。

　でもね、ある集まりで、大活躍されているノンフィクション作家の方と話していたら、「昔自分が書いたものを今読むと、どうやって書いたのかわからない」とおっしゃっていて、私だけじゃないんだと思って心強かった。だから大丈夫、辻村さんも明日から書いちゃっていいの。私なんかはこれからはいかに隠居としていいものを書くかが課題だけど、辻村さんはこれからさらにパワーアップして、この時代を背負っていかなくちゃならな

い。そのプレッシャーもあると思うけれど。

辻村　宮部さんはわりと、ご自身のことを今は現役ではないふうにおっしゃいますよね。それがすごく衝撃的です。『ツナグ』の担当編集者だった木村由花さんが亡くなった時、お葬式に行って出棺を見送った後、呆然と立っていたら、宮部さんがすっと来て、「可哀相に可哀相に」って言ってくださったんですよね。「自分は幸いにして現役の時に担当編集者を亡くすことはなかったけれど、あなたにはそれが起きてしまった」と言ってくださって、それを聞いて宮部さんに抱きついて泣いたのを憶えています。

宮部　辻村さんにとって由花ちゃんは自分を育ててくれた人だと思うんだけど、私はそういう人を喪うことがなかったんです。あの時は辻村さんはどんなに心細いだろう、由花ちゃんもどんなに無念だっただろうと思ったら、本当に涙が止まらなくて。

辻村　その時はすごく泣いたけど、帰りのバスのなかで、ふと「宮部さんは自分は今現役だと思っていないのだろうか」って思ったんです。今もあんなにすごいものをたくさん書かれているのに一体どういうことだ!?　って。

宮部　そうね（笑）。震災のちょっと前くらいから「もう私は隠居よ」と言い出してたかな。それはあながち韜晦してるわけじゃなくて、昔書いたものを今読むと、これは今の筋力では書けないって思うの。私達ってアスリートと一緒で、どんなに鍛えていても衰えてくる。衰えてきた時に、違う見せ方ができるかどうかが勝負なんですよね。スピードが落ちたなりに、時速70㎞くらいのよろよろしたカーブで三振がとれるピッチャーになりたい、と考えるようになった、ということです。

辻村　私はこの先、下の世代に対して、宮部さんが私たちを見守ってくださっているようなことが、できるだろうかと最近よく考えます。

宮部　今年から小説すばる新人賞の選考委員を一緒にやりますよね。レベルが高いから楽しいですよ。新しいものを読ませてもらうのは純粋に読者として嬉しいです。

辻村　宮部さんはいつも、書き手のことを思いやった選評を書いてくださる。それが私の指針になっています。下の世代といえば、今、長く担当してくださった同年代の編集者が管理職になったりして現場を離れ、若い世代の担当者が多くなっていて。新任の担当編集者に「中学生の時から読んでました」とか言われると、打ち合わせで自分のちょっと黒いところとかを出してしまうとがっかりさせてしまうかも、と思ったりします（笑）。

宮部　私は新しい担当者に「中学生の頃から読んでました」とか言われたら、「私のこと凄いと思っている？　凄くないからね。ふたつ連載していると登場人物の名前を混同しちゃうし、ひと月の間に三回満月書いたりするからね」って言ってます。それと、「最初に原稿を読んだ時に、ちゃんと面白くないところを探して言ってね。〝面白いです〟だけだと、あなたを信用できなくなっちゃうから」ってお願いしています。

ある時期から、もう誰も自分に本音を言ってくれないんじゃないかっていう恐怖が生まれるんですよね。だから、同じ事務所にいるよしみで、京極さんには「私が手抜きの仕事してるって思ったら言ってね」ってお願いしてあるんですよ。

辻村　ああ、私、手を抜くというか、自分が得意なことだけするようになってしまわないかという心配があるんです。

宮部　私も同じような不安感をおぼえたことがあります。ベテラン編集者に「これからは宮部さんらしいものを書いてくれ」って言われて、「それって轍（わだち）にはまっていくことですよね」って訊いたのね。その時言われたことをそっくりそのまま言います。「自分が轍にはまるかもしれないって思ってる人ははまらないから大丈夫」。そういうことを考える人は基本的に真面目に創作が好きな人だから大丈夫、と言ってもらいました。

辻村　わあ！　今、ものすごく勇気をもらいました。

宮部　辻村さんは近年出した『闇祓』と『噓つきジェンガ』も全然カラーが違いますよね。同じことやってるわけじゃないでしょう？　それに辻村さんは自分が持っていた屈託を忘れずにちゃんと摑んで書いている。すごく立派だと思います。

辻村　『噓つきジェンガ』はどれも最後に希望がある話になりましたが、『鍵のない夢を見る』の時のような突き放した書き方に憧れるような気持ちもあるんです。もうあんな書き方はできないのかなって。

宮部　自分の中で新しい芽が伸びてきて、もう一度非情な自分になりたい機運がきたらためらわず書けるはず。今は沈静化しているマグマみたいなものが自分の中にあるんですよ。私の場合、それがなくなった時に自分がもう現役じゃなくなったなと思ったんですよね。

辻村　でも今もずっと、すごい作品を書かれていますよね。

宮部　ぬるい温泉が出るくらいのマグマはあるんだけど、ボコボコしていつ噴火するかわからないっていう感じではないかな。

辻村　私も『ゼロ、ハチ、ゼロ、ナナ。』はマグマのただなかで書いた気がします。でも大人になったり親になったりするうちに、書き方が変わっていくことが怖くもあるんです。

宮部　人間って経験しないとわからないこともあるし、経験しちゃうとわかったようなつもりになってよく見えなくなることもある。でも、そういうことがあるから、小説はいろいろ書けるんだよな、と思う。

　辻村さんはこの先、家庭人としてもさまざまな社会的な役割を背負いながら作家としても活動なさるわけです。そうするといろんな目がついてきて、その眼差しが必然的に書くものを広げていく。これから辻村さんの世界はさらに豊かになりますよ。自信を持ってください。

辻村　なんて心強いお言葉！　今日は超豪華なカウンセリングを受けた気持ちです（笑）。ありがとうございました。

（2022年12月収録）

宮部みゆき

みやべ・みゆき

1960年生まれ。東京都出身。東京都立墨田川高校卒業。法律事務所等に勤務の後、87年「我らが隣人の犯罪」でオール讀物推理小説新人賞を受賞してデビュー。92年『龍は眠る』で日本推理作家協会賞長編部門、『本所深川ふしぎ草紙』で吉川英治文学新人賞、93年『火車』で山本周五郎賞、97年『蒲生邸事件』で日本SF大賞、99年『理由』で直木賞、2001年『模倣犯』で毎日出版文化賞特別賞、02年司馬遼太郎賞と芸術選奨文部科学大臣賞文学部門、07年『名もなき毒』で吉川英治文学賞、08年 英訳版『BRAVE STORY』でThe Batchelder Award、22年菊池寛賞を受賞。

イラスト／スカイエマ（新聞連載時の挿絵より）

2023年6月刊行予定

新作長編『この夏の星を見る』最速レビュー

書評

「強い絆」の弱さから、「弱い絆」の強さへ

吉田大助

——辻村深月が、コロナ禍一年目の日本を舞台に、中高生たちを主人公にした小説を書いたらどうなるか？

『この夏の星を見る』は三人の主人公＝視点人物の語りをスイッチしながら進む、群像形式の長編小説だ。文庫化された『傲慢と善良』の再ブレイクもあり、辻村と言えば登場人物を突き抜けて読者を凍り付かせる、なんなら傷付ける……という印象を持つ人も多いだろうが、本作では完全に抱きしめにきている。

　周知の通り二〇二〇年春、新型コロナウイルスの感染予防のため、小中高は全国一斉休校の措置が取られた。第一章「〝いつも〟が消える」は、学校が徐々に再開されるようになった五月、お互いに面識のない三人の現状と心情が明かされていく。茨城県立砂浦第一高校二年生の亜紗(あさ)は、大好きな天文部での活動や友人と普通に会って話ができるようになるためにも、「早く、学校、いつも通りになるといい」と願っていた。東京都渋谷区立ひばり森中学校一年生の安藤真宙(まひろ)は、これまでの青春学園モノでなかなか描かれてこなかった極めて特殊な通学事情により、「学校、どうして、再開したりするんだよ」と呪詛(じゅそ)の言葉をこねていた。五島列島にある長崎県立泉水高校に通う三年生の佐々野円華(まどか)は、家業である旅館を巡って親友から投げかけられた言葉に傷付いていた。あの頃、一〇代の子供たちはこんなにも心細く震えていた。本作は、コロナ禍があったからこそ生じた感情や思弁を刻印する、記録文学としての側面がある。

　群像小説である以上は、三人および三人が所属するコミュニティの人々は、どこかのタイミングで出会い繋がる。題名からも明らかなように、それは星に関わる出来事である。この物語はミステリーと呼ばれるタイプのものではないが、人と人との繋がり方に関して驚かされる瞬間が幾度となく訪れる。

　まだ刊行されていない以上何を書いてもネタバレになってしまうのだが、ここからは少し踏み込んで記す。

　本作が採用した群像劇および人間ドラマの感触は、アメリカの社会学者マーク・グラノヴェターが一九七三年に発表した「弱い絆の強さ」(The strength of weak ties)を連想させる。そのコンセプトは元来、転職活動をする際は家族や親友といった「強い絆」よりも、知り合い程度の「弱い絆」からもらった情報の方が役に立つ、という調査から導き出された。「自分」の興味や関心や性格をよく知る人よりも、あまりよく知らない人の方が、「自分」のキャラに合っているかや当人が欲しているものか否かのフィルターをかけずに新しい情報を投げかけてくれる。その結果、新しい出会いがもたらされることとなる。二〇二二年、MITの研究チームが手がけた大規模調査により仮説が裏付けられたことでも話題となったこの社会的ネットワーク理論は、広く実人生に当てはめることができるだろう。

親友にはシリアスすぎて言えない切実な悩みがあるけれども、ほんの少し前に出会った知り合いにだったらすんなり言えた。知り合いの知り合いから何気なくかけてもらった言葉が、自分の人生に新鮮な選択肢をもたらしてくれた。本作は、学校という「強い絆」が発動しがちな場所を主な舞台に据えつつ、「弱い絆」によって動き出していく人間ドラマが無数に散りばめられている。このアプローチは、これまでの辻村作品ではあまりなかった。

身近な他者は感染するもの・させるものであると認識し、フィジカル・ディスタンスを確保することが求められるコロナ禍は、「強い絆」が否応なしに弱くなった。それは事実ではあるものの、一面に過ぎない。別の見方をすれば、「弱い絆」が強くなったと言えるのではないか？　そこにフォーカスすることで、『この夏の星を見る』という物語が生まれた。

だから、冒頭に掲げた問いの答えはこうなる。――まったく新しい、青春小説の新たな金字塔が誕生した。ここに記された希望は、登場する少年少女たちの心を突き抜けて、大人の読者たちの胸にも届く。絶対。必ず。

※編集部注　刊行までの改稿により、固有名詞など内容は変更になる可能性があります。

吉田大助
よしだ・だいすけ
ライター。1977年、埼玉県生まれ。『小説 野性時代』『ダ・ヴィンチ』『STORY BOX』『週刊文春WOMAN』「カドブン」などで書評や作家インタビューを行う。

『この夏の星を見る』登場人物紹介

違う場所にいても、空は一つだから星は見られる。

茨城　砂浦第一高校

溪本亜紗　高校二年生、天文部。
「決意を内に秘めるタイプ」。

飯塚凛久　亜紗の同級生。天文部。
ナスミス式望遠鏡制作を提案した。

綿引邦弘先生　天文部顧問。

山崎晴菜　天文部部長。

コロナ、長引け。学校、ずっと休みのままになれ。

渋谷　ひばり森中学校

安藤真宙　中学一年生。
学年に一人しかいない男子。

中井天音　真宙のクラスメイト。理科部。

森村尚哉先生　理科部顧問。

柳数生　真宙のサッカーチーム時代の、
五歳年上の友人。
都立御崎台高校に通う。

泣いてたこと、他の人に言わないで。

長崎県五島列島　泉水高校

佐々野円華　高校三年生。つばき旅館の娘。
吹奏楽部。

武藤 柊　野球部。離島留学制度を使い、
福岡から島に来ている。

小山友悟　弓道部。きのこ好き。

福田小春　円華の幼馴染。

輿 凌士　武藤と小山の友人。休校期間中、
実家の東京に戻っている。

『この夏の星を見る』をより楽しむためのキーワード

コロナ禍

『この夏の星を見る』の物語は2020年春、新型コロナウイルス流行によってイベントや部活動が制限されていた時期から幕を開ける。未知の感染症だからこその不安や葛藤、行き違いの中で少年少女はどんな風景を見るのか。

天体望遠鏡

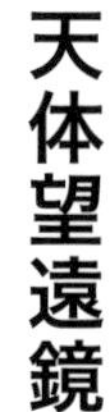

作中では17世紀後半に発明された筒のない「空気望遠鏡」、高さを変えずに横から覗き込むことができる「ナスミス式望遠鏡」など様々な望遠鏡が登場。亜紗たちは自作の望遠鏡作りに挑む。

スターキャッチコンテスト

自作の天体望遠鏡で星を見る活動。制限時間内にどれだけ多くの星を見つけられたか（キャッチできたか）を競う。日本各地に散らばった中高生たちは、スターキャッチコンテストを通じて、さらに大きな目標を捉えるが——。

◀ 次ページより『この夏の星を見る』スピンオフ書下ろし短編「薄明の流れ星」掲載！

薄明の流れ星

『この夏の星を見る』スピンオフ書下ろし短編

「さあ、くもりだ。どうしようか？」

黒板を背に、天文部顧問・綿引先生が皆に言う。どうしよう、と呼びかけながら、その顔がなぜか妙に楽しそうだ。白髪交じりの髪を無造作に流し、首元にはループタイ。すごく決まってるわけじゃないけど、綿引先生は学者然とした不思議な貫禄がある。

教壇の上にノートパソコンが開かれ、先生が画面をこちらに向ける。四日後に迫った夏合宿の日程の日付の下、灰色の雲が並んでいる。その天気予報を示しながら、先生が肩を竦めてお手上げの仕草をした。

「予報が変わって、観測ができる可能性もなくはないけど、できない場合は、わざわざ集まってくれる他校の子たちに申し訳ないからね。代わりの活動を用意しなきゃならない。うちはスターキャッチの幹事校だから、何か考えてごらん」

二〇一九年、八月。砂浦第一高校、地学室。

今年、天文部に入部したばかりの一年生、飯塚凜久は、先輩たちとともに先生の声を聞きながら、内心「えええーっ？　そりゃないんじゃないの？」と思っていた。

夏休み中に行われる天文部恒例の夏合宿は、一高の他、茨城県内の他の高校の天文部や地学部が全部で五校ほど参加する合同合宿だ。県北にある宿泊施設つきの天文台を貸し切りにして、天体観測や交流会を行う。

一年生の凛久は初参加で、それなりに楽しみにしていた。

天気——は仕方ない。晴れの日もあれば曇りの日も雨や嵐の日だってあって当然だし、そうなれば、天体観測はできない。諦めなきゃいけないことはわかる。だけど、驚いたのは綿引先生の反応の方だった。こういう時って普通、代わりの活動は顧問の先生が考えるもんじゃないの？　オレたちに丸投げなの？　と面食らったのだ。頬杖をついて、思いが顔に出ないようにしていたけど、心の中では驚き、もっと言うなら「ひいて」いた。

だけど——さらに驚いたのは、その後だ。

前の方に座っていた三年生の部長と副部長が、顔を見合わせた。凛久と同様に、先生に「それはないんじゃないですか」と文句のひとつも言うのかと思ったのに、二人してすんなり前に歩み出た。綿引先生を教壇の前からどかし、先生に代わって前に立つ。

「では、何か意見がある人はいますか？」

あっという間に状況を飲み込んで、当たり前のように話し合いが始まる。——入学して、これまでも何度かあったことだけど、凛久はそのたびに「すげえな」と思う。今度もそうだった。

先生に「やってごらん」と放り出されるのに慣れていて、そこからみんなで考える。そうそう、うちの部はこういう感じなんだよな、と。

「月並みですが、天文に関する講演とかクイズ大会はどうでしょうか」

真っ先に手を挙げたのは、二年生の山崎晴菜先輩だった。

部員がそう多くない一高の天文部、唯一の二年生であり、つまりは次期部長の晴菜先輩は、眉の上で一直線に切りそろえた前髪と、艶やかに長い黒髪、それに切れ長の目が時代劇か何かで見る「姫」みたいな凛々しい印象の人だ。外見だけではなく中味の方もその通りで、凛久たち一年生も、これまで何度もお世話になってきた。

対して、現部長、副部長のいる三年生は全部で六人。副部長が黒板にさっそく「講演会」「クイズ大会」と板書する中、晴菜先輩が続ける。

「クイズ大会のクイズは私たちで考えるとして、講演は綿引先生か綿引先生のお友達の先生などに天文や望遠鏡に関することをお願いしたらどうでしょうか」

「え、僕を頼るつもり？」

横に座っていた綿引先生が言う。いや、あんた顧問だろ、と凛久が今度も心の中で突っ込むと、別の三年生がすかさず「あ、でも、そんなのありきたりかも」となかなかに失礼なことを言う。

「先生の講演会、やっぱり授業の延長って感じに思う人はいるだろうし、それに、合宿二日目にどうせ先生の講演、ひとつありますよね？　太陽フレアについてのお話」

合宿の幹事を持ち回りにする場合もあるのだろうけど、この合宿は毎年、夏は一高が、冬は他校が順番で幹事校を務めることになっている。夏が毎年うちなのは、顧問の綿引先生が県内の先生たちに顔が利くということと、もうひとつ、うちが夏のメインイベントの発案校だからだ。

「残念だなぁ」

また別の三年生が言った。目が黒板の横に置かれた〝望遠鏡〟を見る。途端に、他の部員たちの目もそちらに吸い寄せられた。

「スターキャッチコンテスト、できると思って楽しみにしていたのに」

灰色の鏡筒をしたその〝望遠鏡〟は、幹事校である一高が、夏休みの最初に参加校を集めて皆で各学校ごと、それぞれ製作したものだ。塩化ビニール管を利用した灰色の鏡筒に色を塗ったもので、同じ素材、同じ図面から皆で作った。

そうやってできた同スペックの手作り望遠鏡をそれぞれの学校に持ち帰り、合宿までの間に観測の練習をし、合宿でやる予定だったのがスターキャッチコンテストだ。各校が望遠鏡を構えて一列に並び、指定された星を一斉に探して、視野に導入するスピードを競うもので、本当なら、凛久も今年の合宿で初参加の予定だった。

天体観測がゲームやコンテストになるという考えがとてもおもしろいと凛久は感じたが、そもそもこの形式を考えたのも、そのために各校が手頃に扱える望遠鏡があったほうがよいだろうと、塩ビの望遠鏡を発案して図面を書いたのも綿引先生だ。その綿引先生が顧問をしている、という関係から、一高は毎年望遠鏡作りと夏合宿で幹事校になる。「スターキャッチコンテスト」という名前も、凛久たちのＯＧが考えたものらしい。

「一年生たちもがっかりだよね。初めての合宿なのに」

「まあ、そうスね。でも、こればっかりはどうにもならないんで。一学期、観測会やった時から、天体観測ってほんと天気次第なんだなってことはもう思い知ってました」

凛久が答える。

一高天文部は県内の中でも、活動が活発な部活だが、その一番の理由は望遠鏡を多く持っているという点にある。塩ビ管からできたスターキャッチコンテスト用の望遠鏡もそうだし、中でもすごいのは十七世紀にカッシーニが土星の環を観測するのに使ったとされる、全長10メートルほどの空気望遠鏡だ。これもなんと凛久たちのOGの手作りによるもので、できあがった当初は新聞やテレビなど、メディアで報じられたらしい。普段は部品が解体された状態で部室に置かれ、組み立ての際には、部外の生徒にも協力してもらって、二時間ほどかけて組み立てる。

入部してすぐに、凛久たちも、空気望遠鏡の観測会に参加させてもらった。

筒が空洞の巨大な望遠鏡の姿は、初めて見た時、なんて大きさだ、と圧倒された。連想したのは、RPGに出てくるスチームパンクの世界観だ。金属の骨組みが巨大な生き物のように空に向けて伸び、その先に星空が広がる。現代的な小型の望遠鏡と並べると、それだけで道具の進化の歴史が感じられたし、前例がない中で必要に駆られて手探りで道具を生み出したカッシーニという人に初めて思いが馳せられた。それまで単なる「偉人」という認識で止まっていたのが、心から「マジ、すごい」みたいな気持ちになった。

そういう大きな観測会には、学校の外から一般のお客さんが招かれることも多く、一高天文部の天体観測会は周辺の地域からは人気があった。綿引先生が思い付きで、「来月、あの公園に行ってやろう」とイベントを決めてくることもあったし、中にはその観測会に来ていた人から「うちの小学校にもきてくれないか」と頼まれて出かけていくこともあった。

そして、そんな時も大事なのは天気だ。観測会が予定されると、毎日の天気予報が気になるし、くもりの日にいちかばちか決行して――結局晴れずに、来てくれた人たちをがっかりさせたこともあった。

「今回は残念ですけど、でも、冬にもまた同じ観測所で合宿、あるんですよね？　そっちの方を楽しみにして、気持ち、切り替えます」

冬は相当な寒さで防寒対策が必須だと先輩たちから言われているが、夏とはまた違った星座が見られたり、それぞれの季節のよさもあるはずだ。

綿引先生が口を挟まない中、先輩たちの話し合いが続く。

「でもやっぱり、講演増やすのはありきたりだよ」

「クイズ大会もそんなに間が持たないかも」

「アルゴリズムを使ったワークショップは？」

「あ、それ、もともと一日目のレクリエーションの時間にやることになってるよね？」

「え、じゃ、記憶力ゲームみたいなものを対抗戦でやる？　それか人狼とか」

「天文の活動からズレすぎじゃない？　楽しそうだけど」

「でも、ただ座って勉強するだけより、動く活動があった方がいいよ」

「じゃ、外でバスケとかドッチボールとかやる？　あそこの近く、草原、だいぶ広いよね？」

「えええー、まさかのスポーツ⁉」

遠慮のない意見をぶつけ合わせる先輩たちの、その全員が女子生徒だ。男子は凛久一人。ただ、これは何も天文部に限ったことではなく、一高全体に言える傾向で、砂浦一高は七年前まで女子校だったのが共学になった高校だ。ただ、元の女子校のイメージが根強いせいか、男子の受験者がとても少ない。今も男子生徒は各学年二、三名しかおらず、凛久も、クラスや部活では常に男子一人の環境だ。

その凛久だって、学校を見学に来た際には、まさか自分がここに通うことになるなんて想像もしていなかった。望遠鏡作りに熱心な天文部があると聞き、やってきて、地学室を見学して、綿引先生に出会い——「望遠鏡ってオレにも作れますか」と聞いた途端、先生が水を得た魚のように目を輝かせ、あれこれ説明してくれた。その時に思ってしまったのだ。ここだったら、自分の理想の望遠鏡が作れるんじゃないかと。

――実際に入学し、天文部に来てみると、綿引先生は意外にも、こういう、〝放置〟型の顧問だった。天文の世界や望遠鏡が好きだけど、それはあくまで自分の興味に熱心というだけで、子どもたちに手取り足取りなんでも丁寧に教えてくれるというタイプの先生じゃない。

それでも凛久はどうにか自分が作りたい望遠鏡について説明し、先輩たちに手伝ってもらいながら現実的に完成させるにはどうしたらいいか、一学期、取り組んできた。望遠鏡作りには費用もかかるから、県の教育活動助成事業の助成金を申請することを勧められ、今はその申請を終えて、夏休み明けに出るという結果待ちの状況だ。研究にお金を出してもらうために、大人に向けて自分の思いを伝える文章を書く作業は、これまで学校で書いてきた作文や試験の小論文を書くのとはまったく違い、かなり苦戦した。凛久たち一年生の一学期の活動は、ほとんどがその申請書作りに追われたと言っていい。けれど、二年生の晴菜先輩が一年生と一緒に共同研究者に名前を連ねてくれることになって、本当にたくさん助けてもらった。

現在、一年生の部員は二人。それに晴菜先輩を加えた三人で、今は凛久が作りたいと提案した望遠鏡――十九世紀の技術者ジェームス・ナスミスが発明したナスミス式望遠鏡の製作に取り組んでいる。県の助成金が無事に通れば、二学期からは本格的に材料を集め、製作に入ることができる。

「一年生たちはどう？　何か、意見ある？」

部長が凛久たち一年を見た。

天体観測ができないとなれば、あとは、三年生たちの希望が一番だ。最後の夏合宿だろうから自由にやってほしいけど、とうとうドッチボールの案まで出るか、とぼんやり成り行きを見守っていた凛久は、急に振られても意見などなかった。曖昧（あいまい）に「そッスねー」と呟（つぶや）いてみると、その時――急に横から声がした。

「あの、すごくズレたことを言っちゃうかもしれないんですけど、いいですか」

渓本亜紗(たにもとあさ)だった。顎(あご)の下で控え目に手を挙げて首を傾げると、後ろで二つに分けて束ねた髪が揺れる。

――この亜紗こそが、凛久以外のもう一人の天文部一年生、同級生にして望遠鏡作りの共同研究者だ。

「うん。なんでもいいよ。言ってみて」

「障子の貼り替え競争、とかどうでしょう？」

「へ？」

凛久の口から思わず声が出た。意味がわからず、聞き間違えたのかと思ったのだ。しかし、亜紗が笑わない顔で続ける。

「この間、私たち、一年生二人で綿引先生に合宿の下見につれていってもらったんです。その時に泊まる部屋もいくつか見せてもらって。で、部屋の障子、いくつか破れたり穴があいてるのがあったんですよね。ひょっとしたら、そろそろ貼り替え時期なんじゃないかなって思って。だったら、毎年お世話になる場所だし、天気悪くて暇なら、障子の貼り替え、みんなでやりません？」

突拍子もない角度からの提案に凛久がどう返したものかと迷っていると――思いがけず、

「素敵！」

という大きな声が響いた。二年生の晴菜先輩が胸の前で手を一つ打ち鳴らす。

「確かに、私たちが宿泊する部屋は和室で、窓の前に障子がありましたね。先輩たち、どうですか？」

「いいかも。でも、障子の貼り替え、曇りの日にやっていいもの？　晴れた日にやるイメージあるよね。糊(のり)、乾かさなきゃいけないし」

「雨さえ降ってなきゃ構わないんじゃない？」

「私、やったことないよ。どうやんの？」

「私もないけど、ＤＩＹ系の動画とかでなら見たことある。戸を外して、貼ってある紙を剝がしてその上に新しく紙貼って」

「貼るの、ピシッとやんなきゃだよね？　難しそう」

「でも、剝がす時にビリビリ破いていいのは気持ちよさそうじゃない？」

「ねえ、亜紗ちゃん、競争っていうけど、それ、速度を競うってこと？」

途端に活発化した話し合いの中で、ふいに部長が亜紗に聞いた。亜紗が首を傾げて、考える仕草で答える。

「そう思ってましたけど、ひょっとしたら部門を作ってもいいかもです。スピード部門と、どこが一番きれいにできてるかの丁寧部門みたいな」

「手仕事部門とか名前つけるといいかもね」

言いながら、副部長の先輩が黒板に「障子のはりかえ競争　スピード部門、手仕事部門（丁寧にやったかどうか）」と書き込む。その板書を見ながら、部長が「うん」と頷いた。

「いいんじゃない？　ただ、今から提案して、糊とか貼り替える紙の準備ができるかどうかわかんないから、そこ、先生、天文台の方に聞いてもらっていいですか？　あと、そもそもそういったことを許諾してくださるかどうか」

「えー、それ、僕にやらせるつもり？」

「そこは大人同士で話してもらった方がいいと思うので、お願いします」

「わかりました。じゃ、電話してくるから、ちょっと待ってて」

言葉だけは子どものように渋る雰囲気だったけど、綿引先生がさっさと地学室を出て行く。こういう時、先生の行動は早い。

あっという間にまとまっていった話し合いの様子を眺めながら、凛久は、心の中で、ふうん、と息を吐く。夏休み前、綿引先生が「一年は初めてだから、下見、一緒に行くか」と誘ってくれた天文台の見学は、凛久も一緒に行った。同じものを見たはずなのに、凛久はそもそも宿泊用の部屋に障子があったかどうかも覚えていない。そういえば和室だったっけ？　とかその程度だ。

感心した思いで横顔を見ると、亜紗が気づいた。目が合って、「何？」と聞かれる。

「いや、よく見てんな、と思って。障子破れてた、とか」

「うち、おばあちゃんの家の障子の貼り替えを、毎年年末にイトコたちとみんなでやるんだよね。だからつい」

同学年の凛久から褒められた雰囲気になるのが照れくさく感じたのか、亜紗がふいっと目を逸らす。

「ひょっとしたら、あの天文台も貼り替え、年末とか年度末の春とかに予定してて、こんな時期じゃ許可してくれないかもしれないけど、でも、人手がある時にできた方が施設の人も助かるんじゃないかなってとこから連想」

「そういうもんなの？　普通、年末とか年度末にすんの？」

「たぶん。節目の時に。春だとあったかくて、乾かすにも陽射しよさそうだし」

凛久の家はマンションで、和室もないし、障子の貼り替えもやったことがない。こいつ、季節感とか陽射しとか、ちゃんとわかって生活してるんだな、と自分にない視点に凛久はまた感心する。

さすが地学好き、と心の中で思う。すると、廊下側のドアがガラッと開いて、さっき出て行ったばかりの綿引先生が顔を出した。

「みんな、ＯＫだよ。障子の貼り替え、三年に一回くらいやってて、そろそろやらなきゃと思ってたけど、年度末の三月にやり損ねて、そのままだったらしい。逆にやってもらっちゃっていいんですかって感謝された。名アイデアだね、亜紗」

地学室で、わあっ！　と歓声が上がる。その声に片耳を塞ぐ仕草をしながら、綿引先生が呆れたように言った。

「君たちみんな、変わってるなぁ。星は見られないし、なのに、障子の貼り替えみたいな労働を喜んでやろうっていうんだから物好きだ」

「えー、いいじゃないですか。冬合宿でどうせお世話になる場所だし」

「糊とか、新しい障子紙とか、必要な道具は天文台が予算で買って、合宿までに用意しといてくれるみたいだよ」

よかったね、と、綿引先生が他人事みたいな声で言った。

風車のプロペラを風が押す、ゴウン、ゴウン、という音が轟いている。

山肌に沿っていくつも丘が盛り上がる草原が見渡す限り広がる。その緑の丘に冗談みたいな大きさの風力発電の白いプロペラがポツポツと並ぶ様子は壮観だ。

プロペラが向いている先は、海。天文台はその青く霞む海を背にして立っている。そう高くない平屋の建物が宿泊部分で、その棟がいくつか並ぶちょうど真ん中あたりにポコッと大きな丸い屋根が飛び出している。あの部分が施設の天体望遠鏡がある場所だ。

一高から車で二時間ほど。途中、曲がりくねった険しい山道を長く通るので、初めて訪れた時には「本当にこの先に泊まれるような場所あるの？」と心配になったものだけど——人里離れた天文台は、正面に風車と草原、背後に海という立地の、とても気持ちがよい場所だった。今も下界の暑さが嘘のように涼しく、風がわたっていくのが肌で感じられる。

こうなると、本当に惜しいのは天気だ。

この距離で風車のプロペラを見上げることも、それが回る音を聞くことも滅多にないだろう——と、凛久は糊でくっついた手を水道で洗いながら、山の方を見上げる。建物の外に設置された水道場の蛇口が冷たく光る。そのすぐ後ろでは、貼り替えたばかりの障子の戸が、真新しい白い色で整然と輝いていた。

以前、先生と下見に来た時にはあの山の稜線を太陽がオレンジ色に染めていて、それが嘘みたいにきれいだったけれど、残念ながら、今は灰色に覆われた雲が山と空の境界を曖昧な色にしている。

「お疲れ、凛久」

「おー」

手を洗う凛久の横に、水を張ったバケツを手にした亜紗がやってくる。「すごかったね」と彼女が言った。

「凛久の班、スピード狙いかと思ったら、意外に手仕事部門受賞してて驚いた」

「いや、狙うも何も、全然勝手がわかんないから、ただただ慎重にやったらたまたまそうなった。失敗して和紙無駄にすんの、マジ怖かったから」

亜紗が提案した障子貼り替え競争は、盛り上がった。

今日は、天気が良ければ、本来は集合時間の午後三時から夕方までは、先生方が用意したアルゴリズムなどを利用したワークショップが予定されていて、夕飯の後、六時半頃から天体観測の予定だった。

しかし、天気を受けて、ワークショップを本来天体観測が予定されていた夜に移し、午後の活動が、障子の貼り替えに変更された。生徒たちは集合してすぐ、各自、宿泊する予定の部屋の障子の戸を外し、さっきまでホールに戸を並べて、障子の貼り替えを行っていた。完成した戸を空気にあてて乾かそうと、今はここに立てかけている。

競争するにあたっては、他校との交流も兼ねて、ランダムにくじを引き、各校のメンバーが混合になるようにした。凛久があたったチームは全員障子貼りが未経験で、だから本当におそるおそるという感じで紙を剝がし、怖々と糊を塗ったりしたのだけど、出来栄えを見た施設の職員から、光栄なことに「手仕事部門」の優秀賞をもらった。(審判は施設の職員の人たちにお願いした)。

一高の天文部は女子ばかりだけど、他校から来ている天文部や地学部には男子生徒も多く、凛久もひさしぶりに男子を交えての作業だったのが、もはや新鮮だ。

「先輩たちも言ってたよ。亜紗がアイデア出してくれてよかったって。疲れたけど、今日よく寝れそう」

「そう?　なら、よかった」

亜紗が軽く微笑んだ、その時だった。ふと、離れた場所から声がした。

「なんでこんなことしなきゃいけないんだろうな。天文、全然関係ないのに」

知らない男子生徒の声だった。水を流す音がその後に続く。

凛久は咄嗟に亜紗を見た。亜紗も口を結んで、凛久を見ていた。

水を流す、別の音がした。おそらく、近くにもう一つある水道場に凛久たち同様、片付けにきたのだろう。建物に遮られた位置にあるせいで、こちらから向こうの姿は見えないし、向こうからもこちらは見えない。だから、声が続いた。

「仕方ないよ。雲で星、見えないらしいから」

「だったら中止でよくない？　なんでこき使われなきゃならないの。競争とかって、これ、施設の人の仕事でしょ？」

「でも、これ、一高の人たちの発案らしいよ」

「え、ほんと？」

他校の生徒の声だ。男子の声に同じ学校らしい女子の声も混ざる。気づくと、亜紗に向けて言っていた。

「言おうか？」

「え、何を？」

亜紗がびっくりしたように目を見開く。声がする方向に向け、凛久が顎先を向けた。

「なんか文句あるなら、堂々と言えって。考えたの、オレたちですけど、じゃあ、かわりにお前らがなんか考えられたんですかって」

「ええー、やめて。いいよ、そんなの」

「だって」

「今だけじゃないよ。作業の間も、ああいうふうに言ってる子たちはいた」

「え、そうなの？」

顔が強張（こわば）る。凛久の班ではそんなふうに言うメンバーはいなかったし、何も気づかなかった。亜紗が「うん」と頷く。

「仕方ないよ。気持ち、わかるもん。せっかく天体観測しにきたのに、なんでこんな大掃除みたいなことさせられるんだって、そういう気持ちになる子がいるのも無理ない。ここで私たちが揉（も）めたら、合宿の思い出、本当に最悪になるよ。先輩たちにとったら最後の夏合宿だし、私が提案したせいでうちの高校があんなふうに言われちゃってるのも申し訳ないし」

「いや、申し訳ないとかじゃなくて、亜紗はいいの？　だって――」

悔しいだろ、とか、そんなような言葉を使うつもりだったのに、そうならなかった。勢いで言ってしまう。

「だって、傷つくだろ？」

亜紗が黙り込んだ。だけどすぐ首を振る。

「傷ついてない」

きっぱりした言い方だったけど、目が、雰囲気が、表情が、明らかにいつもの亜紗じゃない。

「だから、いい」

いや、よくないって――と言葉を重ねようとした。腹が立っているのはあんなふうに言う奴らに対してだったのに、なんで今亜紗にこんなふうに言わなきゃならないんだ――と理不尽に感じたその時、視界にバケツを持った他の生徒たちの姿が飛び込んできた。

自分たちが貼った障子の様子を見に来たのかもしれない。彼らが凛久と亜紗を見て、ぎくりと身を強張らせたのがわかった。顔を見合わせ、不自然なほど黙り込む。

さっきまで、向こうの水道場で好き勝手なことを言っていたメンバーなのだとそれでわかった。凛久が相手を睨（にら）んだ。だけど、その凛久の服の裾（すそ）を、亜紗が無言で引く。

ほんとにいいって。

唇だけ動かしてそう言って、バケツを手に行ってしまう。すれ違う時、他校の生徒たちが気まずそうに視線を下に向けたのが、凛久には卑怯（ひきょう）に思えた。でも――。

ここでオレが何か言うのは——亜紗がもっと嫌なんだろうな。

無言のまま、凛久も雰囲気だけめいっぱいピリピリさせながら、他校の生徒の横を通り抜ける。彼らが何か言いかける気配があったけど、気づかないふりをした。

むしゃくしゃしたまま、建物の中に戻る。入ってすぐのロビーには、暖炉のスペースがあり、夏は使われていないが、その前で綿引先生が他校の先生たちと一緒に何やら話していた。真ん中にノートパソコンが開かれ、それを覗き込んだり、どうやら趣味の話の真っ最中だ。その輪の周りに、それぞれの学校から持ち寄った天体望遠鏡が置かれている。その姿が今になると空しい。一応持ってきたのだろうけど、空は相変わらずの曇り空だ。

先生たちは同じ県内の地学科の教員同士だけあって、かなり打ち解けた様子で、普段から仲がよさそうだ。学校で白衣を着ている時と違って、山の上でアウトドアスタイルの薄手のジャケットを羽織る姿は、教員というより趣味の天文愛好家仲間の集まりのようだ。

「お、凛久。おつかれさま。障子貼り、盛り上がったな」

「一高の一年生？　レク、いいの考えてくれてありがとうな」

綿引先生の横で、別の先生が言った。やるせない気持ちで、凛久はただ短く「はい」と答える。

奥に見える食堂の中では、生徒たちが数人、テーブルについておしゃべりをしていた。他校の生徒にまじってうちの三年生や晴菜先輩の姿もあるけど、亜紗はいない。

凛久は男子部屋だから、一高の部員たちとは別室だ。すぐに部屋に戻る気がせず、さりとて亜紗を探すのもなんだか違う気がして、行き場のない思いで唇を噛んでいると、綿引先生が言った。

「凛久、さっき、先輩たちには話したけど、今日、夜のワークショップ、中止にしたから」

「え？」

「障子の貼り替え、ありがとうな。職員の人たちが本当に助かったってお礼を言ってくれた。しかも、ただやるだけじゃなくて仕事が丁寧で感動したって。だから、疲れただろ。今日は就寝時間を早めたから、夕食の後、風呂に入ってもう寝なさい」

「え、でもそれじゃ、ほんとに何しに来たかわかんないじゃないですか」

ただでさえ、障子貼りなんて天文部の活動じゃないと言われて――少しでも天文部らしいワークショップまでなくなったら、なんて言われるかわからない。

「いいよいいよ、楽しいなら。なんなら、明日の僕の講演会だって中止にしちゃおうかって今、他の先生たちと話してるくらいだ」

「お、なんだよそれ、ワタちゃんが楽したいだけだろ。なあ？」

「それは――」

冗談なのだろう、と頭ではわかる。綿引先生の軽やかな声に周りの教師たちからも笑いが起こる。でも、今の凛久には笑えない。頭から血の気が、さーっと下に失(う)せていく。

言い返す気も失せて――逆に今口を開いたら、さらに何かを言ってしまいそうで怖くて、凛久は口を噤(つぐ)み、自分の部屋に戻る。ロビーを出る時、綿引先生の声が「今日はよく寝るんだぞー」と追いかけてくるのが間が抜けて聞こえて、さらに心がささくれ立つ。

楽しいはずの合宿だから、水を差したくない。

亜紗の気持ちはわかる。だけど、凛久だって、この苛立(いらだ)った気持ちは自分でもどうにもならなかった。

亜紗は〝内に決意を秘めるタイプ〟らしい。

前にそう、亜紗の友達だというクラスメートに教えられた。そのクラスメートたちは亜紗とは中学の頃から同級生で、同じ高校になってから、初めて、亜紗に一高を受験した理由を聞かされた。

亜紗は凛久と同じく、砂浦一高に天文部があるから、この学校に来たそうだ。しかも、その理由には綿引先生も深く関係しているらしい。まだ小学生の時に、県内の地学教諭として有名だった綿引先生の存在を知り、先生がいる高校を探して進路に選んだそうだから、地学好きとしては筋金入りだ。

『だけど、私たち、そんな話、亜紗から一度も聞いたことなかったんだよね。普通に受験して、同じ学校になって、部活の見学一緒に行こうよって話したら、初めてそこで教えてもらった。私、天文部って決めてるって』

『亜紗ってそういうとこあるんだよ。周りに相談とかあんましないけど、きちんと内に決意秘めてるっていうか……』

『飯塚くん、亜紗のこと、よろしくね。我慢しちゃうし、言わない子だから』

笑いながら自分にそんな話をしてくる女子たちに、からかいや冷やかしめいたものも感じるには感じた。女子と男子で二人きりの一年生部員だから、そういう目で見られることもおそらくあるのだろう。げんなりする部分もあったけど、でも――少しばかり感心もした。わざわざそんなふうに言われるなんて、亜紗、あいつ、友達に好かれてんだな、と。

春から夏、一緒に短い期間同じ部で過ごしただけだけど、凛久にももうわかる。亜紗は裡（うち）にため込むタイプだ。

今日だって、作業の最中から他校に文句言われてたのに、何事もなかったように平然とただ凛久の前でバケツの片付けをしていた。

傷ついてないなんて、嘘だ。

苛立った気持ちで思いながら、だけど、凜久はそういえば――と思い当たる。

自分もまた、亜紗にずっと聞けないことが、そういえばある。四月からずっと聞きたいことが、オレもあるんだ。

起きろ、という声が、遠く霞んだ意識の向こうで聞こえた。

起きろ、起きろ、起きろ――。

うるさいな、なんだろう――振り払うように耳が逃れようとしていたその声が、ふいに本物の肉声として、はっきり、聞こえた。

「起きろーっ！」

凜久は、あまりに唐突に目覚めたものだから、自分が今、どこにいるのかわからなくなる。頰のすぐ近くに、畳の匂いがある。それに、今日、貼り替えたばかりの障子の戸からの糊の匂いも――。

とろんとした目のまま、顔だけ布団の中で起こすと、隣の布団の生徒と目があった。七人いる同室の仲間のほとんどが、まだうつらうつらした様子で、突然の起床の合図に体が追いつけず、目をぱちぱちさせて互いを見る。

パッと、明かりがつく。目の奥に乱暴な眩い光が沁みるように入ってきて、ほぼ全員が目を押さえたり、顔を覆った。

入口に、先生が立っていた。綿引先生ではなく、さっき先生と話していた他校の先生の一人だ。頭の上に登山用のヘッドライトをつけていて、上着を着ている。まるで探検にでも出かけるような恰好で、その姿にも現実感がない。

「なんですか、先生」

その先生の学校の部員らしき男子が、やっとのことで聞く。その先生が笑った。とても、嬉しそうに。

「喜べ、みんな。星を見せてやるよ」

一歩外に出た途端、夜の空気がひんやりと凛久の腕を包み込む。

昼も、下界に比べて涼しいと感じていたけれど、夜の空気の静謐さは想像以上だ。半袖のシャツでは鳥肌が立つほどで、足元にも昼には感じられなかった湿り気をほんのり感じる。

時刻は、午前二時。

目の前では、夜の闇をかき混ぜるように、ゴウン、ゴウン、と風車のプロペラが回転する音が響いていて、人家の灯りもほとんどない山にその音が昼間よりもっと存在感をもって轟いている。

先導する先生のヘッドライトの灯りを頼りに外についていき、見えてきた光景に凛久は息を呑んだ。

「おー、男子たち、起きてきたか」

綿引先生がいた。他の先生たち同様、ヘッドライトにジャケット姿だ。そして、先生たちの周りには望遠鏡がいくつも設置されていた。今日の午後、貼り替えを終えた障子の戸を立てかけておいたあたりに、凛久たち生徒が作った各校のスターキャッチコンテスト用に望遠鏡が並んでいる。綿引先生がいじっているのは、学校の備品の高性能なものの方だけど、一体――と思って、凛久は咄嗟に空を見上げる。そして、あっと声を上げた。

空に、隙間があった。

昼、雲で一面覆われていた空に、今は晴れ間がある。藍色に沈んだ夜の空でもはっきりわかる。雲の平面的な色とはまったく違う、吸い込まれるような奥行きのある空間が、きちんと見えている。

先生たちは、全部の生徒の部屋を起こしに回ったようで、凛久が空に見入る間にも、続々と別の部屋のメンバーが起きてくる。亜紗や先輩たちもやってきた。

早く寝ろと言われたけれど、中途半端な眠りを破られてまだ寝ぼけまなこの生徒たちに向け、綿引先生が望遠鏡をセッティングしながら説明する。

「えー、みんな、急に起こしちゃってごめんね。昨夜、ずっと気象衛星ひまわりの雲画像とにらめっこしながら、僕ら、考えていて、どうやら一時半頃には雲が切れだして、二時には快晴になりそうだ、と予想を立ててました。ただ、正確なことはその時間になるまでわからなかったから、ぬか喜びさせたらいけないと思って伝えなかったんだけど」

綿引先生が笑って、空を指さす。

「みんなの日頃の行いがいいおかげです。晴れたので、急遽、日程を深夜にかえて天体観測をします」

わあ、と歓声が上がった。ただ、起き抜けなうえに深夜だから、そう大きな歓声じゃない。でも、頭上の空を仰いだことで、その場の全員に静かに興奮が伝播していくのがわかった。

山の上の星空は、星の光が地上より明らかに近く、深い。ひとつひとつに違う色を感じ、距離の違いまでちゃんと感じる。空はただ平面的な空間なのではなくて、際限なく広がる立体的な世界なのだと実感できる。

「わかるかい？　あっちの西の空に傾いてるのが夏の星座」

綿引先生がレーザーポインターの緑色の光を空に飛ばす。一直線に伸びたまっすぐな光に皆が見入る。先生が「明け方は人工衛星もよく見えるね」と言うと、周りで動く光の点がいくつか目についた。

夏の星座――と聞いて、凛久は、胸いっぱいに息を吸い込んだ。

ちゃんとわかった。たぶん、あそこが夏の大三角形。こと座のベガと、わし座のアルタイル、はくちょう座のデネブ。星が集中して白っぽく光る、あの部分は天の川だ。これまで部活の観測会で使っていた星座早見盤そのままの景色が、途中が沈んでいるけど肉眼でもしっかり見えた。

「天頂からやや東に秋の星座があるね。わかるか？」

先生の説明の最中、ふいに、

「あっ！」

と声がして、別の場所からも複数、同時に「あっ！」と声が上がる。

「流れ星！」と誰かが叫んだ。

「すごいすごい、今、ものすごくきれいに流れた。筋引いて、スッて」

「えー！　いいなあ！　私、見られなかった！」

「明け方は流れ星がよく見られるんだ。地球は明け方の方向に向けて公転してるから、夕方より見やすい。また流れるかもしれないから、よく見てて」

盛り上がる声に向けて、先生のひとりが説明する。

「あっちに設置してある望遠鏡にさっき、アルビレオを入れておいた。みんな、見てごらん」

はくちょう座のくちばし部分に位置する三等星。二つの星が並ぶ二重星だ。肉眼で位置を探そうとする凛久の脇から、皆が、先生の望遠鏡の前に列を作って覗き始める。凛久は、この、望遠鏡の視野に天体を導入する時に先生たちが言う「星を入れる」という言い方がとても好きだ。

望遠鏡を覗き込んだ生徒たちから「見えた！」「明るい！」という声が上がる。「本当に二つある！」という声も。凛久も順番が回ってきて、見せてもらった。肉眼ではひとつにしか見えない光が、望遠鏡の中できちんと二つ、並んでいる。オレンジ色の星と、やや暗い青い星。望遠鏡のレンズごしに、とびきり美しく輝いている。

生徒たちの観測の様子を満足そうに眺めながら、先生たちが言った。

「じゃあ、やろうか」

皆、きょとんとする。先生が笑いながら、並べた塩ビ管の望遠鏡を指さした。

「夜明けまでの短い時間にはなっちゃうけど、ちょっとだけ、スターキャッチコンテスト、やろう。先生が指定した星を、みんな、頑張って入れて」

「え、できるの？」

「いいの？」

バラバラと上がった声に、先生たちが「もちろん」と答える。

「なんのために望遠鏡作ったの？　みんな、構えて。支度して」

今度はさっきより大きな歓声が上がる。星空の下で目がさえたメンバーが、それぞれ自分の学校の望遠鏡に駆け寄っていく。

◆
◇
◆

一時間ほどの観測を終えて建物の中に戻ると、いい匂いが鼻先を掠(かす)めた。

ロビーに入ってすぐ、さっきはなかったはずの大鍋(おおなべ)の姿が目に入る。いつの間にか長机が用意され、鍋の前にはお椀(わん)がたくさん積み上げられていた。

みそ汁の、あたたかな香りがした。

空気の冷えた夜の世界から戻ってきて、思いがけず迎えてくれたまさかの大鍋の存在に、生徒たちのテンションが一気に上がる。横を見ると、銀色のお盆の上に三角形のおにぎりがたくさんたくさん並んでいる。

夕食が早かったせいもあり、深夜の天体観測の後は、確かにおなかが空(す)いていた。

「いいんですか？」と、一高の先輩たちが先生に尋ねる。

「これ、食べていいの？」

「施設の職員の人たちが作ってくれたんだよ。焼きおにぎりとおみそ汁。深夜に観測をするかもしれないって伝えたら、障子貼りのお礼にぜひ、食べてほしいって」

あ、と数人の口から呟きが聞こえた。一高の先輩たちの「イエーイ！」「やっぱやってよかった！」という突き抜けるような明るい声が、それにかぶさる。

今日の夕食も取り分けスタイルで、その時には遠慮がちに自分の器におかずを盛っていた生徒たちが、今度は大盛にしてみそ汁を取り分ける。湯気を立てるみそ汁を「いただきます！」と食べる声が、あちこちで響く。

凛久は自然と亜紗の隣に座って食べた。夕方、言い合いをした気まずさも、天体観測を終えて、だいぶ和らいでいた。焼きおにぎりも塗られた醤油(しょうゆ)が本当にこうばしい。みんなで食べる山の上の夜食のおいしさは格別だった。

望遠鏡の片付けを終えた綿引先生たちも外から戻ってきて、凜久たちと一緒に夜食にありつく。

「いやー、諦めないでよかったな」

綿引先生が言って、凜久と亜紗はそろって口からみそ汁を吹き出しそうになった。凜久がツッコむ。

「え、今それ言うの？　先生、諦めてませんでした？」

「まあ、どうにもならない時もあるからね。でも、今回はあがいてよかった。みんな、表情がいいね」

先生が言って、夜食を食べる生徒たちを満足げに見回す。すると――「あの」と背後から声がした。亜紗と凜久、二人でそろって振り向き、そして、あ、と気づく。

昨日の夕方、水道のところで会った他校のメンバーだった。「なんでこんなことしなきゃいけないんだろうな」と障子の貼り替えに文句を言っていたと思しき、あの顔ぶれだ。

凜久たちと目が合うと、彼らが顔を見合わせた。それから一斉に、ばっと頭を下げる。

「ごめんなさい！」

素直な声に面食らった。

「夕方、あの……片付けの時にひょっとしたら、オレたちが話してた声、一高の皆さんに聞こえてたんじゃないかと思って」

代表するように男子生徒の一人が顔を上げて言う。今度は亜紗と凜久が顔を見合わせる番だった。他のみんなも顔を上げる。屋外で観測を終えた後のせいか、皆、頬や額がちょっと赤い。

「今更信じてもらえるかわかんないけど、なんかその――、オレたちも本気で言ってたんじゃないです。つい、弾みで言っちゃったんだけど、本心から障子貼り、嫌がってたわけでもないっていうか……むしろ、楽しかったです。じゃあ、なんで言ったんだって言われたら、もうその、謝るしかないんだけど」

しどろもどろに続ける彼らの声を聞きながら、凛久は、おかしな話だけど、「あー、わかる」と思っていた。本心で嫌がったり、不満に思ったわけじゃないけど、なんとなく口にしてみんなでダルい、いやだ、と盛り上がる。いや、盛り上がるってほど盛り上がりもしないのに、なんとなくそうしてしまう場面に、凛久自身、これまで覚えがあった。この人たちも今回、そうだったのだろう。それを凛久たちが聞いているなんて思いもしないから、言葉通り、ただなんとなく言ってしまったのだ。

許してあげてもいい、と思ったけど、まずは亜紗を見た。一番傷ついたのはこいつのはずだから、許すかどうかの権利も誰より亜紗にある。亜紗は——驚いたようだった。頭を下げる彼らに向け、ゆるゆると首を振る。

「気にしてないです。大丈夫」

いや、気にしてただろ、と凛久は思う。でも、そう口にする亜紗は、嬉しそうだった。

「あの、でも……、謝ってくれたのは、ありがとうございます。謝るの、勇気いると思うし、気にしてなかったけど、皆さんが謝ってくれたことは本当に嬉しいです」

その言葉に空気が緩んだ。ほっとしたように力を抜く他校の生徒の顔を見ながら、凛久も頷いた。

「許します」とわざと大袈裟(おおげさ)な口調で言うと、笑いが起きた。

生徒たちの様子から、何か揉めたことに気づいたのだろう。綿引先生がみそ汁を啜(すす)りながら他人事みたいに言う。

「なんだ、亜紗たちは青春か？」

「えー、先生、なんですか、その言い方」

亜紗が言って、凛久も笑う。綿引先生がお椀を置いて、今度は全員に向けて言った。

「深夜の観測になったから、今日は、午前中の僕の講演会は中止。各自部屋に戻ってしっかり睡眠をとって、明日の出発までに荷物の整理をすること」

その指示の声を聞いて、凛久は気づいた。明日の講演を中止にするって、夕方話していたのはそういうわけか。

最初から言ってくれよ、と思うけど、でも、不思議と気分は悪くなかった。衛星の雲画像を見つめながら諦めず、生徒たちを起こす前に望遠鏡の準備を終えていたことを考えても、先生たちはたぶん、昨日から一睡もしていないはずだった。そのおかげで自分たちは星を見られた。

ふうん、と思う。

放置型の顧問だけど、綿引先生のところで活動するのは、やっぱりいい。

部屋に戻って寝る前に、もう一度、外に出る。

亜紗が一人、建物の外に出て行くのがさっき見えたからだ。

時刻は三時二十分。

空にはまだ星が見えていたが、星座の位置がさっきとだいぶ違う。地球が動いているんだということを、こういう時に実感する。

さっきはもっと星が見えていたのに、見えなくなったように感じるのは空が夜明けに向かっているからなんだろうか。

「何してんの？」

一人佇(たたず)んで空を見上げる亜紗を追いかけ、話しかける。亜紗が振り向いた。「凛久」と名を呼び、再び空を見上げる。

「最後にもう一度、見てから戻ろうと思って。先生の話だと、夏は夜明けが早いから、そろそろ薄明(はくめい)が始まるみたい」

「薄明って？」

「太陽が昇ってくる、日の出の前の、あの空が明るくなる時のこと。私も知らない言葉だったんだけど、さっき、先生が教えてくれた」

「ふうん。明るくなるの、確かにもったいないな」

「ね」

日中、常に二つ結びにしている髪を、亜紗が垂らしているところを初めて見る。だいぶ印象が違って、知らない子みたいだ。その亜紗が、ふいに、「あのさ」と凛久の方を向いた。

「凛久さ、なんで私のこと、亜紗って呼び始めたの？　最初、溪本さん、とかだったのに。呼び方かえるとしても、溪本とかじゃない？　つられて私も、凛久って名前呼びしちゃってるけど」

亜紗が、ふーっと長く息を吐き、両手を上げて背伸びをする。

「美琴(みこと)たちに聞かれたんだ。亜紗と飯塚くん、いつの間に名前で呼び合ってんの、幼馴染か何かだったの？って聞かれて、違うって言ったら驚かれた。だから、あんまりないことなのかもって」

「あー。そういうの、なんかもう面倒になって」

凛久が答える。呼び名については、考えてそうしたというより、気づいたらそうなっていた、という感覚に近い。

「中学までって、なんか、男子も女子も、全員苗字で愛想なく呼ぶ、みたいなのがルールっぽくなってて、オレもそれで小学校までフツーに名前呼びで仲良かったはずの女子まで一回、全員苗字呼びにしたんだよな。だけど、なんか、他の男子もいないし、もういっかって思って」

「へえ」

「何？」

「いや、ちょっと驚いて。凜久が気にするの、女子の目じゃなくて、男子の目の方なんだって」

「あ、そう？」

「うん」

亜紗の声を聞きながら、ふと、今なら聞けるかな、という気がした。「あのさ」と呼びかける。

「オレからも聞いていい？　ずっと、聞きたかったことがあって」

「うん」

「亜紗、嫌じゃなかった？　オレとナスミス式望遠鏡、作るの」

亜紗が無言で目を瞬いた。その視線に、心臓がすり減るような気がした。一学期から聞きたくて聞きたくて、でも、怖くて聞けずにいたことだった。

「ずっと地学が好きで、綿引先生を追っかけて一高の天文部にわざわざ来るくらいだから、亜紗にもやりたいことはきっとあったんだろうなって。だけど、オレが入部してすぐにナスミス式望遠鏡を作りたいって、ほんと、押し切るように承諾、させちゃったから」

必死だった自覚はある。

自分が在校している三年間の間にどうしても完成させたい。それには、他の部員に――特に同学年の一年生には絶対一緒に手伝ってほしかったし、だから、晴菜先輩にも亜紗にも共同研究者として助成事業の申請書に名前を連ねてもらった。それは叶（かな）ったわけだけど、でも、ずっと後ろめたかった。亜紗にもきっと、何か希望はあったはずなのに、と。

でも、あの当時の自分は、それを押しのけてでもこちらの活動に参加してもらおうという打算がはっきりあった。希望をきくこともせず、自分が作りたい望遠鏡の利点をただひたすらプレゼンして、押し切った。

「亜紗も、本当は作りたいものとかやりたい活動とか、あったんじゃないかって」

亜紗は、彼女の友達も認める〝内に決意を秘めるタイプ〟だ。もっと言うなら、本音をため込む。だから、思っても凛久に言えないのではないかと、ずっと気になっていた。

真顔で尋ねる凛久を、亜紗が見つめ返す。答えを聞くのが怖かった。しばらく考えるような間があった後で、彼女が言った。

「……凛久はさ、老人ホームの観測会の記事を見たって言ったよね？　ナスミス式望遠鏡のこと。車椅子に座ったままでも観測ができる、接眼部が横に固定された望遠鏡なんだって、そう教えてくれた」

「あ、うん」

たまたま検索していて、海外のニュースが引っかかったのだ。天体望遠鏡の多くは、経緯台に固定して、基本、身を屈めて覗き込まないと観測はできないけれど、ナスミス式望遠鏡は椅子に座ったままでも星を見られる。記事で紹介されていたナスミス式望遠鏡は、海外の福祉団体が作ったもので、その団体はその望遠鏡を持って、あちこちの福祉施設を回っている、と書かれていた。

だから――作りたいと思った。

亜紗が続ける。

「それ聞いて、私も、そんな望遠鏡があるなら見てみたいし、作りたいと思ったよ。ごめん、私、別に凛久に押し切られたとか思ってない。あれ？　みんなで話し合って作ろうって決めたんじゃなかったっけ？　って、そう思ってたくらい。確かに凛久が提案したけど、晴菜先輩も私も、きちんとやりたいから賛成したんだよ。私は――天文部で何かができればそれでよかったし、その何かを凛久が提案してくれたっていう、そんな感じ。凛久がそんなに気にしてるなんて、全然知らなかった」

肩から力が抜けていく。戸惑うように言う亜紗の顔が嘘をついているように見えなくて、心の底からほっとする。

「よかった」

思わず口に出した凛久に、亜紗が「ええっ？」と大袈裟に仰け反る仕草をする。

「そんなに気にしてたなら、もっと早く聞いてよ」

「いやー、実は申し訳なく思ってて」

あっ――とその時、凛久と亜紗の声がそろった。二人とも、目線が上を向く。

視界の中で、光が弾けた。長くスッと尾を引いて流れる、流れ星。亜紗が目を見開いている。同じものを見たのだとわかった。

「見えた？」

「見た」

流れ星を見るのは、生まれて初めてだった。漫画や物語の中で聞く流れ星は、文字通り静かに〝流れる〟イメージだったけれど、今肉眼で見た流れ星の筋は、火花が散るように〝燃える〟イメージだった。うわ、と思う。

一瞬遅れて、興奮がくるぶしからこみ上げてくる。

「やばっ、もったいなっ、願い事言うの忘れた。三回唱えたらいいんだっけ？」

「いやー、あの一瞬に三回は無理だよね。でも、すごいね。見られたね」

外にいる間に、空の色はだいぶ薄く、朝に近くなっていた。西の空が紫色に染まり始めている。

「これか、薄明」

覚えたばかりの言葉をさっそく使ってみる。きれいなグラデーションをつけながら、空が朝を迎えていく。薄明の光の帯の逆側には、まだ星の姿も確認できる。夜と朝の境界に、今自分が立っているのがわかる。

「夜明けに流れ星見ることもできるんだな。さっきと比べて、星、だいぶ見えなくなったように思ってたのに」

「目が慣れるっていうのもあるんじゃない？　私もさっき、一度建物の中に入ってから戻ってきた時、星うまく見えなかったけど、長く見てれば見てるほど、どんどん空の地図がわかってくるっていうか……。星が、見えるようになった」

「へえ」

長く見れば見るほど、空の地図がわかる。相手のことが見えてくる。

薄明の空の向こうに、流れ星だって見える。

うん、悪くない、と凛久は思った。

特別対談

伊坂幸太郎 × 代表作と、書き続けるモチベーション

全ての作家は「伊坂幸太郎になりたい」と思ったことが一度はあるはず。辻村さんがそう言ってリスペクトする伊坂さんと、初対談が実現。対談前に、伊坂さんより「自分が思う代表作を事前に二冊出し合いませんか?」という提案がありました。果たしてその二冊とは——。

構成／吉田大助

辻村　今回、この本を作っていただくにあたって、対談したい人はいませんかと言われた時に、このところ異業種の方たちとお話することが多かったこともあって、自分と同じ小説家の方とお話ししたいと思いました。真っ先に浮かんだのが、伊坂さんです。伊坂さんとは一度だけZoomでお話させていただく機会がありましたが、一度ちゃんと小説の話をしてみたかったんです。というのも、私に限らず同年代や私より下の世代の作家で、伊坂幸太郎という作家を意識しなかった人はまずいないと思うんですよ。

伊坂　いやいやいや、さすがにそんなことは（笑）。

辻村　なんでお前が全作家を代表してるみたいなことを言うんだ、というお叱りの声はあるかと思うのですが（笑）、でもそれくらい伊坂さんの登場は、パラダイムシフトに近いようなものがあったと思うんです。私たちはみんな、「伊坂幸太郎後」の世界で作家をやっていくしかない。全ての作家は「伊坂幸太郎になりたい」と思ったことが一度はあるはずです。

伊坂　それは絶対違う（笑）。

辻村　「なりたい」の中身はそれぞれみんな違うと思うんですよ。「伊坂幸太郎みたいな文章のセンスが欲しい」という人もいるだろうし、「伊坂幸太郎みたいに愛されたい」という人もいるかもしれない。

伊坂　愛されている感じはぜんぜんないんですけど、そう言ってもらえると悪い気はしないです、嬉しい（笑）。でも、辻村さんに声をかけていただいたのは光

栄です。以前プライベートで喋った時にも言いましたけど、仙台の本屋さんにいたら女子高生がハードカバーの新刊コーナーに走っていって、「あった、あった」と言って手に取った本が辻村さんの新刊だったんですよ。この時代に、ハードカバーの新刊を求めて女子高生が小走りで、本屋にやって来る姿が僕には結構な衝撃で。その話を編集者にしたら「辻村深月の若い世代からの人気、半端ないんですよ。知らなかったんですか」みたいに言われて、僕みたいな老兵は去るべきだなと思いました。

辻村　いやいや（笑）。

伊坂　この機会に読んでいなかったものをいくつか読んだんですけど、敗北感を覚えましたね。僕、自分の長所は、すごいと思ったものはすごいと正直に言うところだと思っているんですけど、辻村さんのはかなり感銘を受けたというか、感動して。例えば、『嚙みあわない会話と、ある過去について』。あの本を読んで、「こんな風に人の気持ちを分かっている作家っているんだな」とショックだったんです。人間の嫌なところとか、そういう言葉ではくくれない、「ああ、そうだよな」と自分のことを反省したくなっちゃうことが描かれていて。そういう面でジェラシーに近い気持ちになるという意味では、朝井リョウさんと近いなと思ったりしました。「辻村さんは綾辻（行人）チルドレン」というイメージが強かったので、ウソじゃん、とか勝手に思ったりしました（笑）。綾辻さん的なミステリーとは全然違うじゃないですか。

辻村　ペンネームも綾辻さんから一字を取っているし、どんなすごい殺人事件を書くんだろうと思って読んだら全然違ってびっくりした、とたまに言われたりはします（笑）。

テーマのところにだけはフィクションの想像力を持ち込まない

辻村　編集者を挟んだ対談についての打ち合わせで、伊坂さんが「人の思う代表作と自分の思う代表作ってたぶん違うと思うので、自分が思う代表作を事前に二冊出し合いませんか？」とメールで提案してくださったんですよね。その聞き方が素敵だな、と思ったんです。大きな賞を獲ったり映像化などで認知度が広まったことによって、世の中ではそれが代表作だと思われるようになったりする。でも、自分にとってもそうとは限らないですよね？　という視点がもう伊坂さんらしいと感じました。

伊坂　雑誌や書店さんの企画で読者の人気投票が時々あるんですけど、上に来るのはほぼほぼ昔の作品なんですよね。『ゴールデンスランバー』とか、『アヒル

×伊坂幸太郎

代表作と、書き続けるモチベーション

と鴨のコインロッカー』とか。

辻村　伊坂さんが今回挙げた二冊は『ペッパーズ・ゴースト』と『逆ソクラテス』で、どちらも比較的最近の作品です。代表作に最近のものを選べるのって超かっこいいなと思いました。

伊坂　かっこいいと思われたい！（笑）。というのは冗談で（笑）、真面目な話をすると、今の方がテクニックも上がっているし考えも深まっているから、僕は最近の作品の方が気に入っているんです。よく「初期の作品が好き」と言われたりするけど、僕の場合は昔も今もさほど作風が変わらないから、「最近の作品の方が良くない？　今がダメなら昔もダメでしょ」と思う。「飽きちゃった」と言われるなら分かるんですけど（笑）。

辻村　学校ものの連作の『逆ソクラテス』も大好きなんですが、『ペッパーズ・ゴースト』は作中作の仕掛けに関して、メタという言葉を使わず表現されているところが素晴らしいと思いました。

伊坂　それは嬉しい！　メタという言葉は使わずに、あの仕掛けを読者に伝えるのは結構、頑張ったんですよね。

辻村　最初に読んだ時は二冊とも普通に「面白い！　悔しい！」だったんですが、今回意識して読み返してみたら、伊坂さんの文章の魅力に改めて気付かされました。私だったらもっと書き込んでしまってテンポ悪くなるだろうなと思う感情が、ほんの二、三行で的確に説明されて次の展開へ進んでいく。その跳躍力が、うらやましくてしょうがないんですよ。私の文章はどうしても湿ってしまうなぁと思ったりしました。

伊坂　湿っているとは思わないですけど、心情の書き込みがすごいなと思いました。辻村さんの作品を何冊かまとめて読んでみて、お医者さんみたいだなと思ったたんですよ。心情を追いながらその人の人生をバーチャル体験していくうちに、小説ってやっぱり疑似体験させることが一番得意でもあるから、読者も自分の経験とかと向き合う感覚になるんだと思うんで

伊坂幸太郎が思う代表作二作

『ペッパーズ・ゴースト』

『逆ソクラテス』

す。それによって癒されはしないんですけど、自分の中にある何かを気付かされる。小説の本来あるべき姿だな、と感じました。僕の小説は、それに比べると、おもちゃなんですよ（笑）。お医者さんじゃなくて、おもちゃ。診察とか薬とか出せないけど、これで現実を忘れてね、というか。

辻村　そうは言いつつどの作品も必ず現実と繋がっているし、繋がろうとしている伊坂作品の誠実さが私は大好きです。どのお話も超能力が出てきたり、架空の設定によるフィクションの部分ははっきりあるんですけど、テーマのところにだけはフィクションの想像力を持ち込まないんですよね。そこがクールだし、伊坂幸太郎が人気のある作家なんだったら日本は大丈夫だ、みたいな気持ちになるんです。

伊坂　日本を背負えないですけど（笑）。でも、僕こそ、辻村さんの本がたくさんの人に読まれている世の中って、健全だなと思いました。面白いけど、深いんですよね。深い、って言葉がちょっと浅いから（笑）、使うのはイヤなんですけど。

巨悪の根源となる誰かはいない
巨悪に見える
システムがあるだけ

伊坂　辻村さんは、読者からどれが代表作だと言われることが多いんですか？

辻村　今は、本屋大賞をいただいた『かがみの孤城』ですね。あの本を出す前あたりから、読者の人たちがだんだんと私の作品を「白辻村」と「黒辻村」というふうに分けて読んでくれるようになったんです。どっちかだけ書いてほしいという感じではなく、両輪として私の中にあるものなんだと読者の側が理解してくれた。

伊坂　白、黒と言われることが心の安定に繋がっているんですね。

辻村　そうなんです。なので今回の二冊を選ぶ時はそれに倣って、「白辻村」の代表作は確かに『かがみの孤城』かなぁと思うんですが、もう一冊は「黒辻村」の中でも自信作だと思える『闇祓』を選びました。

伊坂　さっき話した、仙台の書店で新刊コーナーに走って行った女子高生が手に取った本が、実は『闇祓』なんですよ。今回初めて読んだんですけど、めちゃくちゃ面白かったです。ちょっと語っていいですか？　でも、ネタバレになっちゃうな……。

辻村　全然オッケーです。ネタバレを避けたい読者の方は、ここからしばらく飛ばしてください！（笑）

伊坂　『闇祓』はオビにあらすじが結構書いてあるじゃないですか。何が起こるのか、なんとなく想像がついちゃったんですよね。これ知らないで読んだら、すごく興奮するので、めちゃめちゃもった

×伊坂幸太郎

代表作と、書き続けるモチベーション

いないなぁと思いながら読み進めたら、僕が想像したような展開は序盤も序盤だった（笑）。そもそもオビのあらすじは第一章についてしか書かれていなくて、その後の章でもどんどん先入観がひっくり返っていくじゃないですか。正直「誰か悪いものがいるんでしょ？」「それを祓うんでしょ？」とか分かったような気持ちで（笑）、読んでいったんですが、最終的に何がホラーの正体というか源泉かというと、謎のシステムじゃないですか。こんなのを「ホラーの敵」にしちゃうのか、と。それがめちゃめちゃ良くて、奥さんはホラーを読まないから「すごいんだよ！」ってオチまで全部説明しちゃいました。

辻村　もしも二〇代とか三〇代前半の頃に『闇祓』の設定で書いていたら、システムの話にまで行き着かなかったと思うんです。巨悪の根源となる悪意を持った誰かがいる、という発想を無邪気に信じられた気がする。

伊坂　分かりやすいですもんね。そいつを倒せば終わり、みたいな。

辻村　陰謀論が象徴的ですが、巨悪がどこかにいてほしいと願う気持ちって、今すごくあちこちにあふれていると思うんです。敵に向けて燃え上がっている時って充実もするし、自分の中の思いもどんどん高まっていく。だけど実際は何も考えてない人たちがやったことの積み上げによって巨悪みたいなものが現れてくる、そういうものに見えてしまうことってよくありますよね。

伊坂　結局みんな、悪い人でもなかったりするじゃないですか。分かりやすい例が、学校のＰＴＡだと僕は思うんですけど（笑）。ＰＴＡ関連のことで、いろんな人が悩まされたり、人間関係が壊れたり、ストレスがたまったりするんですけど、じゃあ、誰が悪いのかと言ったら、見えないんですよね（笑）。謎のシステム、というか。誰かの悪意によってそうなったわけじゃなくて、『闇祓』みたいにずうっと受け継がれているシステムの

辻村深月が思う代表作二作

『かがみの孤城』

『闇祓』

問題というか。

辻村　お話を聞きながら、伊坂さんの小説がいくつも思い浮かびました。『モダンタイムス』もそうだし『火星に住むつもりかい？』も、中心人物を探そうとしても中心なんてものは空洞で、敵はシステムだった。

伊坂　ああ、僕は全部それなんですよ。システムというか仕組みが問題なのであって、誰が悪いと名指しできるものではないよねってことを書いている。それに気付いてるのは僕だけだろうなと思っていたんですけど（笑）、辻村さんはとっくに気付いていて、単に背中を追っていただけという（笑）。

辻村　いや、どちらが先ということではなく、それぞれの作風の中で同じ方向を見ていたということだとしたら光栄です！　伊坂さんは以前、『火星に住むつもりかい？』が個人的には一番の代表作だとおっしゃっていましたよね。

伊坂　ある意味、自分の書きたいものの完成形だと思っているんです。理由はいろいろあるんですけど、あの作品は「スパイダーマンをやろう」というところから始まって、敵はどうしようかという時に、サイコパスの、悪い誰それみたいなのは絶対イヤだったんですよね。そういった個人じゃなくて、敵は社会のシステムなんだって思いついた瞬間、めちゃめちゃ面白くなりそうと思ったんです。戦いようがないじゃないですか。

辻村　ただ、戦わないわけではないんですよね。伊坂さんの小説を読んでいると、登場人物に対して、知性を持っている人は善だ、と感じさせてくれるのが心地よいんです。知性ってつまりは現状に停滞しない何かに気づくということだと思うし、その知性を持ってシステムと戦い、抵抗する。知性を信じたい気持ちをめちゃくちゃ満たしてもらえるストーリー運びがいつも本当にお見事だなぁと圧倒されます。かといってシステムを完全に撤廃するっていう種類のカタルシスの描き方は、伊坂さんの小説は目指していない。

伊坂　一矢報いる、くらいです。それ以上はなんとなく、嘘くさいですよね。

辻村　そこが私は好きだし、誠実な作家性を尊敬しています。

面と向かって悔しいと言えるのは作家として揺るがない何かができたからかも

辻村　この間プライベートで話している時に、恐れ多くも伊坂さんから「辻村さ

『火星に住むつもりかい？』
伊坂さんが「個人的には一番の代表作」と語る一冊。

×伊坂幸太郎

代表作と、書き続けるモチベーション

んは映像化もされているし、賞も獲っていて、たくさんの読者がついている。辻村さんの今のモチベーションって何なんですか?」と聞かれて、私は心の底から「そちらこそ!」って気持ちに盛大になりました(笑)。その時に私が答えたのは「作家でい続けること」だったと思うんですが、伊坂さんのモチベーションについて改めて伺ってもいいですか。

伊坂　僕は基本的に自分のために、自分が楽しいから書いているんですよね。プラスアルファで僕と本を作りたいと言ってくれる編集者のために、という気持ちがあって。一方で、読者を驚かせたいって気持ちもあるんですよ。これを読んだら驚くんじゃないかな、その体験をしてほしいなって思いは意外とちゃんとあって(笑)。でも、よくよく考えてみるとその読者っていうのは結局、僕自身なんです。僕にとって一番面白い作家って結局、僕なんですよ(笑)。自分の好みは自分が一番分かっているし、書き手の僕が読者の僕を一番驚かせてくれる。

辻村　かっこいい!!

伊坂　いや、ぜんぜんかっこよくないです!(笑)問題は、本を出すとありがたいことに僕以外も読んでくれるじゃないですか。だから、いろいろ考えちゃうんですよね。

辻村　なんて言うか……まだ私は誰かの影を追っている感じがするんです。

伊坂　綾辻さんとか具体的な誰かじゃないにしても。

辻村　ええ。先輩の作家さんたちが築いた道の中で、自分がその影響を追いながら作家をやっている感覚があるんですけど、伊坂さんは違う気がします。

伊坂　開き直りですかね。僕って、良くも悪くも伊坂幸太郎みたいにしか書けないんです。さっきも言った、おもちゃしか作れない。食堂だったら、同じような味の料理しか出てこないお店、みたいな。でも、それはそれでいいと思っているんですけどね。辻村さんのお店はいろんな料理を出してくれますよね。

辻村　最近よく思うのが、辻村深月の小説ってこうだ、辻村作品の特徴はこうだと人から言われるようになってきて、自分でも言われていることがある程度理解できてしまう。そうすると、自分で自分の二次創作を始めそうで怖いんです。そうならないために、前と違うことをしたいという気持ちは、最近特に強いです。

伊坂　僕も一個聞いてみていいですか?辻村さんって、連載が多いじゃないですか。僕は連載ができないんですよ。プロットを立てず頭から書いていくやり方だから、いろいろと試行錯誤してみた結果最初から全部やり直しってなることが多いので。連載って、やり直しがきかない

わけじゃないですか。怖くないですか？

辻村　めちゃくちゃ怖いです（笑）。私もプロットを立てないので、この話はちゃんと終わるのか、オチがつくのかずうっと不安です。本当は私も書き下ろしだけやっていたいんですけど、それだと原稿を書かない気がするんですよ。気がするってだけじゃなくて、つい最近も書き下ろしで予定していたものを連載にしてもらったんです。締め切りのために原稿を無理やり書く、辻褄（つじつま）が合わないかもしれないし、怖いけど、そうやってとりあえず書いて自分を追い込んでいくやり方が、今の私には必要みたいです。

伊坂　僕は今やっている書き下ろしが、一年半書いても三〇〇枚行くか行かないか、書いたらやり直して、一〇〇枚書いたのに最初から書き直して、とか全然うまくいかなくて。キツい締め切りを設定しないとダメなのかな、連載とかしたほうが逆にいいのかなって弱気になってきている。みんなに「今さら気づいたの!?」とか言われそうですけど（笑）。

辻村　今日お話を伺ってきて、伊坂さんって読者からすると魔法使いみたいに思えるけど、実はそうじゃないんだ、という感動がありました。外から見ているとなんでも書ける人に思えるしどの作品を読んでも「なんてセンスがいいんだ！」って悔しくてたまらなくなるけど、魔法を使って書いているわけじゃなくて、実験しながら試行錯誤して書かれている。我々しもじもの人間と同じ、一人の作家なんだと知ることができて、私も頑張ろうと力がもらえました。

伊坂　「しもじも」って、これ読んだ、辻村さんの読者に怒られそう（笑）。でも、辻村さんに悔しいって言ってもらえて嬉しいです。頑張ってやってきた甲斐（かい）がありますね。そんなこと、言われないですから。

辻村　みんな思っているはずだけどなぁ（笑）。でもひょっとしたら、私が今面と向かって言えているのは、二〇年近く書き続けて自分なりに作家として揺るがない何かができたからなのかもしれません。……今ちょっと不安になったのは、別の方と対談をされて「悔しい。全ての作家は伊坂幸太郎になりたいはず」と言われても、伊坂さんは「そんなこと初めて言われた」と平然と返しそうな気がする（笑）。そうなったらまた悔しいから、この記事で絶対記録してもらうようにします！　今日はありがとうございました。

（２０２３年１月収録）

伊坂幸太郎
いさか・こうたろう

1971年千葉県生まれ。東北大学法学部卒業。2000年『オーデュボンの祈り』で新潮ミステリー倶楽部賞を受賞し、デビュー。04年『アヒルと鴨のコインロッカー』で吉川英治文学新人賞、08年『ゴールデンスランバー』で本屋大賞と山本周五郎賞、20年『逆ソクラテス』で柴田錬三郎賞を受賞。著作は数多く映像化もされている。他の著書に、『重力ピエロ』『マリアビートル』『火星に住むつもりかい?』『ペッパーズ・ゴースト』『マイクロスパイ・アンサンブル』など多数。

全作品解説インタビュー

「野性時代」二〇〇九年八月号「特集 鏡のなかの辻村深月」に掲載された全作品解説では、当時の最新刊『ふちなしのかがみ』までが収録されていました。あれから十四年。その間に発表された三十冊分を追加した、永久保存版インタビューです。

構成／瀧井朝世

1 冷たい校舎の時は止まる
2 子どもたちは夜と遊ぶ
3 凍りのくじら
4 ぼくのメジャースプーン
5 スロウハイツの神様
6 名前探しの放課後
7 ロードムービー
8 太陽の坐る場所
9 ふちなしのかがみ
10 ゼロ、ハチ、ゼロ、ナナ。
11 V.T.R.
12 光待つ場所へ
13 ツナグ
14 本日は大安なり
15 オーダーメイド殺人クラブ
16 水底フェスタ
17 ネオカル日和
18 サクラ咲く
19 鍵のない夢を見る
20 島はぼくらと
21 盲目的な恋と友情
22 ハケンアニメ!
23 家族シアター
24 朝が来る
25 きのうの影踏み
26 図書室で暮らしたい
27 東京會舘とわたし
28 クローバーナイト
29 かがみの孤城
30 青空と逃げる
31 嚙みあわない会話と、ある過去について
32 小説 映画ドラえもん のび太の月面探査記
33 傲慢と善良
34 すきって いわなきゃ だめ?
35 ツナグ 想い人の心得
36 琥珀の夏
37 闇祓
38 レジェンドアニメ!
39 嘘つきジェンガ

1『冷たい校舎の時は止まる』～9『ふちなしのかがみ』までは「野性時代」2009年8月号収録の特集時の記事に今回、加筆修正を加えたものです。10『ゼロ、ハチ、ゼロ、ナナ。』～39『嘘つきジェンガ』は2023年1月にインタビューを行いました。

『冷たい校舎の時は止まる』

雪の降るある日、学校に閉じ込められた8人の高校生。2ヶ月前の学園祭の日に自殺したはずの同級生を、彼らはなぜか思い出せない——。

2004年6～8月　講談社ノベルス
2007年8月　講談社文庫
2019年6月　講談社限定愛蔵版

自分の青春時代と切り離せないデビュー作

書きはじめたのは高校生のとき。途中筆が止まった期間があったのですが、大学時代に再開したらあっと言う間に書き終えました。でも書くことが一番の楽しみで、もうずっと書いていたいくらいだったので、終わったときは寂しかったです。

フーダニットと、孤島や雪山の山荘に代表されるクローズド・サークルをやってみたかったんです。自分なりの設定で私でなければ書かないものを、と考えて、当時の自分の境遇に近い、学校を舞台に選びました。学校がクローズド・サークルになるという現象が起きますが、もともとスティーヴン・キングやSF漫画が大好きだったので、日常に超常現象を持ち込むことに違和感はなかったですね。

高校生活での閉塞感を書きたい気持ちもありました。一人ひとりを掘り下げて、誰にでも背景や物語があるんだということを書きたかった。それで「犯人は誰なのか」を「自殺者は誰なのか」という謎に仕立てました。登場人物は8人いますが、自分の周囲の具体的なエピソードを参考にしたわけではなく、いろんな人の中にある要素を取り込んでばらまいた、という感じです。あの頃のいろんな思いが詰まっているので、自分の青春時代と切っても切り離せない作品ですね。

高校や大学の友達には原稿を読んでもらっていました。終盤で出てくる解答用紙にも書き込んでもらって、パーフェクトな答えの人もいたんです。デビューが決まったときはみんな喜んでくれました。嬉しかったのは「今までルーズリーフで読んでいたけれど、本の形になるから読みやすくなる」と言われたこと。そういう気持ちで読んでくれた人がいる限り、自分はこれからも大丈夫、と思いました。

登場人物と作者名が同じ辻村深月なのは、いろいろなミステリ作家の方にならって。今考えると、シリーズ化するわけでもないのになんで、って思う(笑)。でもデビュー作は名刺代わりと言いますから、これでよかったなと思っています。

担当編集者より

『冷たい校舎の時は止まる』を読んでまず思ったのは、「この作品を守ってあげたい」ということでした。デビュー作には作家の全てが込められていると言われますが、とりわけこの作品には作者にとって本当に大切なものが入っているように感じられたのです。登場人物はみな作者自身の分身のように思え、ラストには作者の願いが反映しているように感じたのです。この作品は下手にいじれないな、と思ったことを今もよく覚えています。

(元講談社 唐木 厚)

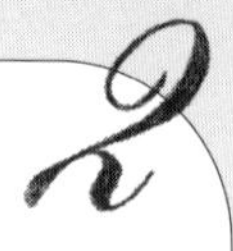

『子どもたちは夜と遊ぶ』

行方不明になった高校三年生。世間が騒ぐ中、木村浅葱だけはその真相を知っていた。『i』はうまくやった。さあ、次は俺の番だ——」

2005年5月　講談社ノベルス
2008年5月　講談社文庫

デビュー2作目ということで、読み応えのあるミステリを書かなくては、という気持ちが強かったです。でも素人が好き勝手に手探りで書くのと、プロになってからの手探りは全然違いました。明かりのない海の中を泳いでいる感じ。どっちに行ったらいいのか、そもそも岸があるのかどうかさえ分からなかった。その分、書き終えたときには、ものすごく達成感がありました。

書きながら一番泣いたのもこの話、書き終えて一番泣いたのもこの話。だから、私にとっては言葉にできないくらい、大切な作品です。自分の小説にこんなに入り込んでしまって、自分はなんてイタい人間だろうとも思いました。こんな人間は作家になるしかないし、これからも小説を書いていくから許してくれ、という気持ちです(笑)。

殺人ゲームの話ですが、私が思い入れたのは、ラブストーリーの部分の方でした。もともと読み物としても悲恋のほうが好き。単に不幸なのではなく、通い合っているものがあるのに……というのはなんて切ないんだろう、と。それを、ちょっとやりすぎなくらいでいいから、ロマンティックに見せたかったんです。書きながら、ああ、自分は脚本や筋を作りたいというよりも、どうやってこの恋を見せるかという、演出を大事にする作風なんだなと気付きました。仕掛けを用意するのも、自分にとっては演出方法のひとつなんだと、書き終えたときに改めて自覚しました。

登場人物の誰一人として、気を抜かずに書きました。今読み返すと過剰だなと思うくらい、いろんなことを詰め込んでいます。小説を書くときは、そのとき持っているものを全部吐き出して、空っぽになってから次の作品にいくくらいの気持ちでいたいと思うのですが、この作品ではそれができた。だからこれを書いていた頃の自分と登場人物のことは愛おしくてたまりません。そのためか、この話が一番好きだといってくれる読者が今も多くて。「続きは書かないのですか」と聞かれるのが、とても嬉しいです。

イラストレーターより

ノベルス版の表紙が内容にぴったりだったので、それでもなんとか違う斬り方を……と、うんうん言いながら本文を読んでいたら、終盤で突然、物語が「ぱかん!」と自分から割れてくれた。そんな思い出のある仕事です。
(イラストレーター　笹井一個)

真っ暗な海を泳ぐようにして書きあげた第2作

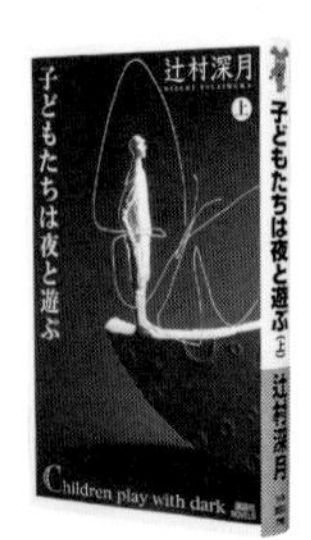

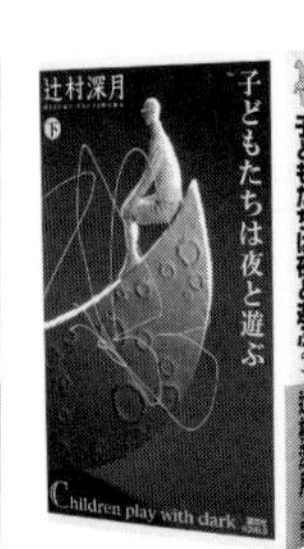

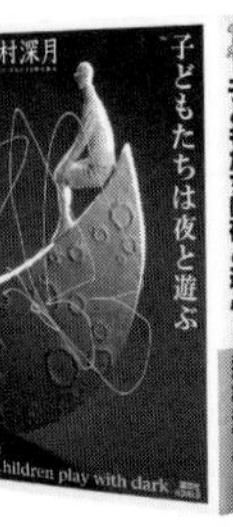

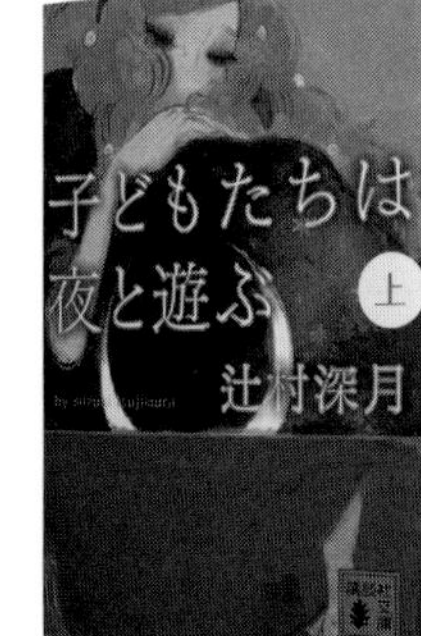

子どもたちは夜と遊ぶ 下 辻村深月

『凍りのくじら』

藤子・F・不二雄を「先生」と呼び敬愛する高校生・理帆子は冷めていた。SFを「少し・不思議」と形容した先生に倣えば、理帆子自身は「少し・不在」——。

2005年11月　講談社ノベルス
2008年11月　講談社文庫

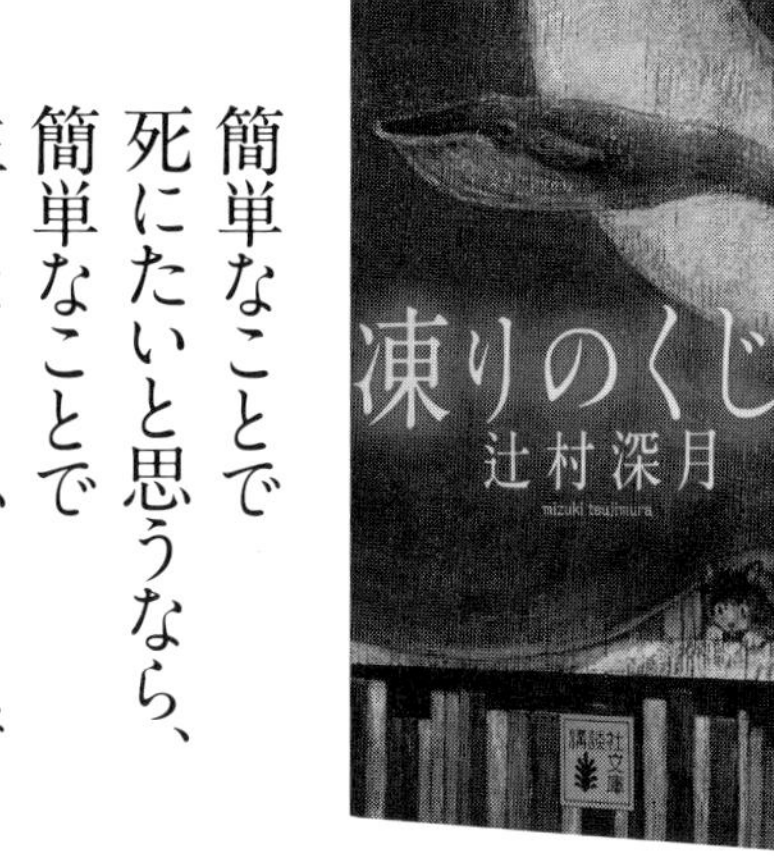

簡単なことで死にたいと思うなら、簡単なことで生きたいと思えるはず

はじめて一人称を使った小説。2作目を書いた後にいい感じに肩の力が抜けて、ミステリではないかもしれないけれど、好きなことを書いてみたくなったんです。

主人公の理帆子はまわりより少しばかり観察眼が鋭くて、そのことに優越感を抱いている女の子です。本が好きな人にならきっと共感してもらえる、と思っていました。書き始めてみると、共感の度合いも強かったけれど拒絶されることも多かった。でも、全員に響かなくても、一部の人にピンポイントに届くならそれでいい、という姿勢が、この小説で確立した気がします。

理帆子は『ドラえもん』が大好きで、いろんな道具の名前も出てきます。これは、家族を書こうと思ったから。光を書くには闇を書かなくてはいけないように、理帆子の家族が今ばらばらの状態であるなら、一番よかったときのことも書かなくてはいけない。家族の幸せを象徴するものは何か、と考えたとき、自分の体験を振り返ると、真ん中にあったのが『ドラえもん』だったんです。

登場させたもうひとつの理由としては、本やサブカルチャー全般に救われてきた者として、生活と文化の結びつきを書いておきたかったから。作品のテーマ以外のところ、例えば主人公が格好よかったとか、ただ面白かったということだけで、私たちは生かされてきた部分も大きいと思う。今すごく辛くて死んでしまいたいほどだけれど、来月あの作家の新刊が出るから、それを読んでからでいいやと思ったりする。簡単なことで死にたいと思うなら、簡単なことで生きたいと思える。そうして人は救われていると思う。ですから、自分が見て、読んできたものへの感謝の気持ちをこめて、『ドラえもん』を取り上げました。自分もそんなふうに、新刊を心待ちにされる作家になりたい。

ただ、人の裏を読む子の話なので負のイメージの強い道具ばかり出してしまって(笑)。もう一度機会をもらえるなら、明るいイメージの道具で構築された小説も書きたいですね。

担当編集者より

先日、書店で中学生くらいの女子が『凍りのくじら』を手に取り、真剣な表情であらすじを読み、財布の中身を確認してから、レジに持っていく、という現場に遭遇しました。この作品では文庫化に際して比較的直しを入れた前二作とは異なり「そのままの形で、当時の勢いのまま」刊行したいというのが、最初に辻村さんと二人で決めた方針でした。私が見た女子のようにお小遣いから本を買ってくれる若い読者にもその勢いが伝わればと思っています。

(講談社　大久保杏子)

『ぼくのメジャースプーン』

ある日、学校で起きた陰惨な事件。幼なじみのふみちゃんはショックのあまり心を閉ざし、言葉を失った。彼女のために、ぼくにできることはたった一つ——これは、ぼくの闘いだ。

2006年4月　講談社ノベルス
2009年4月　講談社文庫

『子どもたちは夜と遊ぶ』を書き終えたすぐ後くらいには、この小説の構想がありました。圧倒的な暴力に巻き込まれた時、人はどう対処するのか。被害に遭ったといえばすべてが許されるのか。そんなことを、ひとつの事件を通して描きたいと思ったんです。

主人公と一緒に考え抜いた7日間

ここでは『子どもたち～』の秋山先生が登場します。10歳の男の子がどうしようもない理不尽に巻き込まれたとき、助けを求めるのが秋山だったら、前作から続けて読んできた人は「この人が出てきたら大丈夫」と思ってくれるはず。その驚きと嬉しさを物語のリンクを通じて味わってほしかったんです。それに、前作を書き終えたときに、ただ普通に書いたつもりの秋先生の言い回しがどうも気になって。これがもしもひとつの能力だったらどうだろう、とふと考えたんです。そこで条件提示能力が生まれました。読者としてSFを読んでいても、設定に条件やルールがあるもののほうが断然楽しいので、何でもアリの能力にはせず、詳細に能力の条件を作っていきました。

書きはじめたときは、「ぼく」が出す結論はまったく見えていませんでした。あっと言う間に書いた小説ですが、自分自身がすごく考えさせられた作品でもある。主人公と7日間を一緒に過ごした気分です。この結論は秋山先生との対話を書いていくうちに、自分の中で少しずつ獲得されていって、最後まで行き着いたときには、もうこれしかない、と思っていました。

結論は読者にお任せします、という小説もありますが、この作品では〝あなたにとって正しいかどうかは分からないけれど、彼にとっての結論はこれです〟というものを突きつけたかった。逃げずに向き合うことができたのは、作家としての自信になりました。それと、動物殺しという繊細なテーマを、倫理の側面からここまでじっくり書かせてもらえる機会があったことで、自分が作家をやっていく意味のようなものも感じられました。

2023年現在、講談社の会員限定小説誌「メフィスト」で続編の『罪と罰のコンパス』を連載しています。本になるのはもう少し先ですが、ぜひ、お待ちいただけたら幸いです。高校生になった「ぼく」が主人公です。その際、最初の章のタイトルが何から始まるかも注目してもらえたら嬉しいです。もし意味がわかったら、皆さん、教えてくださいね。

担当編集者より

「『子どもたち～』で明かさなかった“秋先生”の××ですが、正解はあるんですか?」素朴な担当者の疑問に「あるよ」と気軽に答えてくれた辻村さん。聞いてみるもんですね。これがきっかけで『ぼくメジャ』は生まれ、杏仁豆腐を食べながら「甘い蜜の中から悪意を掬いとるような話にしたい」と構想を語られた辻村さんは、それから一年後、「どうしようもない悪意への有効な罰」という難しい問いに、見事ANSWERを出してくれたのですから。
（講談社　小泉直子）

『スロウハイツの神様』

「スロウハイツ」には人気作家のチヨダ・コーキ、売れっ子脚本家の赤羽環ら、クリエイター（と、その卵）が住んでいる。時には衝突しながら絆を深めてゆく日々を描いた、青春群像劇。

2007年1月　講談社ノベルス
2010年1月　講談社文庫

大袈裟に言えば「愛」を描こうとした

この小説ではクリエイターを目指す若者たちの青春みたいなものが書きたかった。藤子不二雄A先生の『まんが道』も大好きだったし、かの有名なトキワ荘のような、共同生活の場所を舞台にしました。

大学を卒業してすぐの頃って、モラトリアムに陥りがちですよね。自分は何者かになれるのか、これからどうなるのか、誰も教えてはくれない。その最中にいる人たちの視点で書いてみたかった。そして『子どもたち～』ほど痛烈ではないけれど、大袈裟に言えば「愛」を描こうとして、こうなりました。結構長い話になってしまったけれど、その分後半部分が活きてくると思っていただけたら嬉しいです。

赤羽環に関しては、彼女が鼻につくといって途中で本を閉じてしまう人もいるらしいんです。まあ、ちょっとわかるけど(笑)。でも、そういう人こそ最後まで読んでほしい。私は負けん気の強い女の子が好きなんですね。自分のことを苛烈だと自覚しつつ、自覚してるんだから許してよという、そのことが傲慢であることすらも分かっている、達観している子がすごく好き。

小説家のチヨダ・コーキは〝格好悪いけれど格好いい人〟にしたかった。そのほうが生きている感じがするなと思って。彼の小説のせいで事件が起きた、と騒がれる設定は、『ぼくのメジャースプーン』を書いたときに、ためらいもあったからなんです。もしもあの本と同じようなやり方で今事件が起きたらきっと無関係だと思えないだろうな、と。その怖さがこの話に繋がっています。ただ、物語のそうした悪い影響がすぐに取り沙汰されてしまう風潮に抗いたい気持ちもあり、それがストーリーの柱になりました。

他にも、さまざまな登場人物の、いろんな視点が出てきます。群像劇は好きですね。優れた群像劇って、ひとりひとりが生きている。著者としても都合のよい駒ではなく、一人ひとりが自分の信念に基づいて行動していてほしいと思う。そのせいか、環も公輝もその後の私の小説にちょこちょこ出てきてくれますし、それを心待ちにして喜んでくれる読者がいることにも幸せを感じています。

イラストレーターより

おもしろい本を読むと音楽が聴こえます。辻村深月さんの作品からも素敵な音楽が聞こえます。残念ながら曲にすることは出来ませんが、辻村さんの世界がほんの少しでも装丁から伝わるといいなと思いながら描いています。　（イラストレーター　佐伯佳美）

『名前探しの放課後』

「今から、俺たちの学年の生徒が一人、——自殺する。それが誰か、思い出せないんだ……」。3ヶ月前にタイムスリップした依田いつかは、自殺を止められるのか？

2007年12月　講談社単行本
2010年9月　講談社文庫

デビュー作の変奏バージョン

『冷たい校舎〜』を書くとき、クローズド・サークルと、日常の中と、2パターンの舞台を当初は考えていたんです。結局あちらではクローズド・サークルを選んだのですが、もうひとつのアイデアも『冷たい校舎〜』の変奏バージョンとして書くことができるなと思っていました。ですから自殺した人を探す、という設定は同じです。

この中で書きたかったのは、地方の高校生たちの日常。商店街が活気を失ったり、街並みが変わっていくことを寂しく思う一方で、それでも今自分たちは新たにできたメガモールで遊ぶことが楽しい、というような彼らのリアルを追う中の青春活劇が書けたら、と思いました。しばらく高校生を書くことから離れていたので、10代のバタバタした感じもひさびさで楽しかったです。

変奏バージョンなので、『冷たい校舎〜』ほど深刻でなくてもいい、と考えていました。自殺を止めるといっても、重くやるのではなく、不謹慎かもしれないけれど、笑ったりふざけたりしながらでいいと思って。人を助けるなんて、軽くやっていいことなんだと思って書きました。多分、自分の中での10代が終わったからこそ、獲得できた考え方だと思います。昔書いていたら絶対にこうはならなかったので、その意味でも同じテーマを変奏してみた甲斐があったと感じています。

後半に、他の作品とリンクしていることが分かります。フェアかアンフェアかの話にもなりますが、作品すべてが同じ世界の中のことだという前提があるとして、ひとつの世界の中に不思議なことってそういくつもあるはずがない。だったらすでにこの世界にあるとされている不思議な力の存在について書くのでもいいかな、と思って。今回は明るい話なので、あの子たちがのびのびやっているところを見ていただけたら、とも思っています。

ところで、目次はすべて本のタイトルになっていますが、これはあすなが読んでいる本棚のイメージです。ここからも、彼女がどういう子なのか伝わるかなと考えました。ちなみに、他の作品の目次からつながっているんですが……。いろんなものを広げて書いていく中で、こうした遊び心が仕掛けられるようになったこともすごく嬉しい。興味がある方は探してみてください。

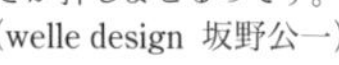

デザイナーより

辻村さんをバックアップする編集者の熱意は凄い。装幀にも並々ならぬものが要求されます! 今回は初の単行本なので特に。装画は「同じ場所に居るのに時空が異なるため会えない二人」という設定で依頼。イラストレーターの丹地陽子さんがこれ以上ないものに仕上げてくださいました。本作品に限らず「辻村プロジェクト」が終わるときには、祭りの後のような爽快感と、終わってしまうことへの淋しさが押しよせるのです。

（welle design　坂野公一）

7

『ロードムービー』

デビュー作『冷たい校舎の時は止まる』から生まれた短篇集。この世界の片隅で起こる、小さな事件と心の揺れを繊細に描き出す。

2008年10月　講談社単行本
2010年9月　講談社ノベルス
2011年9月　講談社文庫
2013年8月　講談社青い鳥文庫

デビュー前から書きためた作品集

ここに収録された3編とも、実は『冷たい校舎〜』と『子どもたち〜』の間、つまりメフィスト賞に応募する前に書いたものです。『冷たい校舎〜』がデビューにつながるかどうかもわからない状態のなかで、他のまったく違う世界を書くまでには気持ちが動かなくて。『冷たい校舎〜』からはみ出し、まだ構想が胸にあふれているものについて書いてみよう、と熱が冷めない状態で書きました。この頃から、作品にリンクを作ることや、登場人物のその後を書くというスタンスはあったし、その後もそれは変わらなかったんだな、とつくづく思います。

ただ、『冷たい校舎〜』の登場人物のその後をストレートに書いたものではないんです。思い入れがある分、普通だったらそのまま続編という形になるのかもしれない。でもここで書いたのは、『冷たい校舎〜』の登場人物の幼い頃の話だったり、彼らの子どもの話だったりする。どんなに思い入れを持っていても、そこに引っ張られることなく、これだけでひとつの読み物として楽しませたいという気持ちがおそらくあったんでしょうね。

表題作や「雪の降る道」は子どもが主人公です。『ぼくのメジャースプーン』で10歳の男の子の一人称を書いたときにも思ったのですが、確かに今の自分が子どもの言葉で語るのは難しい。でも、大人の私の筆で描写していても、書かれている彼らの行動や気持ちは間違いなく子どもの世界のものだと思っています。

私にとって、初の短編集でもあります。登場人物どの子も一生懸命で、今読むとより愛おしいです。

担当編集者より

「『エソラ』で短編を書きませんか?」とお話ししたところ、辻村さんは「デビュー前から書き溜めていたものがあります」と数編の原稿をすぐに送ってくださいました。どの作品も辻村さんらしく、サプライズあり、胸がキュッとなるところあり、とてもデビュー前に書いたものとは思えない出来でした。そのなかの数編に手を入れていただき、現在の形になったのですが、実はブラッシュアップしたことで半分の長さになったものもあるのです。編集段階で辻村さんの才能と進化を実感しましたね。

(講談社 栗城浩美)

『太陽の坐る場所』

2008年12月　文藝春秋単行本
2011年6月　文春文庫

高校卒業から10年。クラス会に集まった男女の話題は、女優になったクラスメートの「キョウコ」。28歳、大人になってしまった男女の切ない想いを描くミステリ。

30歳目前の閉塞感

最初に思いついたのは田舎の学校のクラス会の光景です。30歳目前での閉塞感や、多視点だからこそ分かるすれ違いや心の探り合い、悪意も書きたかった。

昔の自分を知っている人たちの前で、今の自分を見せたいかどうかは、人によって違う。成功した人は見てほしいだろうし、昔華やかだったけれど今うまくいっていない人は、隠したい気持ちもあると思う。

30歳目前という年齢って、自分の今後の人生が見えてくる最初の節目の年頃だった気がするんです。今の日々をこなしていく生き方もいいとは思っていても、昔一緒に教室にいた人間で一人明らかな成功者がいるとしたら、あの人に比べて自分はどうなんだろう、と考えてしまうのではないか。そうした気持ちが渦巻くのが同窓会なんじゃないかな、と。ノスタルジックなものではなく、もっと複雑な感じ。行かないという選択をしても、案内が来ただけで心がざわざわしてしまう……それって何だろう、と。

私自身、その年代の頃はもっと自由になれると思っていたものが、まだまだ生身な感じだったんですよね。そして、40歳、50歳になってもまだまだ生身なのかもしれないという予感がその頃に始まった。その年齢になったとき、30歳手前での悩みなんて「何言ってんだ」って笑い飛ばしそうな気がするなぁって（笑）。だから、これは今のうちに書きとめておいたほうがいいなと思いました。今が苦しいってことを、忘れないうちに書いておこう、って。結果、今、40代で読み返すと、うん、ごめん、過去のことを笑いそうになるけど、ちゃんと苦しいよなって反省します。過去の自分に怒られているような気持ちになる。

東京に対するコンプレックスも書きたかったですね。なぜか『名前探しの放課後』以降、私の小説って、どこかに地方の空気がにじむんです。私が高校生の頃は、東京という場所があるとは知っていたけれど、自分たちは東京の高校生と何も違わないと思ってた。自分の育った土地は自分にとって等身大の場所なのに、都会とか田舎とかいう言葉を外から持ち込まれるのって何なんだろうと。そのあたりの感覚に自覚的になったのが、おそらくこの本を書いた頃からでした。

担当編集者より

回を追うごとに次々とアイデアが広がり文章も研ぎ澄まされてゆく様に、連載を担当する楽しみを満喫させていただいた作品です。ティーサロンでの雑談中に辻村さんが重要な伏線をひらめき、二人して盛り上がって周囲のマダムを驚かせてしまったことも。辻村さんたっての希望で連載時から装画まですべてお願いした水口理恵子さんのイラストは、時に作者に「まさか先の展開をご存知!?」と言わしめるほど（笑）イメージぴったりでした。　（文藝春秋　八馬祉子）

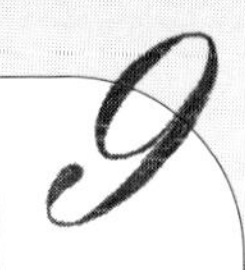

『ふちなしのかがみ』

2009年6月　KADOKAWA単行本
2012年6月　角川文庫

花子さん、学校の七不思議、コックリさん……辻村深月初のホラー短篇集。異界へとつながる扉が、今開かれる——。

ホラー短編集です。都市伝説や怖い話がミステリと同じくらい大好きな子どもだったので、題材には事欠きませんでした(笑)。子どもの頃はそういう本ばかり読んでいると叱られたり、学校でキューピッド様が禁止になったり。禁止されると欲求は強くなるものなので、いっそう惹かれたのかもしれません。

最初に書いたのは「ブランコをこぐ足」。今読み返しても、なんて混じりけのない気持ちで書いてるんだろうって思う。ひとりひとりの語りを追うのが楽しくて、一気に書き上げました。「踊り場の花子」は、夜中ではなくトワイライトという時間にも、こんなに怖さがあるんだと書いてから気づきました。「おとうさん、したいがあるよ」は祖父母の家からたくさん死体が出てくる実験的な短編。どうやって書いたかもうわからない(笑)。表題作はタイトル通り、鏡にまつわる怖い話です。「八月の天変地異」は、怪異を扱う短編集だとしても、ラストにあたたかさもある展開の話を持ってきたくて書いた〝見えない友達〟の話です。

読者を怖がらせたいという思いよりも、ただただ、自分が好きなこと、好きな角度の怖さの演出を書くのが楽しくて夢中で書いた、という感じです。そうしたら読者から「怖かった」と言ってもらえたので、よかった。怪異を表現するのに、小説ってすごく向いている手法だと思います。具体的な絵や映像がない分、言葉で提示されたとき頭でイメージするものって、その人にとって一番怖いものになる。小説の怖さは作者と読者の共同作業によって成り立つんですよね。ですからイメージを喚起しやすいよう、この本でも学校など日常的な場所が多くなったのかもしれません。

全編に通じるのは、境界線を越える話にしたかったということ。だから短編の題名でもある「ふちなしのかがみ」を本のタイトルにも使いました。縁がないと、映っているもの、現実ではないものがこちら側に染み出してくる感じがする。ブランコを飛ぶのか飛ばないのか、やってしまうのかしまわないのか、嘘をつくのかつかないのか。そういう境界を踏み外す瞬間がひとつあると、ホラー小説はより魅力的になるのかな、と思います。

担当編集者より

コックリさんや花子さんなど、懐かしいモチーフが辻村さんの手で次々に魔法をかけられていく様子に毎回わくわくしていました。編集中に怖い経験の一つでもしていればよいのですが、実は私も辻村さんと同じ「見えない」タイプのようです。でも、見えないタイプのほうが怖い話により弱いような気がするんですよね……。どちらのタイプの方も、辻村ワールドの中の少し不思議で怖い側面を、存分に堪能していただければと思います。

(KADOKAWA 佐藤愛歌)

境界線を踏み外す瞬間を描きたかった

10

『ゼロ、ハチ、ゼロ、ナナ。』

地元を飛び出した娘と、残った娘。幼馴染みの二人の人生はもう交わることなどないと思っていた。あの事件が起こるまでは。

2009年9月　講談社単行本
2012年4月　講談社文庫

壮絶なデトックスのようだった

これは、自分が山梨でOLをしていた頃までに見てきたものを全部書こう、という思いからはじまった小説でした。母と娘の関係、女性同士のモテ格差、地方都市で生きるとはどういうことなのかなど、ひとつを引き抜いたら全部が繋がっていく感覚がありました。

はじめは漠然と、親殺しの話を書こうと思っていたんです。チエミとみずほのどちらが親を殺すのかも、殺されるのが父親なのか母親なのかも考えていませんでした。ただ夢中で書いていただけで、普遍性やテーマ性も考えていなかったんですよね。今読むとこの形しかありえないし、あの時の自分にしか書けなかったとわかります。今のほうが、自分の中でもこの小説を評価できている気がします。

これは書きあげたから言えることかもしれませんが、当時、もう起きた事件ではなく、明日起きるかもしれない事件を書こうという気持ちもあったと思います。この頃から、ひとつの事件や事象について掘り下げていくのではなく、その事件や事象を覆っている空気を捉えるような、リアルを描くのでなくリアリティを捕まえる書き方を意識しはじめたんですよね。それと、このあたりから、卑怯で鈍感な男がすごくよく書けるようになってきた気がします(笑)。

ぱっと見ただけでは意味がわからないタイトルに挑戦したのも、この小説がはじめてでした。以前から、読む前はなんのことだかわからないけれど、読み終えた時には絶対に頭から離れなくなるタイトルをつけたいと思っていて。この小説を書いた時、はじめてその勇気が出ました。

書き上げた時は壮絶なデトックスをした気持ちでした。エステのような気持ちのいいものではなくて、インフルエンザにかかって大量に汗をかいて毒素を出しきったようなデトックスです(笑)。でも、これを書いたからこそ、次に進むことができました。

担当編集者より

編集部に異動したばかりの頃、「次に刊行する辻村さんの書き下ろしだよ」と前任の担当者から原稿で読ませてもらい引き継いだのが本作です。ファンタジックな要素をあえて一切排して描かれるアラサー女性の息苦しさと葛藤がまるで自分のことのように身近に感じられて、事件の真相と共にものすごく衝撃を受けました。舞台となった山梨県を訪れるたびに、主人公のみずほとチエミは今どうしているのかなと想いを寄せてしまいます。　　(講談社　丸岡愛子)

11 『V.T.R.』

2010年2月　講談社ノベルス
2013年2月　講談社文庫

辻村深月の長編ミステリーから物語が飛び出した。「スロウハイツ」の住人を受け止め、支えた作家チヨダ・コーキのデビュー作を味わおう

これは『スロウハイツの神様』のスピンオフ作品で、あの小説の登場人物、作家のチヨダ・コーキが書いた小説、という設定です。

実はデビュー前に書いていた話なんですよ。その頃は既存の価値観を取り払っていく最先端のジャンルがライトノベルだなと思っていて、ラノベのジャンルで作家になることに憧れていたんです。でもメフィスト賞から西尾維新さんがデビューして、私が思っている新しさの五歩も六歩も先をやっていて、そこにはもはやラノベやミステリといった既存のジャンル分けそのものが通用しない凄さを感じたんです。この先私がデビューしたところで古いことしかできないと衝撃を受け、小説の書き方が一気に変わりました。ただ、この小説はそのまま手元に残してあったので、「スロウハイツ」を書く時に、これを書いた作家というところからチヨダ・コーキをイメージしていきました。

『ゼロ、ハチ、ゼロ、ナナ。』がその時点での自分のひとつの到達点になったからだと思うんですけれど、「このタイミングであの小説を出しませんか」というお話をいただいたんです。ずっと持っていて愛着のある小説だったので、絶対に格好よくしたいと思っていたら、一緒に本を作ったみなさんがその思いに応えてくださった。ノベルス版ではカバーが両面印刷されていたり、文庫でも著者名がチヨダ・コーキになっている扉や奥付ページがあったり、講談社のマークが代々社のライオンのマークになっていたり。綾辻行人さんの『迷路館の殺人』なども作中作のデザインに趣向があって、そうした本が長く憧れだったので、それが叶った喜びがありました。「文庫化する時、解説が赤羽環だったらぐっときませんか」と編集者に提案したら「やりましょう！」って盛り上がってくれて。言った後で「それ誰が書くんだ、あ、私か」って(笑)。読者から「解説がすごく刺さった」と言ってもらえるので、こだわってみてよかったです。

イラストレーターより

辻村さんの文章に凄く想像力を掻き立てられ、アールは絶世の美女にしたいなと頑張りました。新書版ではアクセントでティーに黄色いゴーグルを身に着けて描いてみたところ、それを辻村さんが本文でも取り入れて下さったのを大変嬉しく思いました。ティーとアールの関係性がとても好きで、文庫版ではさらに彼らの関係性を何とかイラストに落とし込めないものかと試行錯誤した事が今でもとても楽しい思い出として残っています。

（イラストレーター　倉花千夏）

装丁も解説も、こだわりぬいた一作

『光待つ場所へ』

2010年6月　講談社単行本
2012年6月　講談社ノベルス
2013年9月　講談社文庫

悔しい、恥ずかしい、息苦しい——。それでも日々は、続いていく。扉の開く瞬間を描いた、五編の短篇集。

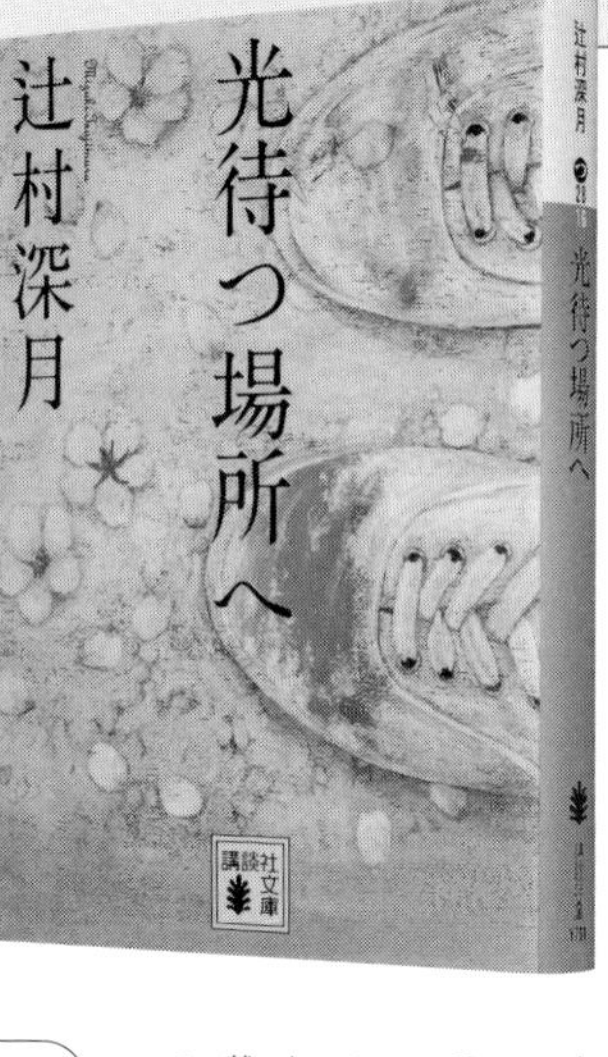

最初に、ひとつ階段を上がった作品

短篇集です。美大に通うあやめちゃんが出てくる「しあわせのこみち」と藤本昭彦が出てくる「アスファルト」は、どちらも『冷たい校舎の時は止まる』と登場人物がリンクしているスピンオフで、デビューする前に自分で書いてずっと持っていました。他の短篇も、それぞれ他の小説と登場人物がリンクしています。

「しあわせのこみち」は独立の短篇としても読めるので、小説すばるの新人賞に出して二次まで残ったことがあります。その時は自分の名前が「小説すばる」に載ったことがすごく嬉しかった。『光待つ場所へ』はどの話も、誰かがひとつ階段を上ったり、扉を開ける瞬間がある青春小説集ですが、私にとっても「しあわせのこみち」は最初に、ひとつ階段を上がった作品だったんです。なので、今小説を投稿しようと思っている人、応募して突破できなかったという人に、その時はたまたま選ばれなかっただけで、その小説の価値がないということでは全然ないんですよ、と伝えられたら嬉しいです。こんなふうに、いつか物語としての強さが別のところで認められて、人に読んでもらえる機会が訪れるかもしれない。評価は評価として受け止めながら、それが絶対的な答えだと思わなくて大丈夫。

やはり『冷たい～』は時間をかけて書いた長篇だったので、書いた後も熱量みたいなものが自分の中に溢れていて、あれもこれもスピンオフを書きたくなったんだと思うんですよね。その後デビューできて、世界観のリンクは続けながらも違うジャンルの小説も書けるようになりました。もしデビューできていなかったら、思い入れがあまりに強すぎて、二十年近く経つ今でもきっと、『冷たい校舎～』の原稿を直したり、スピンオフばかり書き続けていたと思います。きっと、『凍りのくじら』をはじめ、その後の小説は生まれていなかったんじゃないかな。そう思うと、デビューできて本当によかった(笑)。

文庫解説者より

語り手は主に、高校生から大学生世代の若者たち。自分自身を、そして自分と世界との関係性を、しつこく眺め分析することが仕事だったあのころの物語たちです。辻村さんが書く青春期の作品には、これは自分だけが見つけたものだ、と信じ込んでいた感情たちがドンドコ大量に出てくるのでびっくりします。でもそれが、安心感にも繋がるのです。この小説によって、自分の心を客観視でき、扱い方を知る人も多いのではないでしょうか。

(作家　朝井リョウ)

13

『ツナグ』

人生でただ一度だけ、逝った人との再会を叶えてもらえるとしたら、何を伝えますか——。心に染み入る感動の連作長篇小説。

2010年10月　新潮社単行本
2012年9月　新潮文庫

これは巡り合わせがあって生まれた小説です。新潮社から「yomyom」という雑誌が創刊されるタイミングで、編集者の木村由花さんがお手紙をくださったんです。とにかく『ぼくのメジャースプーン』がすごくよかった、という熱烈な内容でした。そこで「yomyom」に書くことになったんですが、当時はオール読み切りスタイルだったんです。一話完結で『ぼくのメジャースプーン』みたいに少し不思議な要素がある話を書こうと考えて生まれたのが、死んだ人に一回だけ会えるという設定でした。死者に会う際のルールを細かく設定したのは、自分が読んできたミステリーやSF、「ドラえもん」などの世界で、何か不思議なことを設定する時には明確にルールを作る、ということを教えてもらってきたおかげです。

当時私は三十そこそこで、その年で人の死を書くのは早いのでは、と周囲に言われたりもしたんです。だけど、会いたい死者がまだいないフラットな状態のうちに書いておきたかった。八年後に続篇の『ツナグ　想い人の心得』を書いた時には、担当してくれた由花さんをはじめ、会いたい人が何人か出てきてしまったので、やはりあの時に書いておいてよかった。

じつは「親友の心得」は、締め切りを一か月、間違えていたんです。別の原稿を書き終えて一息ついてアイスを食べていたら由花さんから「今日原稿いただけなかったので来週お待ちしてます」みたいなメールがきて。まだ女子高校生の親友同士という設定くらいしか考えていなかったんですが、慌てて必死になって集中して、二日間で書き上げました。本当は後味のいい話を書くつもりだったのに、ラストが……。そうしたら由花さんから「すごくいい！」と言われたんです。実際、他とは違った切り口の話になったことで全体に奥行きが出ました。吉川英治文学新人賞を受賞し、映像化もされて、私の代表作のひとつとなりました。

担当編集者より

辻村さんが新潮社で初めてご執筆下さった作品で、文芸誌「yomyom」での連載でした。最終話「使者の心得」掲載号の校了中、担当編集の木村由花さんが「すごいの。こういうことなのか！ってびっくり」と興奮しながら話してくれて、私も読んで大変な衝撃を受けました。この欄は由花さんこそ適任ですが、それから5年後、ツナグに頼まなければ会えない場所へ行ってしまいました。由花さん、『ツナグ』は愛され続けていますよ！

（新潮社　長谷川麻由）

たくさんの巡り合わせから生まれた代表作

14

『本日は大安なり』

企みを胸に秘めた美人双子新婦、新婦に重大な事実を告げられないまま、結婚式当日を迎えた新郎……。人気結婚式場の一日を舞台に人生の悲喜こもごもをすくい取る。

2011年2月　KADOKAWA単行本
2014年1月　角川文庫

「より面白い形」を貪欲に探し続けた

結婚式場を舞台にした群像劇です。当時、結婚式に招待されることが増えていて、いろんな式場にいくと、一日のうちにこれだけのことが起きるんだ、というのを可視化できる瞬間があって。老若男女がいて、いろんな人間模様があるんだなと興味を持ち、結婚式場の一日の話を書こうと思ったのがはじまりでした。

雑誌連載していた時は一章ずつ、一家族の話ごとに書いていたんです。書籍化するためにゲラを読んでいた時に、「これ、バラバラにして、全部の家族の話が同時進行で起きているようにするのが絶対に正解だ」と思いついて。おそるおそる担当編集者に電話して「大手術をしたいんですけれど……」と伝えたら、「その直感に従いましょう」と面白がってくれて。発売日までの時間的余裕は大丈夫なのか心配したら、編集者に「時間は大丈夫ですけれど、お金が大丈夫か考えます」って言われたんですよ。もう一回最初から校閲をかけたりするから、その分お金がかかるんですよね。それを聞いて、本を作るってそういう問題もあるんだとはっとしました。その後、編集者が発売日を調整してくれたうえ、本文内に時刻を表示しましょうとか、表紙イラストを描いてくださったさやかさんにそのための柱時計の絵を描いてもらいましょうなどとアイデアをくださるので、思わず「お金は大丈夫ですか」って訊いたら、「デザイナーの名久井直子さんが、お財布の使い方がとってもお上手なんです」って。デザイナーって本当にすごいんだ、と感動しました。本を一冊作るまでに、本当にたくさんの人の手が入って、いろんな工程にプロがいるんだということを実感し、改めて支えてくれる皆さんに感謝しました。

今振り返ると、どんなに手間がかかっても、より面白い形があるんじゃないかと貪欲に探した自分に対して「お前なかなかやるじゃないか」っていう気持ちもあります(笑)。これからもそんなふうな作家でありたいです。

イ　ラ　ス　ト　レ　ー　タ　ー　よ　り

「編集の藤田さんが、連載1回目の扉絵にひとりしか描かれてないんです、双子の話なのに！　って衝撃を受けていて、あの絵はいったい妃美佳と鞠香のどちらだったのかって話していたんです。」辻村さんにお会いした時そんなお話になりました。どちらも正解です。まっすぐにこちらを見つめる女の子は辻村さんの描く人物であり、辻村深月であり、わたしでもある。自分の魂を絵にしても成立する、辻村さんはそんな稀有な作家さんです！　（絵描き　さやか）

15

『オーダーメイド殺人クラブ』

家や教室に苛立ちと絶望を感じる中学二年生の小林アンは、冴えない「昆虫系」だが自分と似た美意識を感じる同級生の男子・徳川に、自分自身の殺害を依頼するが——。

2011年5月　集英社単行本
2015年5月　集英社文庫

中学生時代の鬱屈を、解像度を上げて書いた一冊

　これを書くまでは、青春小説を書いても絶対に中学時代は書かない、と思っていたんです。中学生って、小学生ほど無邪気に大人に従順にもなれないし、高校生ほど大人に対して諦めもないから、大人の言うことに従いながらも何かを感じ取って抑圧されている。その年代は一番書きにくいし、自分の中学時代を振り返っても一番屈折した思いが強くて、絶対に蓋を開けたくなかった(笑)。

　でも、この連載を始める少し前に専業作家になり、一斉に連載をたくさん始めたことで強引に蓋を開けざるをえなくなったんです。どうせ書くなら当時の自分が抱いていた鬱屈したものを全部、解像度を上げて書いてやる、という気持ちで挑みました。すべてを振り切って、最後まで後悔なく書き切れた。この話を書いていなかったら、その後中学生が主人公の『サクラ咲く』も『かがみの孤城』も、絶対に書いていなかったと思います。

　この小説は、主人公がつまらない大人になるくらいなら特別な何かになって爪痕を残したい、それには事件が必要だと思うところからスタートしますが、最後まで私、出来上がったものとは違う結末を考えていたんです。でも、十代の子が二人で話すうちに盛り上がってお互い引き下がれなくなって起こしてしまう事件も現実にはあるけれど、二人だからこそ、お互いに引っ張り合って踏み留まることもあるんじゃないか、と。か、爪痕を残せずに生き残ってしまったという感覚を持ちながら凡庸な誰かになっていくことにも意味はあるんじゃないか、などと考えるうち、私が彼らを導くつもりが、いつの間にかアンと徳川が私をあの結末まででつれていってくれた。

　今でも「この小説は自分のバイブルだ」みたいに言ってくれる十代の読者がいて、胸がいっぱいになります。かなりエッジが立っている本ではあるんですけれど、やっぱり自分の中で、十代を書いた小説として胸を張れる、代表作のひとつです。

担当編集者より

物語後半のあるシーンのために、秋葉原の貸スタジオに取材に行きました。当時はまだコスプレイヤーなども一般に認知されておらず、教室を模したスタジオの中で、辻村さんと「どういう人たちがここで撮影…?」と顔を見合わせたのを覚えています。執筆当時と「オタク」の世間的扱いは様変わりしましたが、辻村さんが描く思春期の「自意識の地獄」は、時を経てもなお生々しく、読者の古傷を抉り続けているのではないでしょうか。　（集英社　平本千尋）

『水底（みなそこ）フェスタ』

狭い日常に倦んだ広海は村への復讐に戻ってきた由貴美に惹かれるが、彼女が真に求めるものは……。そしてフェスの夜に事件が起きる。

２０１１年８月　文藝春秋単行本
２０１４年８月　文春文庫

『ゼロ、ハチ、ゼロ、ナナ。』を書くタイミングで専業作家になり、それを書き下ろしとして脱稿した後に、それまで控えていた連載の仕事を全部引き受けました。そのひとつがこの『水底フェスタ』でした。

『ゼロ、ハチ～』では自分が意図しないまま地方都市というものを扱っていました。書き上げた後にそれに気づき、じゃあ今度は意図的に、それを密に書いてみようと考えました。共同体があるからこそ閉塞する部分もあるけれど、守られる部分だってある、その感じを書きたかった。

自分が地方に住んでいた頃、全部が全部開かれていかなきゃいけない、近代化していかなければいけないという圧をすごく感じていたんです。その場所で人々の生活がもともと成立しているところに、外側からの価値観で「間違っている」と断じて、無理に外部がいうところの〝正しい形〟にしようとすると、ひずみが出てくるのではないか。そんな問題意識を持っていた気がします。その思いは後に、『島はぼくらと』にも繋がっていきます。

そうした発想から、舞台はより小さな共同体である村がいいなと思いました。小説の中に出てくるのは架空の村ですが、参考のためにいくつかダム湖のある村に取材に行って、それもとても楽しかったです。

なんとなく、主人公は男の子がいいなと思ったんですよね。同時期に『オーダーメイド殺人クラブ』で女の子を書いていたからかもしれません。守られた環境で育った男の子が自分は閉塞した場所にいると思いながらも、真の意味での閉塞が何なのかを知らずにいるところや、信頼を置いていた大人に対する印象が変わっていく部分、恋愛についても書きたかった。さらには共同体のほの暗い部分や、外部からの資金で村で開かれるロックフェスなども入れたかった要素。新たに挑戦することが多くて、書きながら、今まで閉ざしていた扉を次々開けていく面白さがありました。

担当編集者より

辻村さんとの取材旅行は、担当３人が山梨の駅で合流し、桜が咲き始めた山間の町を担当Iの運転で回りました。小説のキーとなるダム湖では、石灰で濁った緑色の湖面を見て「ここなら捨ててもバレないですね」などという物騒な発言も飛び出しました。小中学校を改装した宿泊施設に一泊したのですが、皆で並んで歯磨きをする姿はほとんど合宿。私たち以外誰もいない夜の校舎は、まさに辻村作品のようでした。小説には、取材時の空気感が見事に取り込まれていて震えました。

（元文藝春秋　吉田尚子）

閉ざしていた扉を開けていくような面白さ

17

『ネオカル日和(びより)』

2011年11月　毎日新聞社単行本
2015年10月　講談社文庫

作家もまた、読者である。出会ってきた本や映画、影響を受けたものたち。日本の新文化(ネオ・カルチャー)を徹底取材したルポを中心に著者が本当に好きな物だけを詰め込んだエッセイ集。

貴重な出会いが詰まっています

初のエッセイ集です。当時毎日新聞社にいらした元記者の内藤麻里子さんから、月一回の連載の相談をされたのがきっかけでした。「辻村さんが面白そうと思う場所に行って取材して、記事を書いてもらいたいんだけど」と言われて。内藤さんとはそれまで取材で何度か会ったくらいだったのに、何か見込まれた気がしたし(笑)、楽しそうだったのでお受けしました。お相手に取材したのは自分ですが、毎回、事前に打ち合わせをすることで、内藤さんから取材をして書くとはどういうことなのか、記者はどういうスタンスで取材対象に接するのかを勉強させてもらいました。

この時にたくさんいろんなところに行けたことは、その後も大きな財産になりました。取材で出会って繋がった人たちとは今もご縁が続いています。藤子プロに取材に行ったことが、のちに『ドラえもん』映画の脚本の執筆に繋がっていったり、アクセサリーブランドのQ－pot．さんに取材したことが縁となって、『かがみの孤城』の映画化の際にコラボレーションが実現したり。取材に応じてくださった方々が「原稿を読んで、自分たちがやりたかったことが可視化されました」と言ってくださることもありました。プロフェッショナルの方たちって、それが当たり前だと思ってやっているから、そこにある言葉の強さや物語性にかえって無自覚なことも多い。そこを掬いあげることができるのが作家としての自分の強みかもしれないと、それが後に、『東京會舘とわたし』を書くことにも通じていきました。

この本には毎日新聞の連載のほかに、他の媒体に掲載されたエッセイやショートショート、書評や舞台評、大山のぶ代さん訪問記も収録されています。こうやって読み返してみると貴重な出会いが詰まっていますね。過去の自分の文章は、ちょっと気恥ずかしい面もあるのですが、どれもその時でなければ書けなかった、今の私に繋がるものだと感じます。

担当記者より

本書の「I　ネオカルチャー新発見」の項に収録されている連載を担当しました。各取材テーマに対して興味と好き好きビームが真っすぐに放たれ、どの現場もいつの間にか熱烈歓迎になりました。愛さずにはいられないお人柄と言おうか、天性の人たらしと言おうか、周囲をひきつけてやまない魅力を実感しました。同時収録のエッセイを含めて、辻村さんの好きなものがぎゅっと詰まった1冊になったと思います。

（元毎日新聞社　内藤麻里子）

『サクラ咲く』

2012年3月　光文社単行本
2014年3月　光文社文庫

塚原マチは本好きで気弱な中学一年生。ある日、図書館で本をめくっていると一枚の便せんが落ちた。そこには『サクラチル』という文字が。一体誰がこれを――？

ベネッセの進研ゼミの教材に連載した小説集です。ご依頼をいただいた時、これ以上新たな仕事は増やせないという大忙しの時期でしたが、「進研ゼミ」と聞いてお受けすることに。なぜかというと、私がチャレメだったからです。当時は進研ゼミの教材「チャレンジ」をやっているチャレンジメイトのことをチャレメと言っていたんです。自分も子どもの時に「チャレンジ」に掲載された漫画や、お便りコーナーなどが大好きで読み込んでいたので、これは断るわけにはいかないな、と。

最初に中学二年生の教材に「約束の場所、約束の時間」を書いたら、好評だったので中一の教材からも依頼がきて「サクラ咲く」を書き、ふたつの話の間でリンクさせた部分が出てきたので、締めになる「世界で一番美しい宝石」を書いて物語を閉じることにしました。読者の中学生から、お父さんに「この話のこの人ってあの人でしょう」と言われて気づいた、という声なども届いて、親子で小説を楽しんでくれているのが嬉しかったです。

「進研ゼミ」の教材に連載していたためか、この小説は中学校の試験問題として使われる率もすごく高くて、今も毎月のように許諾申請が来るんです。それに、四月になると定期的に重版がかかるんですよ。小学生や中学生の子たちが、自分と同じ年頃の子の気持ちにリアルタイムに寄り添って読んでくれている実感があります。

文庫版では、あさのあつこさんが解説を書いてくださっています。あさのさんは私が連載する前に『13歳のシーズン』という作品を同じく「進研ゼミ」で連載されていて、その小説がまた素敵なんです。そちらの文庫には私が解説を書いています。

「サクラ咲く」と「世界で一番美しい宝石」は、二つの話を合わせた形でドラマ化されています。これが本当に素晴らしい！　監督は池田千尋さんで脚本は高橋泉さん。DVDもあるので、よかったら探してみてください。

担当編集者より

『サクラ咲く』の収録作2編は進研ゼミ『中二講座』『中一講座』に連載されました。中学生向け小説レーベルを創刊し、ご縁のできたベネッセの方と辻村さんにご執筆を依頼、快諾していただきました。媒体の読者が限定されるため、辻村さんは中学生に丁寧に取材して下さり、彼らの悩みを主題にしながらSFやミステリ要素も加えた物語となっています。書籍化担当の小林と共に、読者に対する辻村さんの誠実さを深く感じました。

（光文社　貴島潤）

「進研ゼミ」の教材に連載した一作

19

『鍵のない夢を見る』

彼氏がほしい、母になりたい、普通の幸せがほしい——。地方の町でささやかな夢を見る女性たちの暗転を見事に描いた五篇。

2012年5月　文藝春秋単行本
2015年7月　文春文庫

切れ味鋭い
直木賞受賞作

『オーダーメイド殺人クラブ』を書いた時も思っていたんですが、なにか事件が起きると、それを起こした人は自分たちとは違う人、という感じの報道がされ、報道を見る側もそう感じてしまう気がしていて。でも、事件を起こした人たちにも私たちと同じように日常があり、事件の後も日常にいるんじゃないか、と思っていました。じゃあなぜ事件を起こす状態に迷い込むんだろうと考えて、〝町の事件〟を扱うことにしました。毎回、気になる事件を起こした人の気持ちを考えていったら、たまたま主人公が全員女性になり、直木賞を受賞した時に「地方に生きる女性たちの閉塞感がよく出ている」と言われて、はじめて、今回も地方都市の話だったと気づきました。

これは「オール讀物」での連載でした。今までの自分の読者層より年代が上の読者も多いんだろうなと意識するなかで一篇一篇書いたことを憶えています。読み返すと、一篇五十枚くらいの長さでこの切れ味を出せているのは我ながらすごいなぁと思う。今の私にこの書き方はおそらくできないし、当時の自分はなにかがすごく突き抜けた状態だったんだろうな、って。

直木賞をいただいた当初から言っているんですが、私はこれ一作で受賞したのではなく、同時期に連載していた八作全部を使ってとったという気持ちでいます。連載がどんどん書籍化されて、最後に本になったのが『鍵のない夢を見る』だったので、他の七作が後押ししてくれたように感じているんです。

受賞した時に、選考委員の方たちから「これでなんでも好きなものを書けるよ」と言っていただきました。賞のために書いてきたわけではないはずなのに、それでも「本当だ、自由だ！」と思ったんです。それで、自分が賞にとらわれていた部分もあったと初めて認められました。選考委員の方々もきっとそうだったんだとわかって、先輩作家の皆さんからのエールが心に沁みました。

担当編集者より

特にタイトルが印象に残っている一冊です。五編からなる短編集ですが、いずれ劣らぬ傑作揃いで「表題作」を採ることが難しく、単行本としてまとめる際に全体を象徴する書名を考えることになりました。ささやかな夢、欲望、閉塞……イメージの湧くままに、単語をノートに書き連ねる打ち合わせを重ね、辻村さんから「鍵のない」というフレーズが飛び出した時の「これだ！」という高揚感は忘れられません。

（文藝春秋　八馬祉子）

20

『島はぼくらと』

この島の別れの言葉は「行ってきます」。きっと「おかえり」が待っているから。
瀬戸内海に浮かぶ冴島。島の子はいつか本土に渡る。17歳、ともにすごせる最後の季節。

2013年6月　講談社単行本
2016年7月　講談社文庫

これまでを振り返ると、『名前探しの放課後』までが自分の第一期、『鍵のない夢を見る』までが第二期かな、と思っているんです。だから、これは第三期の最初の小説。明らかに、直木賞をとった後だからこういう書き方になったと思っています。

　ずっと地方都市を書いてきましたが、地方や故郷と闘うような思いでいたものが一つの区切りを迎えた気がして、次は思いきり肯定してみたくなったんです。その前から仕事で島に行く機会が何度かあって、同行した人たちに「いつか島を舞台に書いてみたらいいんじゃないですか」と言われていたんですが、そんなに簡単なものじゃない、と流してきたんです。でもいざ次のものを、と考えた時に自然とその時に見た島の生活や光景が胸に思い浮かんできた。

　最初はコミュニティデザイナーのヨシノやシングルマザーの蕗ちゃんたち大人を主人公にしたんですが、そうすると書いても書いても空がどこか晴れずにどんより曇った感じになってしまって。それで高校生にしよう、かつ、私がこれまで書いてきた青春小説は教室内の話が多かったから、学校の外に出そう、と思い立ちました。そうして四人の高校生が生まれたとたん、もう、書ける書ける（笑）。

「第三期」最初の小説

　後半、ある人物が登場します。サイン会に来てくれた人たちが「あの人が出てきて嬉しかったです」って、周囲にネタバレにならないよう、名前を伏せてくれて。作品同士のリンクは私が彼らの元気な姿を書きたくてやっていることですが、読者も受け入れて一緒に楽しんでくれていることに幸せを感じます。

　表紙を五十嵐大介さんに描いてもらったことも、とても光栄でした。五十嵐さんが「これはおまけなので、何かに使ってください」と言って、カニや蝶の絵をくださったんです。本のどこかにいるのでぜひ探してみてください！

　この小説ではじめて本屋大賞にノミネートされました。それも、とても嬉しかったです。

イラストレーターより

この4人、ポスターや文庫本等何度か描く機会がありました。装画仕事では珍しいので思い入れが強いです。いい子たちだし。冴島にも行った事がある気がしてしまいます。単行本カバーは小説に出て来ない“4人だけの秘密の場所”を想像して描きました。『子どもたちは夜と遊ぶ』は未読だったのでアサギマダラを描いたのは偶然です。名久井さんに透明水彩を生かしていただきました。カバーを外しても素敵なんですよ。

（漫画家　五十嵐大介）

21

『盲目的な恋と友情』

2014年5月　新潮社単行本
2017年2月　新潮文庫

一人の美しい大学生の女と、その恋人の指揮者の男。そして彼女の親友の女。彼らは親密になるほどに、肥大した自意識に縛られ、嫉妬に狂わされていく。

これは「恋」と「友情」というふたつの章でできている話です。「友情」で視点人物になる留利絵の気持ちが自分にもおぼえがある、と言ってくれる読者の方が多いですね。留利絵のように、友情よりも恋のほうが尊いとされがちなのはなぜなのかと疑問に思っているんて誰にも言えなかったし、そんなことを考えるのは自分だけだと思っていたけれど、その気持ちが書かれていて涙が出るほど安心した、と熱烈に言ってきてくれる人もたくさんいました。明るい気持ちに共感してもらえることももちろん嬉しいけれど、後ろ暗い感情を肯定して受け止める小説が書けたのだとしたら、心から書いてよかったです。私自身も、同じように小説のなかで自分の暗い感情を言い当てられて、胸に刺さる経験をたくさんして、今ここにいますから。自分もそういうものを、ミステリーの形で提供したかった。

普段はラストを決めずに書き進めるのですが、この話は珍しくラストを決めていました。初めての恋にのめり込む感覚と、それを冷静に見つめる友情のやるせなさ。それと、ルッキズムの問題も自覚的に書くつもりでした。後半の「友情」の章に勢いがありますが、ここまで自覚的に恋愛を描いたのがほとんど初めてだったので、それもすごく楽しかった。

単行本が出た時に山本文緒さんが読んでくださったと人づてに伺い、実際にお会いした時もこの本について励みになるような感想の言葉をたくさんいただいて、感激しました。そこで、文庫化の際に山本さんに解説をいただいたのですが、その解説も宝物ですね。

この本、単行本も文庫も、ヒグチユウコさんのカバー絵がすごくお洒落で可愛いんですよ。装丁で惹かれて読んでみたらうなされた、という十代の子もいるそうで（笑）。後に出る『噛みあわない会話と、ある過去について』もそうですが、私の本は装丁が可愛いものほど内容がヤバイ、みたいな法則があるのかも（笑）。

デザイナーより

この作品を象徴するような、美しくも凄みのある絵で本全体を包みたく、ヒグチユウコさんに装画を描いて頂きました。また、ゲラを読んでいる間、私の頭の中では最初から最後まであるクラシック音楽が流れていたのですが、読者にも同じように「音が聴こえる読書体験」をお届けしたいなという思いから、絵と楽譜を重ねた装丁にしています。ヴァイオリンの旋律を想像しながら、この本の頁をめくってもらえたら嬉しいです。

（装丁家　鈴木久美）

誰の中にもある、
後ろ暗い感情

『ハケンアニメ！』

2014年8月　マガジンハウス単行本
2017年9月　マガジンハウス文庫

1クールごとに組む相手を変え、新タイトルに挑むアニメ制作の現場。伝説の天才アニメ監督・王子千晴を口説いたプロデューサー・有科香屋子は、早くも面倒を抱えていた。

「anan」で連載した小説です。連載の依頼があった時に、「anan」なら恋愛小説かお仕事小説のどちらかだろうな、じゃあ、お仕事小説にして自分が取材して楽しい現場の話にしようと考え、アニメ業界を書きたいと伝えました。アニメはずっと好きだったんですが、どうやって作られているのかまったくわからない状態だったので興味があったんです。

業界に伝手もないので、取材は最初、担当編集者が別件で一度だけやり取りをしたことがあるというプロダクションI．G．のプロデューサーにお会いして、そこで「他にどんなスタッフの方がいるんですか」と聞き、監督や制作進行に女性の方がいると聞いて紹介していただき……と、細い線を伝っていきました。ここで『ネオカル日和』で取材方法について学んだことがすごく活きました。『ハケンアニメ！』を通じての出会いもその後、大きく広がったんです。映画化された時も、作中のアニメ「運命戦線リデルライト」の映像はI．G．さんが手掛けてくださって、有科香屋子を書くために取材した方が実際にプロデューサーを務めてくださったんです。ラッシュを見に行った時に、八年前にすごく心細い思いで取材に行った場所に、今度は自分もチームの一員として行って、身内としてスタッフの方々に再会できたのが誇らしかった。

連載中の挿絵と本のカバーを、昔から大好きだったCLAMP先生に描いていただけたのも本当に嬉しくて。毎週毎週、素晴らしい絵を描いていただきました。CLAMP先生から、「王子がアニメから受け取ってきたものを演説する場面で、クリエイターの端くれである私も胸が熱くなりました」と言われた時は、もう……。ずっとずっと作品に胸を熱くさせてもらってきた方に、そんなことを言ってもらえることがあるのか、って。あれは作家になってから今までで、一番嬉しかった瞬間でした。

担当編集者より

アニメ業界の方々に取材をするため、スタジオやアフレコ現場、「聖地」と呼ばれている街など、様々な場所に足を運びました。目を輝かせ、時に質問をはさみながら、楽しそうに聞く辻村さんの様子に誘われるように、どなたも仕事への愛情こもったエピソードを語ってくださいました。なんという取材力！　そのお話や思いが、辻村さんの中で熟成されて、新たな「物語」が生まれたことにまた感動した作品です。

（マガジンハウス　柳楽祥）

ずっと好きだった
アニメ業界を
描いた一作

23

『家族シアター』

2014年10月　講談社単行本
2018年4月　講談社文庫

息子が小学六年の一年間、父親の集まりに参加することになった私。担任教師は積極的に行事を企画。しかしその八年後、担任のある秘密が明かされる――家族を描く心温まる全7篇。

家族の関係性で編んだ一冊

いろんな媒体に書いた短篇を集めました。実は最初から、最終的に一冊にまとめるつもりで、どの依頼を受ける時も姉と弟や父親と息子といった、家族の関係性を裏テーマにしていました。それで、ひそかに家族小説として短篇集を編むつもりでいたんです。

「サイリウム」は「小説すばる」で青春というテーマで依頼されたもので、「タマシイム・マシンの永遠」は「Pen+」の藤子・F・不二雄特集に寄せたものなど、こうしてみると、いろんな媒体から依頼をいただいているんですよね。自分としては、そうやって仕事が広がっていたんだなとわかって面白いです。

それまでは、ままならなさすぎる家族関係を書くことが多かったんですが、ここでいくつか、時間が経ったり距離ができたりして相手を客観視できている家族が書けたのがよかった。バンギャのお姉ちゃんがアイドルオタクの弟に辛辣なことを言う場面は「ごめんなさい、これは私の意見ではないです、お姉さんが同族嫌悪で言っているだけです」と心の中で謝りながら書いたりしました(笑)。

みなさんの感想も面白かったです。たとえば姉が主人公の話を読んで、妹の立場の読者がすごく感動したと言ってくれたり、弟が主人公の話を読んで、お姉ちゃんの立場の人が「弟に対してごめんねと思った」と言ってくれたりして、主人公側ではなく、主人公から見られている側の立場で相手に思いを馳せてくれる感想が多くて、嬉しい驚きでした。

このなかに収録されている「1992年の秋空」という小学生の姉妹の話は、『We are宇宙兄弟』というムックに寄せた「宇宙姉妹」という短篇を改題したものです。実は、今年の夏に出る予定の『この夏の星を見る』という、天文部のお話とリンクしている部分があります。なので副読本としてこちらを読んでおいてもらえたら、きっと楽しいことが起こるはずです(笑)。

デザイナーより

辻村さんの小説は、いつも、グッと感情のしっぽみたいなところを掴まれて、自分のことのような気持ちになってしまいます。『家族シアター』は、いろんな家族の、家族のいろいろの話ですが、本を見る方も、自分の家族をイメージするような、「なんか実家っぽい」雰囲気のものをアーティストの水島ひねさんにミニチュアで素敵に表現していただきました。立体作品は時間的に断念することが多いのですが、実現できて嬉しかったです。

(ブックデザイナー　名久井直子)

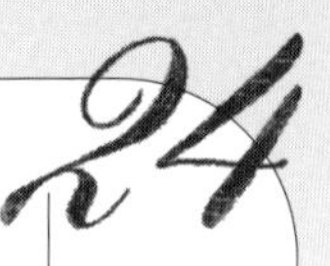

『朝が来る』

2015年6月　文藝春秋単行本
2018年9月　文春文庫

親子3人で平和に暮らす栗原家に突然かかってきた一本の電話。電話口の女の声は、「子どもを返してほしい」と告げた——。出産を巡る女性の実状を描く社会派ミステリー。

ラストシーンは最初から決まっていた

直木賞をいただいた時、選考会で「この人は三年後にもっとすごい長篇を書くだろうから、その時の受賞がいいのではないか」という声もあったそうです。なので、その期待込みで自分は受賞したのだと思ってきました。そして三年後に『朝が来る』を書けた時に、これできちんと胸を張れるという気持ちになったのをおぼえています。

新しい小説を書く時、「好きなものを書いてください」と言われることが多いのですが、この時は「書いてほしいテーマがある」とはっきり言われたんです。「子どもに恵まれなかった夫婦が不妊治療をする話」と言われ、不妊治療の話は最近よく耳にするし、確かにいつかは書くかもしれない、と思っていたら、さらに「その夫婦が養子をもらう話」とその段階でもう提案されました。私の発想の中にはなかったことで、そこから特別養子縁組の資料をたくさん読ませてもらう中で、自分の中の養子を迎えるイメージが古いフィクションで描かれるもので止まっていたと気づきました。かつ、「今の辻村なら書けるんじゃないか」という編集者からの信頼も感じ、ぜひ書かせてもらいたいと思いました。

夫婦が不妊治療を始めるところから話をスタートさせる書き方もあったと思うのですが、私の場合はやはり冒頭に謎が欲しかった。人の先入観や思い込みを物語のなかで有機的に使い、読み終えた時に読者の中に何かを残すという、社会派ミステリーの描き方をお手本に心がけました。それと、人の暗い感情や心の醜さを書けば書くほど「人間が書けている」と言われる傾向がある気がするのですが、人の優しさや善なるもののほうが真実なこともあるのでは、という思いがずっとあるんです。人に偽善だと思われることなく、そこにどうリアリティをつけていくかも、この小説では絶対大事にしたかった。ラストシーンは最初から決まっていました。たぶん今までなかったくらい、構成が明確に決まっていた小説です。

担当編集者より

特別養子縁組を取材したドキュメンタリーを見ていて「子どもが欲しくても授からない夫婦がいる一方で、望まぬ妊娠をする女性がいる。世の中はままならないものだなあ」と、素朴な衝撃を受けた私。答えの出ない問題に道筋を示唆できるのは小説だと思っているので、辻村さんにそれをそのまま伝えたのでした。すると、しばらく考えた辻村さんは「書かせてください」と即断！　赤ちゃんを迎えたご家族のお話を聞いて涙したのも忘れがたい思い出です。　（文藝春秋　石井一成）

25 『きのうの影踏み』

ホラー作家に送られてきた手紙には、存在しない歌手とラジオ番組のことが延々と綴られていた——。あなたの隣にもそっとある、後戻りできない恐くて、優しい世界。

2015年9月　KADOKAWA単行本
2018年8月　角川文庫

怪談を通じて物語の力を感じた

怪談雑誌から依頼があるたびに書いていた短篇を集めた一冊です。もともと怪談は大好き。怖さの正体を読者の想像力に委ねるものや、切れ味が鋭いものが好みなので、この本でも自然と短いものが多くなりました。

最初に依頼を受けたのは「丘の上」。原稿三十枚くらいということで依頼を受けたのに、五枚で書き終わってしまって。しかも、「すごい迫力で書けた気がするのでこれ以上延ばしたくないんです」と言って渡して(笑)。次に依頼があった時も短くなってしまい、せめてもの思いで、五枚のものを三本書いて渡したんです。最初は「長い作品がいただけると思っていたのですが……」と渋っていた担当者も、「だんだん、長さの問題ではない気がしてきました」と言ってくれるようになり、好きなものを好きなように書かせてもらいました。誰かが実体験を語っているかのような、モキュメンタリー風味のものが好きなので、小説家が語り手のエッセイっぽいものがいくつかあります。「七つのカップ」という、幽霊が出ると噂される現場にいつも女性が立っている話については、お子さんを亡くした方から「こういう考え方があるのかと気づき、救われる思いがした」というお手紙をいただきました。怪談は人の不幸を扱いますが、読んだ人の喪失の思いに寄り添うジャンルでもあるのだなと気づき、怪談を通じて物語の力というものを改めて感じました。

この本がきっかけで、大好きだった「文豪ストレイドッグス」に「きのうの影踏み」という異能を持った「辻村深月」のキャラクターを出してもらえて感激しました。

ずっと、ホラーは怪異の正体を明かしすぎない方が怖いと感じていて、だから、自分が長篇を書くのは難しいと思っていたんです。でもこの本を書いたことで、いつか長篇を書いてみたいという気持ちに。それが後に、『闇祓』の構想に繋がっていきました。

担当編集者より

怪談雑誌「Mei(冥)」を中心に2012～15年あたりに発表された辻村深月初の本格怪談集。結婚、出産、子育てという人生の節目に怪談あり、ということで実話やホラー好きの辻村さんに本当に怖いと思うものをすべて詰め込んでいただきました。親本も文庫も装画は笹井一個さん。原稿あがらずご自宅まで押しかけたっけ……。装丁は祖父江慎さん。また『文豪ストレイドッグス　外伝』とコラボ！　辻村ちゃんの異能はこの本が元になっています。
（KADOKAWA　岸本亜紀）

『図書室で暮らしたい』

2015年11月　講談社単行本
2020年10月　講談社文庫

辻村深月の〝好き〟は無限大！　著者が好きな小説、漫画、アニメ、音楽、映画、美味しいもの……etc.読めば、辻村ワールドがもっと好きになること間違いなし！

後の長編につながるエピソードも

日本経済新聞の「プロムナード」で連載したエッセイや、自作解説や書評などを集めた一冊。『ネオカル日和』の頃の手探りな文章も愛おしいんですけど、この本ではエッセイの文章が作家らしくなってきたと感じます。

ここに収録されている「東京會舘の思い出」が日経新聞に掲載されたことが縁になって、その後『東京會舘とわたし』を書くことになったので、それはやはり印象深いです。

それと、保育園のお迎えに遅れる夢を見た話をちょっと滑稽なものとして書いたんですよね。後に『クローバーナイト』でも活かしたエピソードなんですが、そうしたら、それを読んだ保育士の方が、その夢の裏に隠れたこちらの不安や怯えを文章から読み取って、丁寧なお手紙をくださったんです。そのことについてのエッセイも収録しています。そんなふうに、書いた向こう側にいる人たちからいろんな反響があって励まされました。

他にもいろんなエピソードが入っています。厨房の方々のお喋りが聞こえてくる悩ましいレストランの話なんかは、掲載された後に馴染みの喫茶店に行ったらマスターが「あの話、すごく気になりました」と心配そうなので、「いえいえ！ここの話ではないです」とあわてて返して。善意ある人の心を「自分のことかもしれない」と騒がせてしまって恐縮しました(笑)。

直木賞にノミネートされた時、事前取材で故郷の石和まで来てくださった新聞記者の方たちが、線路に雷が落ちて列車が動かず、帰れなくなってみんなで温泉に泊まった話とか、受賞した時に集英社の方から「プレゼントは何がいいですか?」と訊かれて、集英社ならではのものをお願いした話なども載っています。今読み返してみると、自分がいろんな人たちに支えられ、見守られてきたんだなとしみじみ感じます。あと、タイトルもとても気に入っています。

文庫版装画担当者より

タイトルが『図書室で暮らしたい』と聞いた時にパッとすぐに浮かんだのが、鳥たちの翼が本のページとなって羽ばたいている絵でした。鳥たちはストーリーテラーで本を朗読してくれる！みたいな空想を膨らませながら描いていきました。本の表紙には、さり気なくタイトルと関連したワードを並べたり、深月さんのお名前をDeep Moonと入れてみたり遊びを感じる景色にしています。色使いは、深月さんのお人柄のように柔らかい光を感じられる色を選んでいきました。　（ミナ ペルホネンデザイナー　皆川 明）

27

『東京會舘(とうきょうかいかん)とわたし』

大正十一年、社交の殿堂として丸の内に創業。結婚式やパーティ、記者会見などで訪れる人々の数だけ物語を紡いできた。激動の昭和を見続けた建物の物語。

2016年7月 毎日新聞出版単行本
2019年9月 文春文庫

日経新聞のエッセイで東京會舘のことを書いたら、読んだ方々が東京會舘の役員の方に連絡されたそうなんです。たしか、掲載されたその日のうちに社長さんがお礼のお手紙を書いてくださって、「お届けにうかがってもよろしいでしょうか」と連絡がきたんです。お手紙には、「私たちとしては当たり前のことをしただけでしたのに」という内容が書かれていて、改めて東京會舘の方たちのサービスのプロフェッショナルぶりに感激しました。

それが、『サンデー毎日』で始まる次の連載で何を書こうか考えていた時期だったんです。私にとっては初めての週刊誌連載でしたし、いずれは歴史ものを書いてみたいという思いもあった中で、今なら東京會舘を取材できるのでは、と思い立ちました。「小説として東京會舘のことを書いてみたいのですが、御相談にのっていただけますか」とお話ししたら「ご協力できることがあればすべてしします」とお返事をいただきました。

そこから毎週のように通って、建て替え前の建物のほとんどすべてを見せていただきました。東京會舘は戦前に大政翼賛会の本部として接収されたり、戦後もGHQに接収されていたりという歴史がある建物。戦時中に會舘で結婚式を挙げた方にも取材をさせてもらったのですが、それが後に『ツナグ 想い人の心得』の一篇を書くきっかけになりました。

現在は、建て替えも無事に終了していて、表紙に描かれたシャンデリアなどを実際に見ることができます。文庫版には、新しい建物になってから書いた新章「おかえりなさい、東京會舘」も収録されています。メインバーやレストランにいらして、本を片手に「このカクテルが飲みたい」「ここに書かれたマロンシャンテリーが食べたい」とリクエストする方や、この本をきっかけに東京會舘を結婚式場に選ぶカップルもいらっしゃるそうで、とても光栄に思っています。

取材担当者より

ミステリー作家、辻村深月先生がはじめて手掛けた歴史小説「東京會舘とわたし」。はじめは先生、社長、私との話の中で、最後は社長、原田どちらが刺されるか？などと冗談を言っていたことをとても懐かしく思います。私にとっては初めての経験で先生の指示のもと倉庫から古い資料をほこりまみれになり探し、また、取材にも同行し、細かいところまで確認の上、書き上げて頂きました。刊行後は全社員に本を渡し、教科書(歴史本)となっています。その後、入社された方々にも毎年渡しています。　(東京會舘 原田光一郎)

はじめての歴史小説

『クローバーナイト』

2016年11月　光文社単行本
2019年11月　光文社文庫

ママ友の不倫疑惑、熾烈な保活、過酷なお受験、驚愕のお誕生会、そして――。保育園に通う一男一女を抱える鶴峯家は、子育てにまつわる数々の試練を乗り越えられるのか!?

「普通ってなんだろう」という疑問

雑誌「VERY」に連載した小説で、保育園に通う子どものいる夫婦の話です。一章ごとに毎回、ライターさんや編集者さんが、子育てをしている都会の核家族の今についてブレストしてくれて、それが大きな刺激になりました。

日常を描く小説ではあるのですが、一章ごとに謎や誰かの秘密を入れることで、ミステリーっぽい読み心地になるように意識しました。視点人物を夫にしたのは、当時「VERY」で「イケダン」という言葉が使われていたからだったと思います。「イケてる旦那様」の略ですね。それに、夫目線のほうが、妻が母親仲間との関係で当たり前すぎて見落としているものに対して、探偵のように気づけることもあるんじゃないかと。妻と彼女の実母との葛藤など、これまで描いてきたテーマを他者がどう見るかという角度でも書いてみたかった。この母娘の関係性には「愛情という名のもとに振るわれる暴力かもと、はっとした」とか「私だけじゃないんだと思った」といった声をたくさんいただきました。

三章を書いたあたりから、これは「普通ってなんだろう」を問う話だと自覚しました。子どもが同じ保育園に通う母親同士の間では当然とされていることでも、第三者から見たらちょっと不思議な価値観に見えたりする。狭い社会のなかにいると、〝普通〟の基準をそこに合わせてしまって、時に本人がすごく窮屈な思いをすることもあるんじゃないかと。

先日、呉勝浩さんにお会いしたらこの本を読んでくださってて、「あれは情報が人を殺す、という話ですね」と言われてはっとしました。確かに、この話の登場人物の何人かは、情報を目にいれなかったら健やかでいられたかもしれない。情報を受け取りすぎた結果、〝普通〟がひずんでしまって、追い詰められていく。鋭い指摘を受けたことで、このテーマに挑みたかった自分の気持ちが可視化されました。

担当編集者より

『クローバーナイト』は2014年の春から「VERY」に連載していただきました。当時辻村さんに送ったメールを見返すと、主人公の子どもたちと同じく保育園に通っていた私の子どもとの何気ないやりとりなども書かれていて、懐かしい気持ちになりました。「VERY」の担当者やライターも交え、育児のことや家族の問題についてのブレストを重ねた本作は、私自身にとっても大切な記憶と時間が詰まっているような、かけがえのない作品です。（光文社　小林晃啓）

29

『かがみの孤城』

学校での居場所をなくし、閉じこもっていたこころの目の前で、ある日突然部屋の鏡が光り始めた。鏡をくぐり抜けた先にあったのは、不思議な城。そこにはこころと似た境遇の7人が集められていた——。

2017年5月　ポプラ社単行本
2021年3月　ポプラ文庫
2022年3月　ポプラキミノベル

数多くの児童書の版元であるポプラ社からの初の依頼ということで、ここはやはり少年少女の物語を、と思いました。学校に行かないという選択をした子たちが鏡を通じて城で集まる、という設定はすぐできました。ただ、そこから先がどうなるのかは書き始めた当初はほとんど何も考えていませんでした。城の秘密が私の中で完全にわかったのは、作中で夏休みを過ぎたくらい。そこで連載は止めて、後は書き下ろしで一気に書き上げました。

実は、「いじめ」という言葉は作中では極力使わないようにしているんです。大人が把握するため、分析するために使う言葉では、子どもの心は離れる。私も子どもの頃、言葉を単純化しないと理解できない大人の大雑把な感じには何度も絶望しましたから(笑)。だから、この本では決して単純化せず、複雑なことを複雑なまま書くと決めていました。そして登場人物たちを、物語の都合でなく、彼女たち自身がちゃんと納得できるところまで連れていきたかった。

この本が出るまで、読者から「初期のような作品はもう書かないんですか」とよく聞かれていたんです。正直、初期以降も青春小説は書いてきたのにどうしてだろう、と思っていました。でもこれを出した時に「辻村さんが帰ってきた」と言われ、ああ、ミステリーとファンタジーの要素が両方ある小説を「私らしさ」として期待してくれていたんだ、とようやく気づきました。

この本で、本屋大賞をいただきました。受賞した後、ポプラ社の人たちが「受賞した瞬間の辻村さんの言葉がすごかった」と言われ、自分では憶えていなかったので訊いたら、私、咄嗟に皆さんに「やりましたね」って言ったそうです。みんな、「やったのはあなたですよ」と思ったらしいです(笑)。私としては、ポプラ社のみんなと大事に作って送り出し、届けてきたという思いです。本当に嬉しかった!

担当編集者より

連載が作中の夏休みまで進んだ頃、川沿いの喫茶店で辻村さんから「彼らがどこから来ているかわかったんです」とこの物語の大きな仕掛けを聞いた時のことをありありと覚えています。誇張でなく鳥肌が立ち、思わず涙ぐみました。読者の方から、事前にどれだけ緻密な設計をされたのかと聞かれることがありますが、最初には明らかではなかったのです。今では7歳～93歳の方から読者はがきが届いています。

(ポプラ社　吉田元子)

複雑なことを複雑なまま書いた、本屋大賞受賞作

30

『青空と逃げる』

深夜の交通事故から幕を開けた、家族の危機。押し寄せる悪意と興味本位の追及に日常を奪われた母と息子は、東京から逃げることを決めた――。一家の再生の物語。

2018年3月　中央公論新社単行本
2021年7月　中公文庫

新聞に連載した長篇です。読み手としても信頼してきた担当記者の方が「こんなものが読みたい」という希望をいくつかくれて、その方が言うならその後ろにはたくさんの読者がいるだろうと信じて書けました。母子が逃げていく話ですけれど、場所が変わるたびに「次は仙台ですね。仙台では息子が母親を守らなければならない場面もあるかもしれませんね」などと、連続テレビ小説のナレーションみたいな熱いメールがくるんです(笑)。それをそのまま受け取るのではなく、いかに上回れるか考えて書くのが楽しかったです。

「君本家の誘拐」や『クローバーナイト』で親目線の話を書きましたが、それらはまだ子どもにそこまで自我がないんですよね。一方で子ども目線の話を書く時は、保護者に見せない顔が出てくる。そのふたつを融合させたら面白いだろうと、母親の早苗と、小学五年生の力という男の子の親子を主人公に。

地方の人もたくさん読むから風光明媚な場所を多く出してほしいという要望もいただきました。四国では「電車」ではなく「汽車」と言うことなど、勉強になったことも多かった。舞台にした土地はそのために取材に行ったというより、個人的に訪れたことがある場所が中心になりました。四万十もそうだし、『島はぼくらと』を書く時に参考にした家島も出てきます。別府だけは取材に行って、もうここに住んじゃいたいと思うくらい楽しかった(笑)。

早苗には、「私には無理」と無意識に自分の限界を決めているところから抜け出してほしかった。書きながら、「選べる」ってすごく豊かなことだと感じたんです。現実にも「他に選択肢はなかったのか」と言われる事件は多々ありますが、ただ中にいる本人は選択肢が見えない、「選べない」というところまで追い詰められている。どうかこの親子には「選べる」ところまで行ってほしい、と願いながら書きました。

「選べる」ってすごく豊かなこと

担当記者より

実を言えば担当記者として、不安を抱えたまま始まった連載だった。「すみません。連載中に第二子出産の予定になってしまいました」。そんな電話を辻村さんから受けたのは、連載開始の二月ほど前。毎日掲載される新聞小説は、ただでさえ作家の負担が大きいのに、大丈夫だろうか?
だが、スタートして徐々に思い知らされたのは、辻村さんの凄味だった。出産前後のわずかな時期を除いて書き続けた気力、こちらの細かなリクエストにも逐一応える筆力。よくぞあの一年の連載を走りきってくれたと、今も深く感謝している。
(読売新聞編集委員 村田雅幸)

青空と逃げる
辻村深月
AOZORA TO NIGERU
Mizuki Tsujimura
中公文庫

31

『嚙みあわない会話と、ある過去について』

美しい「思い出」として記憶された日々——。その裏側に触れたとき、見ていた世界は豹変する。無自覚な心の内をあぶりだす「鳥肌」必至の短篇集！

2018年6月　講談社単行本
2021年10月　講談社文庫

ある過去の記憶を、対岸から見ると——

当初思いついていたタイトルは「嚙みあわない会話と、そこに横たわる過去について」。一つの過去を挟んで互いの対岸に過去の解釈が嚙み合わない者同士を置く、というコンセプトで短編集を作ろうと考え、いろんな媒体から依頼を受けるたびに、裏テーマとしてゆるやかに原稿をためていきました。「ナベちゃんのヨメ」と「パッとしない子」の二篇はKindleで読める書き下ろし短篇。新しい試みで面白そうだなと受けたお仕事でした。

感想を見ると、全四篇のどの話のどの人物に感情移入したか、みんな違うんです。読んで「自分も知らないうちに人を傷つけているんじゃないかと思った」という人もいれば、「自分も似たように傷つけられた経験があるけれど、怒りを消さなくていいと思えた」という人もいて、人によってどちら側が響くかが違う。もちろん、「どちらの気持ちもわかってつらい」という人もいました。「ちょっとしたこともすごく細かく憶えられていて、繊細すぎて勘弁してほしい気持ちになる」とか。みなさんの感想やそこで語ってくれる実体験を伺うと、小説をすごく自分ごととして引き寄せて読んでくださっているのが伝わってきました。

文庫の解説は臨床心理学者東畑開人さんにお願いしました。この解説がすごいんです。密室での会話劇が多いこの短編集が、どうしてこの形式をとったものになったのか、著者以上に話の本質を的確にとらえてくださっていて、お願いできて光栄でした。東畑さん以外にも、私は文庫の解説にいつも恵まれていると感じます。……と、解説の話をしていると、『傲慢と善良』の朝井リョウさんの解説にざっくり切られるんですけど(笑)。

これも『盲目的な恋と友情』と同じように、えぐられる内容なのに装丁がとびきり可愛い。北澤平祐さんのイラストの力、さすがです。

イラストレーターより

『嚙みあわない会話と、ある過去について』の装画では、物語に出てくるキャラクターたちがひそひそ話を通じて連なっていく姿を描きました。また、キャラクターたちのひじと手首を使いギザギザ型を作り、絵全体で物語の「嚙み合わない」感を強調しています。さらに、デザイナーの鈴木久美さんがタイトル処理でもこのギザギザ感をリフレインして下さり、アイデアをより強固なものにして頂けたのが個人的にはとてもうれしかったです。

（イラストレーター　北澤平祐）

32

『小説 映画ドラえもん のび太の月面探査記』

2019年2月 小学館単行本
2019年2月 小学館ジュニア文庫
2022年3月 小学館文庫

のび太たちのクラスに、季節外れの転校生・ルカがやってきた。同じ頃、テレビでは月面探査機が謎の白い影を捉えて大ニュースになる――。

『ネオカル日和』で取材に行った時に藤子プロのみなさんとご縁ができて、ある時「映画の脚本を書きませんか」とお声がけいただいたんです。『凍りのくじら』を書いていた頃くらいまでは無邪気に「いつか脚本を書きたい」と言っていたのですが、夢が叶いそうになったら恐れ多くなって、実は一度お断りしました。でも、その後もご縁が続いて、先生の娘さんたちや、先生の最後のチーフアシスタントだったむぎわらしんろう先生にお話をうかがったりするうちに、毎年上映されるドラえもん映画も一年として当たり前にできた年はなかったと知って。自分もなにかお手伝いができたら、と思うようになりました。

大きかったのは八鍬新之介監督の存在でした。偶然にも、『島はぼくらと』でお世話になった講談社の営業さんと八鍬さんが同級生で、八鍬さんが監督されたドラえもんのリメイク映画がとても好きだ、という感想を営業さんを通じてやり取りする中で、八鍬さんも私の本の感想を送ってくださったりして、この人とだったら同じ方向を見ながら映画が作れるのではないか、という気持ちになりました。

冒険先について私が「月に行ってみたい」と言ったら、八鍬さんから科学雑誌「ネイチャー」がいっぱい送られてきました(笑)。藤子先生はSF的な考証をおろそかにしない方だったので、それも当然ですよね。

小説にするつもりはなかったんですが、藤子プロの方に「小説は辻村さんが本領を発揮できる場所だから、絶対に書いてみてほしい」と言われて書いてみることに。名久井直子さんが手がけた装丁が、工夫があって、本当に素敵なんです。デビュー時から藤子作品好きやその影響を公言されていて、私もデビューしたらそんなふうになりたいと憧れていた「ドラえもんファン作家」の大先輩、瀬名秀明さんに解説を書いていただけたのも誇らしい気持ちです。

プレッシャーも大きかった憧れのお仕事

「映画ドラえもん
のび太の月面探査記」監督より

「月」を舞台にすることが決まったのは2016年。バレエ『くるみ割り人形』にご一緒した時のことでした。「月なんてどうでしょう?」と辻村さん。「月ですか」と私。
会場が暗転し、話す間もなく幕が上がる。正直に申しますと「月」という言葉が頭の中でグルグルと回り続けて、バレエに集中できませんでした。
後日。プロットの第一稿には『月面探査記』の文字。Fテイストに満ち満ちたタイトルに、全ての杞憂が吹っ飛びました。
(アニメーション監督 八鍬新之介)

33

『傲慢と善良』

ごうまんとぜんりょう

婚約者・坂庭真実が姿を消した。その居場所を探すため、西澤架は、彼女の「過去」と向き合うことになる。生きていく痛みと苦しさ。その先にあるはずの幸せ——。

2019年3月　朝日新聞出版単行本
2022年9月　朝日文庫

善良だから傲慢でないとは限らない

『ゼロ、ハチ、ゼロ、ナナ。』はもうすぐ三十になるというアラサーの話でしたが、その後の年代に起こりうることをまた書いておきたくて、婚活という題材を選びました。『ゼロ、ハチ～』を書いた時と同じくらい、これについて思うことは全部書き切るという気概で臨みました。読んだ方々が「刺さった」「刺された」と言ってくださるんですが、刺してるこちらも血みどろで大変でした（笑）。

ジェーン・オースティンの『高慢と偏見』を今の時代に置き換えたら何になるかと考えた時、傲慢と善良だなと思ったんですね。婚活がうまくいかない時、そこには「こんな相手は自分に見合わない」という傲慢さがあるかもしれない。それと、「いい子なのに結婚できない」という言い方を耳にして、「いい子だからできないんじゃないか」とふと思ったことから善良という言葉が浮かびました。そうした自己愛の高さと自己評価の低さは、一人の人間の中に矛盾なく同居できてしまう。善良だから傲慢ではないとは限らないし、傲慢なのは善良な鈍感さの裏返しなこともある。タイトルを思いついたことでより深くその概念について考える契機を得て、そこから生まれていった言葉、会話がたくさんあります。結婚相談所の小野里さんの言葉が刺さったという方が多くて、「仲人業の人に取材したんですか」とよく訊かれるんですが、あれはすべて、取材せずに書きながら出てきた言葉なんです。

架の女友達についてもいろいろ感想を聞きますね。真実が彼女たちと話す場面は、「もうやめてあげて！と思った」って。今読み返すと著者の自分でも、「ひぃっ」と思うところがあります（笑）。

いなくなった真実を探す架がショッピングモールを訪れ、エスカレーターの前で泣くシーンは、自分でも数年に一度書けるかどうかの名場面だと思っています。

担当編集者より

週刊誌での連載中、産休に入る事になり、心苦しく感じていたのですが、代わりに担当になった男性編集者の反応が主人公・架の人物造形に大いに役立ったと伺って、休むことでお役に立てることもあるんだと安堵したことを覚えています（笑）。単行本の編集作業中、打ち合わせが長引いて喫茶店が閉店してしまい、急遽、辻村さんのご自宅で作業を続けたことも。半日以上、お話をしながら、作品がさらに磨き上げられていく瞬間に立ち会えているという充実感と手応えに、興奮しっぱなしでした。　（朝日新聞出版　四本倫子）

34

『すきって いわなきゃ だめ？』

「すきなひといないの？」とみっちゃんにきかれた。わかんないっていったけど、ほんとうはこうくんがすき。辻村深月と今日マチ子が描く、みずみずしい「好き」の風景。

2019年5月　岩崎書店

恋が得意じゃない子にも届けたい

〈恋の絵本〉シリーズの一冊として依頼を受けた絵本です。依頼をいただいた時、「自分はそんなに恋愛小説を書いていないのにいいのかな」と思ったんですが、シリーズのコンセプトに〈現代の感覚に響くものを〉とあり、恋が得意じゃない子や恋愛話が苦手な子にも届けたいという気持ちが伝わってきて。であれば、教室での恋愛話に乗れなかった自分を思い出して書けると思い、実際、すぐに話が出来上がりました。恋をしたからといって、誰が好きかをみんなに言ったり、相手に告白しなくちゃいけないわけじゃなくて、自分の中で気持ちを大事にしていたっていいんだ、という願いを込めた話になりました。

絵本を作るのは初めてでした。「と、言った」というト書きのような説明は不要だとか、「コウくんが来た」ではなく「あ！　コウくん」で伝わると教わったり、絵本には小説とはまた違う流儀があると知り勉強になりました。

話が出来上がってからイラストを誰に描いてもらうか相談をしたんですが、この感覚を完全にわかってくれる方じゃないと無理だと思っていたんです。そうしたら、編集者が挙げてくれた候補の中に、今日マチ子さんの名前があって、もう、「今日さん一択！」という感じでした。それで依頼したら、なんとお引き受けくださって……。今日さんも絵本を手掛けるのははじめてだったそうですが、本当に理想的な、作家的な目線から描いてくださいました。まず、語り手である主人公の姿を出していないんですよ。主人公の気持ちが暗くなっている時には雨が降っているし、その後の水たまりの使い方なんかも、もう本当に素晴らしい。

多くの読者が最後のページで「自分の先入観に気づかされた」と言ってくれます。単なる驚きのために作った話ではないと、ちゃんと受けとってもらえているのも、今日さんの絵の力があったからこそ、です。

シリーズ監修者より

岩崎書店の堀内日出登巳さんから新しく創刊する〈恋の絵本〉シリーズの監修を依頼された時、現代らしい恋愛観や人生観を提示するシリーズにしたいと考えました。執筆者候補としてすぐ浮かんだのは辻村さん。少年少女の複雑さを繊細に掬う描写力、現代を見つめる鋭い眼、自身も周囲の恋バナに馴染めなかったエピソード……これほど適した書き手はいません。いただいた原稿の最後の一行を読んだ時に湧きあがった感動と感謝は忘れがたいです。（ライター　瀧井朝世）

35

『ツナグ　想い人の心得』

2019年10月　新潮社単行本
2022年7月　新潮文庫

死者との面会を叶える役目を受け継いで七年目。渋谷歩美は会社員として働きながら、使者（ツナグ）の務めも続けていた。切実な思いを抱える依頼人に応える歩美だったが、初めての迷いが訪れて……。

八年前に書いた『ツナグ』は、私自身が会いたい人がいない状態だったせいか、「自分の現在の問題を解決するために会いたい」という依頼の話が多かった。この続篇では、また違った動機を持つ人たちの話が多くなりました。どれも自分がそれなりに人生経験を重ねてきたことで書けた話だと思っています。

第二章の「歴史研究の心得」では、歴史上の人物に会いたい、という依頼がきます。前作が映像化された時に俳優さんたちが会見で「誰に会いたいですか」と質問されて、「宮本武蔵」「沖田総司」など歴史上の人物を答えていて。私にはその発想はなかったので、もしツナグにそうした依頼があったらどうなるかを考えて書きました。第三章の「母の心得」は取材から生まれた話です。『東京會舘とわたし』を書く際に會舘で結婚式を挙げた方に取材を申し込んだら、偶然にも、その方が作家の深木章子さんのお母さまだったんです。もうひとり娘さんがいて、ドイツ人と結婚して向こうに住んでいたけれど亡くなったというお話を聞かせてくださって。そのお話を聞きながら、『東京會舘とわたし』の取材中だったのに、「これはどうしても『ツナグ』で歩美に出てきてほしい」と思ってしまい、もう一度取材をしたいとお願いしました。そのご縁もあり、文庫の解説は深木章子さんが書いてくださっています。

この続篇では、歩美も成長します。映画化の際の打ち上げで、プロデューサーのお一人が「歩美くんは将来、大切な人ができた時に自分がツナグだと伝えるのかな、ということにまで思いを馳せます」と挨拶で話されていて、私もはじめてそのことについて考えたんです。それも続篇を書く動機となりました。この先、三巻目も書くつもりです。いつになるかわかりませんが、その時はきっと、歩美の人生もさらに進んでいるはず。楽しみに待ってもらえたら、とても嬉しいです。

経験を重ねてきたから書けた小説

担当編集者より

東京、大阪、水戸で行ったサイン会が特に印象深いです。辻村さんの一言から会話が弾んだり、メディアのインタビューでは出てこないような質問が飛び出したり、とにかく楽しい会になりました。同日に二箇所でサイン会を行った際は両方に参加して下さる方がいたりと、ファンの方の熱心さと温かさも記憶に刻まれています。辻村さんはこちらが驚く位読者の方のことをよく覚えていらして、お一人お一人を本当に大事にされているのが伝わってきました。
（元新潮社　照山朋代）

『琥珀（こはく）の夏（なつ）』

かつてカルトと批判された〈ミライの学校〉の敷地から発見された子どもの白骨死体。弁護士の法子は、遺体が自分の知る少女のものではないかと胸騒ぎをおぼえる。

2021年6月　文藝春秋単行本

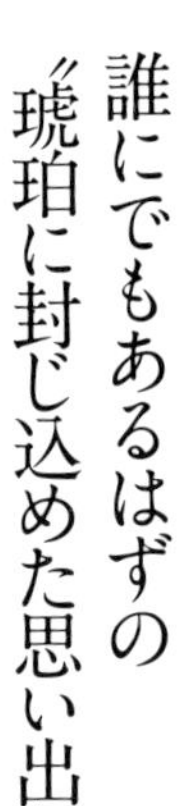

二〇一九年の春から一年間、新聞に連載した小説です。最初は、たしか「子どもが母親を必要としている時に、母親が大きな理念や高尚な理想に夢中になって目の前の子どもを見ていない」ということを書きたい、というところがスタートでした。母と子の関係に限らず、身近に切実に助けを必要としている人がいるのに、それより大きいとされる世界平和の方こそを祈る、みたいなことがその頃よく目について、気になっていたんです。小さな頃の記憶を大人になってから見つめるとどうなるかも、四十代になった今また書いてみたかった。

振り返ってみると、すごくトリッキーな構成ですよね。そういう挑戦をすることにためらいがなくなった時期でした。書き始めた時は白骨死体の真相は自分でもぜんぜんわかっていなくて、主人公が弁護士なのも物語の必然としてたまたま設定しただけだったんです。大人になって事件にかかわっていくなら、どんな理由が必要かな、というところから。

最初は、再会の場面がクライマックスになると思っていました。子どもの頃の思い出を一方的に美化する罪深さを浮き上がらせて、読者側の先入観をもひっくり返すつもりだったんですが、途中で、どうやらその驚きのためだけに書いているのではないな、と気づきました。じゃあどうなるの？　と考えた時に、弁護士だし、これ裁判するんじゃない!?　と。自分でも後半の展開がああなるとはまったく予想していなかったんです。

それと、歳月のなかで子育てをすることについても考えました。「この子のことは可愛いけれど、預け先の保育園が決まってほっとする」という親の気持ちを通じて、まさか真相に迫っていけるとは私も思っていなかった。

連載時の挿絵と表紙の絵ははるな檸檬さんです。毎日の挿絵は相当過酷だったと思うのに、どの絵もとても素敵で息を呑みました。

イラストレーターより

「この子たちはどこへいくんだろう、どうなってしまうんだろう」辻村さんの描き出す繊細な心の機微を見つめながら、その静謐で残酷で、だけど美しい世界を絵にするにはどうしたら…と悩んでばかりの連載期間でした。起こる出来事がどんなに悲しくても辛くても、読み終えた時に心に残るのは優しさや人としての真っ当さであるところに、辻村さんのお人柄を感じます。描きながら読者の皆さんとその世界を走り抜けたような、得難い経験をさせて頂きました。

（漫画家　はるな檸檬）

37

『闇祓（やみはら）』

クラスになじめない転校生・要に、親切に接する委員長・澪。しかし、そんな彼女に要は不審な態度で迫る。要に恐怖を覚えた澪は憧れの先輩・神原に助けを求めるが――。

2021年10月　KADOKAWA単行本

初のホラー&ミステリー長編、極北の到達点

初のホラー&ミステリーで、現時点での、私の極北の到達点ですね（笑）。

ホラーって、恐怖の正体が見えない時の方が怖さが増すと思うんです。だから、真相をそこまで決めずに書き始めました。連載の途中からコロナ禍が始まったんですが、実態が見えなくて不確かなものというところや、ラストの黒幕の真相など、さまざまな点が無意識のうちに重なっていった気がします。

闇ハラスメントという言葉は私の造語です。日常のなかで、誰かのモヤっとした話やざわッとした話を聞いていると、なんらかのハラスメントな気がするけれど名前が思いつかない時がある。それに名前がついたら小説になるかもしれない、と思ったんです。造語なのに、「今はそんな言葉があるんだ！」と言われることもあって、みんな思い当たることがあるんだろうなと感じます。実際、「私もこんな闇ハラにあった」ってお話ししてくれる人もものすごく多かったんです。

とにかく闇ハラ事案をたくさん書きました。被害者側だけでなく、気が付いたら加害者側に回っていたり、主観次第で同じ人でも見え方が変わる、という目まぐるしさを読者に味わってもらいたくて、どこにいくかわからない感じを意識しました。

書き終えて思うのが、闇ハラって、人との距離感を測り間違えていたり、自分にとっての〝普通〟を人に押し付けることが軸にあるんですよね。自分側の勝手な正義に相手を引きずりこむことから生じることが多い。

ひどいことがたくさん起きますが、書いていてすごく楽しかったです（笑）。ホラーを書くからには、最後にはちゃんとアクションもやりたいと思っていたので、それができてすごく満足です。ずっとホラーで長篇を書くことはハードルが高いと感じていたんですけれど、これで、今後も書いていけるかもしれないという自信がつきました。

担当編集者より

『闇祓』を初めて読んだとき、大好きな辻村さんの作品なのにもう読めない。と思うほどにHPを削られました。それなのに続きが気になりすぎて文字を追う目が止められない。
この物語には怪異も超常現象もほとんど出てきません。もっと身近で、身に覚えのある恐怖。それなのに、こんなにも怖くて、こんなにもホラーだなんて、凄みを感じました。この小説の中の「あいつら」がどこから現れるのかを知ったとき、あなたも慄くはずです。
（KADOKAWA　勝夏海）

38

『レジェンドアニメ!』

2022年3月　マガジンハウス単行本

夢と希望。情熱とプライド。愛と敬意――アニメ制作に情熱を傾ける仕事人たちの熱血エンタテインメント。『ハケンアニメ!』には、心震えるさらなる物語が隠されていた!

『ハケンアニメ!』が長く読まれる話になってくれたおかげで、「anan」からテーマの合う特集があるたびにスピンオフの依頼をいただいたんです。映画化のお話も並行して進んでいたので、公開する頃に本が出せるといいなと思いながら書いていました。

『ハケンアニメ!』を書き終えてこれを書き始めるまでの間に、「ドラえもん」の映画の現場を経験したのは大きかったです。「これ、私が『ハケンアニメ!』で書いたことだ!」みたいなことがたくさんあったし、その時にお世話になった音響監督さんのお仕事ぶりが本当に素晴らしくて、ぜひ書きたいと取材をお願いしたりしました。前作からここまでを通じて、アニメ業界に友人と呼べる存在が多くでき、その出会いに助けられました。

その期の覇権を競うアニメではなく、「ドラえもん」や「アンパンマン」のようにずっと続いているアニメの話も書きたかったんです。本のタイトルである「レジェンドアニメ」は、まさにそうしたアニメに向けた敬意の言葉です。できればいつか長篇で書きたいくらい。

「執事とかぐや姫」は「anan」ではなく、JTから依頼されて書いた短篇でした。既存の小説のスピンオフで、タバコを登場させることがお題でした。発注の内容が具体的すぎると大失敗する可能性もあるけれど、私は妙に燃えるところがあって(笑)。『ハケンアニメ!』の登場人物はみんな大人だからタバコを吸う人もいるだろうと考え、「よし、逢里で書こう!」と決めて、彼の話を掘り下げていきました。あと、ラストに収録された「次の現場へ」では久しぶりに他作品とのリンクを思いっきり書けて、それもとても楽しかった。

アニメ業界について書く時は、他のクリエーションの現場にお邪魔している感覚があるので、現場の方たちから「共感した」という感想をもらえると震えるほど嬉しい。書くことを許されたという気持ちになりました。

担当編集者より

『ハケンアニメ!』のスピンオフは多くの読者のリクエストに応えるように始まりました。辻村さんが映画『ドラえもん』の脚本を書かれた時期にも重なり、そのご縁で実現した取材も。『ハケンアニメ!』は舞台化もされ、その鑑賞後に加筆された作品があったり、表現手段の垣根を超えて辻村ワールドが広がっていく瞬間に立ち会えました。この世界をビジュアル化してくださったのがCLAMPさん。辻村さんの想いに応えた素敵な装画が届き、胸が熱くなりました。

(マガジンハウス　瀬谷由美子)

多くの出会いと支えを得て書けたスピンオフ小説

39

『嘘つきジェンガ』

見栄、不安…ほんの出来心から積み上げてしまった嘘。一線を越えたら、もう戻れない。騙す側、騙される側、それぞれの心理を巧みに描く小説集。

2022年8月　文藝春秋単行本

崩れたその後が書きたかった

『鍵のない夢を見る』では誘拐や殺人や放火など、いろんな犯罪を書きましたが、詐欺だけ書きそびれたんです。それで、同じ媒体からミステリー特集での短篇の依頼がきた時に、迷わず詐欺を書こうと思いました。でも詐欺っていろんなパターンがあるんですよね。ひとまずコロナ禍でのロマンス詐欺を選びましたが、書き終える頃には「いろんな種類の詐欺を題材にした短篇集を書きたい」という気持ちになっていました。

『鍵のない夢を見る』の時は一篇がだいたい五十枚くらいでした。でも今回書いてみたら、百枚書いても話が終わらず、三篇とも一四〇枚くらいに。昔より登場人物たちの居場所を見つけたい気持ちが強くて、つい、詐欺を働いたその後まで書いてしまって。それはおそらく、現実社会で、一度道を踏み外した人を許さない風潮が強まっているからかもしれないです。でも過ちを犯して断じられた後だって、人生は続いていく。そこに惹かれました。

どの話が好きか、感想もそれぞれです。私が特に気に入っているのは「あの人のサロン詐欺」。今回書いたことでもう本物を騙る詐欺は書けないかと寂しく思うほど(笑)。誰かになりすます詐欺には、単純にお金目的だけとは言えないドラマを感じて、想像力をかき立てられます。「チハラトーコの物語」(『光待つ場所へ』所収)もそうでしたが、私、定期的に「嘘つきには嘘つきの正義と物語がある」という話を書いている気がしますね。

タイトルは本にする時に決めました。ジェンガは二人以上いないとできないし、詐欺も騙す側と騙される側がいないと成立しない。ジェンガがブロックを積み上げていくように、詐欺も嘘の理論を積み上げていく。書店に置くポップなどには「崩れてからが本番です」と書きました。今までの自分なら崩れた瞬間がクライマックスでしたが、この本は、崩れたその後が書きたかった三篇になりました。

デザイナーより

『鍵のない夢を見る』と姉妹のような関係の本なので、装画は同じくいとう瞳さんにお願いしました。崩れそうで崩れない、しかし何かの拍子で一気に崩れそうな不穏なジェンガに、各話に出てくる印象的なモチーフが絡み、黒地に鮮やかに映える仕上がりです。タイトルと著者名のロゴも『鍵のない夢を見る』と揃えており、更にUV加工でヌルっと盛り上げています。詐欺のお話ですがどれもラストに光があり不思議議に爽やかな読後感で、さすが辻村さん！と思いました。（装丁家　文藝春秋デザイン部　大久保明子）

極上の「ツマみ」が、命を吹き込む

浅倉秋成

辻村深月さんは、神がかり的な「ツマみ」の名手です。

どうしても一言で説明してくださいと言われたら、あれやこれやの凄いポイントを一旦脇に置き、ひとまず私はそう答えるような気がします。

仮に「空気の読めない人」を作中に登場させたいと思ったとして、そのまんま「彼は空気が読めない人でした」と書く行為は、小説においてはあまり推奨されたものではありません。何が何でも絶対NGではないのですが、一口に「空気が読めない」と言ってもその実態は千差万別です。ネット上でしばしば話題になる「唐揚げに勝手にレモンをかけちゃう」タイプの人がいれば、愛犬と死別したばかりの人に「ペットショップで新しいの買おうぜ」と言っちゃうタイプの人もいる。どちらも空気は読めていないのでしょうが、同じ種類の人間と言い切ってしまうのは少々乱暴です。だから小説家は「空気の読めない人」を描こうと思った際には、「空気の読めない行動やシーン」を描くことによって、当該人物の特性を浮き彫りにしていかなければなりません。なるべく端的に、ビビッドに、可能なら誰も見たことがない表現で。

「さて、今回の登場人物は、どんなことする人？」

まるで大喜利のようなのですが、この不可思議な問いにひたすら答えを出し続けるのが、人物を描くということであり、物語を紡ぐということでもあります。機械学習の表現を拝借すると、「特徴量を探る」というような言い方ができるかもしれません。

つまり描きたい「人」や「もの」の特徴を、上手に「ツマむ」必要があるのです。この人はどんな人なのかというと、○○のときに○○をする人です。その人を象徴するような所作を上手く取り出して、切り抜いて、「ツマみ」あげる。これがうまく決まれば、読者に一発で人物をわからせることができます。一方ここでしっくりこない表現をしてしまうと「そんな人いますかね？」だったり「つまりどういう人？」と首を傾げられたりしてしまう。当たり前ですが簡単な作業ではありません。しかしひょっとすると、小説家にとってこれ以上大事なスキルはないと言っても、過言ではないかもしれない。

辻村深月さんは、そんな「ツマみ」の名手なわけです。それもとびっきりの。

『ぼくのメジャースプーン』の序盤で、ふみちゃんという人物を語る際、辻村さんは学校でのとある一幕を描きます。先生に、パンを作るために必要な材料は何でしょうと尋ねられた児童たちは勢いよく挙手を始める。すでにこの描写だけで「小学生のときは、確かにそんな光景があったな〜」と気持ちよくなれるのですが、ふみちゃんは自分以外の誰かの答えを聞く度に「ああー」と残念そうな声を洩らすのです。そして時折、「あれがないとパンができないよう」と呟く。この一文を読んだ刹那、読者である我々は理解してしまうじゃないですか。

こういう子、間違いなく私の教室にもいたぞ。ふみちゃんは、ああいう子なのだな、と。

短編「石蕗南地区の放火」での大林の「ツマま」れ方も絶品です。彼は思いを寄せている主人公にアプローチするのですが、その行動すべてが絶妙な悪手にして「こういう人、いるぞ」の連続。オジさんはホント駄目だなぁと笑いながら、しかしよくよく考えると私も似たようなことをやってきた気がするぞと胸に小さな痛みが走る類の「ツマみ」です（なぜかオジさんは、女性に小動物の写真を送りつけてしまうのです）。

『かがみの孤城』では、いじめっ子たちが自宅の敷地内に侵入してきたときの心理描写に凄まじい「ツマみ」を見ます。怖い、どうしようという動揺の中、いじめにおける完全な被害者である主人公は、その場にいない自身の両親に対して謝罪するのです。ごめんなさい。両親が築き上げてきた私的な空間の中に、自身に端を発する外敵を侵入させてしまったことに対する幼い懺悔。この繊細な機微を「ツマん」で表現してみせる手腕に、私はしばし言葉を失いました。恥ずかしいかな、記憶の蓋を強引にこじ開けられたのです。

総括めいた解説はあまりに恐れ多くてできません。しかし辻村さんの作品がこれほどまで多くの人に愛されていることと、この「ツマみ」の技術は無関係でないように思います。辻村さんは常にありとあらゆる「人間」を公平に知りたいと願い、適切に描こうと挑んでいる。だからこそ、いつも一番に「ツマむ」べきものを「ツマめ」る。

仮に作品の中では悪として扱わざるを得ない人物であっても、辻村さんは「理解不能な異常者」というような突き放し方をしません。同情できるできないは別にして、必ずそこに理解の手を差し伸べる。そして当該人物の特徴量を適切に「ツマむ」。ゆえに登場人物一人一人の指先、足先、髪の毛一本一本に至るまで、信じられないほどに濃厚な血が通うわけです。

「ツマま」れた人物たちは、ともすると辻村さんにとっては完全な他者かもしれない。しかし読んでいる人にとっては「これぞ自分」、あるいは「これはまさしくアイツ」と思うほどの息吹を感じるから、我々はついつい身勝手な救いを感じてしまう。

わ、理解してもらえた。

だからこそ辻村さんの手によって描かれた物語は、辻村さんのような人だけを救う物語にならず、万人に刺さり、私やあなたの心を激しく揺り動かす。

と、そんなことを書き連ねてみるのですが、やっぱり辻村さんだったらもう少しご自身の特徴を上手に「ツマん」で説明なさるんだろうな、なんてことを、考えてしまうわけです。

浅倉秋成
あさくら・あきなり

1989年生まれ。第十三回講談社BOX新人賞Powersを『ノワール・レヴナント』で受賞しデビュー。21年に発表した『六人の嘘つきな大学生』で山田風太郎賞と吉川英治文学新人賞候補、22年『俺ではない炎上』で山田風太郎賞候補となる。

カナワナイ月

一穂ミチ

『つまり月は規則にしばられず、捉えどころのない動きを平気でするのだ』（角幡唯介『極夜行』文藝春秋刊）。

この一節を読むたび、辻村さんのお顔がふっと浮かびます。

『月の正中時刻は毎日ズレていくし、高度も日によって驚くほど変わる。満ち欠けによって姿も変形する。したがって何も知らずに毎晩、月をあてにして行動していると、昨日まであんなに高く昇っていたのに今日は同じ時刻になってもまだ姿を見せないなぁとか、昨日までいなかったのに今日はいきなり姿を見せないなぁとか、昨日までいなかったのに今日はいきなり姿を見せて美しく輝き始めたなぁなどと驚かされることになる』（同）。

「辻村さんってこういうのを書く人」「こういうのが得意な人」という読み手の先入観を、こんなにも鮮やかにひらりとかわし、裏切り続ける作家は他にいません。わたしは辻村さんが見せるさまざまな貌を、時には呆気に取られ、時には息を呑み、時にはひやりと鳥肌を立てながら見上げ続けているような気がします。

『かがみの孤城』『ハケンアニメ！』は、さながら夜空のてっぺんで輝く大満月。辺りの星を霞ませるほどの圧倒的な光量で地上を照らし、ひとり歩く夜道を勇気づけてくれるような存在です。物語は現実の苦悩を解決してくれないし、月光は現実の危険から身を守ってくれません。それでも「見ていてくれる」ことへの嬉しさや安堵は確かなものです。「わたしが」生きていく心細さ、つらさや苦しみをつぶさに見ていてくれるから、この物語はこんなにも「わたしに」届くんだ——そんなふうに思う、数多くの読者の中にわたしも含まれています。

一方、鋭い爪痕のような三日月は『傲慢と善良』や『闇祓』でしょうか。ひとすじの細い光より、影になっている大部分が気になって仕方ない。クレーターだらけの、荒涼とした月面に思いを致してしまう。自分の目に見えているもの、自分の物差しや思い込みだけがすべてではない、とふと気づいて不安になる瞬間、普段意識していない自他の悪意や鈍感さに直面してぞっとする瞬間のぽっかり黒い落とし穴は、月の影のようです。満月の安心感は、この時、どうしようもない焦りに変わっています。どうしよう、ばれてる、と。「わたしの」醜さを頭上から何もかも見透かされている。同時に「誰だってそうなんでしょう？」という開き直りも生まれたりして、読後はふしぎと図太く生きる肚になっていました。

淡い傘をまとってぼうっと明るむ幻想的な朧月は、『ツナグ』『東京會舘とわたし』『水底フェスタ』。読み心地はどれも違いますが、生きることと死ぬこと、あるいは時の流れといった、人の手が及ばない運命の味わいは、噛み締める時によって甘くも苦くも酸っぱくも感じられます。

明け方、薄い水色の空にうっすら浮かぶ透明な月は『青空と逃げる』『朝が来る』、膨んでいく未来にわくわくするレモン型の月は『島はぼくらと』『スロウハイツの神様』。日常から隔絶された異世界で人間ドラマが展開される『冷たい校舎の時は止まる』は、水面に揺らめく幻の月。こうして列挙すると改めて感じますが、タイトルも素晴らしいんですよね。内容にばちっとはまってかつ印象的。

月は形を変え、光り方を変え、時にわたしたちを翻弄しながら、でも確かな軌道を巡っています。辻村深月という天体ではチヨダ・コーキやおなじみの人たちが地続きの世界に生きていて、時々、作品を通じて顔を覗かせてくれる。その軌道にわたしが名前をつけるなら「スコシ・カナワナイ」です。願いや望みが叶わない苦しさ。自分の理想や求められる役割に適応できない、適わないもどかしさ。現実の厳しさに太刀打ちできず、敵わない悔しさ。何もかも手に入れたいなんて思っちゃいないけど、あとほんのすこし、何とかなってくれたらなあ——辻村作品には、誰もが味わうそんな「スコシ・カナワナイ」が星屑の集合体みたいに詰め込まれています。そして辻村さんは、「スコシ・カナワナイ」嘆きに、現実をこれでもかと突きつけとおすのではなく、ばら色のハッピーエンドを咲かせるのでもなく、ほんのひと匙の絶妙な「スコシ・マホウ」を振りかける。物語のラストに至った時、それまでのエピソードや人のつながりすべてがちいさな魔法できらきら輝き始め、景色ががらりと変わる。ああ、たまらないなあ、と読み終えるのを惜しんで目を閉じてしまう瞬間。何度体験しても色褪せない。

きょうの月は、どこからどんなふうに昇るのでしょうか。あしたは、来月は、来年は？　もう何がきたって驚かないぞ、と待ち構えるわたしの前で、鮮やかに回転して月の裏側（アナザーサイド）を見せてくれる日だってくるかもしれません。想像の中の辻村さんみたいに、にっこり笑って。これはもう、「ゼンゼン・カナワナイ」、です。

一穂ミチ
いちほ・みち

2007年『雪よ林檎の香のごとく』でデビュー。劇場版アニメ化もされ話題となった『イエスかノーか半分か』などボーイズラブ小説を中心に作品を発表して読者の絶大な支持を集める。21年に刊行した、初の単行本一般文芸作品『スモールワールズ』が本屋大賞第3位、吉川英治文学新人賞を受賞したほか、直木賞、山田風太郎賞の候補になるなど大きな話題に。『砂嵐に星屑』『光のとこにいてね』など著書多数。

ずっと先を歩いている人

呉 勝浩

辻村深月の名を知った当時、わたしは就職もせずその日暮らしの生活を送っていました。自分は必ずクリエイターになる——根拠のない自信を抱え、ままならない現実から必死に目をそらしていた時期です。とある粗相から働いていたアルバイト先をクビになり、衝動のまま書きなぐった小説を初めて投稿したのはメフィスト賞。森博嗣(もりひろし)さんや清涼院流水(せいりょういんりゅうすい)さんの作品を好んで読んでいたためで、書店へ出向くと決まって講談社ノベルスの棚に足を運んでいました。

いつしかそこにならびはじめた妙に迫力のある三冊の本。第三十一回メフィスト賞受賞作『冷たい校舎の時は止まる』上、中、下巻です。

すごい新人が現れたんだぜ——。そう教えてくれたのはわたしに西尾維新(にしおいしん)さんや舞城王太郎(まいじょうおうたろう)さんを勧めてくれた友人で、大学卒業から一年が経ったかどうかのころ。偏愛するメフィスト賞、おまけに作者が同年代であると聞くにいたり、わたしは絶対に読むまいと決めました。

なぜって、悔しかったからです。

「先鋭」、そして「規格外」のイメージが強いメフィスト賞ですが、それにしたって上、中、下巻のデビュー作をどんどん発表するのは並大抵ではありません。『コズミック』だって単巻だったのに！
面白かったら正気ではいられない。ケチな自尊心防衛本能に従って、わたしはそっと辻村深月に背を向けたのでした。

それからなんやかんやあり、メフィスト賞で鳴かず飛ばずだったわたしは江戸川乱歩賞に活路を見いだすようになります。二〇一四年（第六十回）、初めて最終選考に残ることができ、落選はしたものの、次こそ勝負だと心に期するものがありました。三十三歳。先の見えない人生に焦りを覚えだしていたころです。

この時期、選考委員の交代がありました。第六十回から新しく就任されたのが有栖川有栖さん。わたしが尊敬してやまない、言わずと知れた本格ミステリーの大家です。そして第六十一回から就任されたおひとりが辻村深月さんだったのです。

もう駄目だ、と覚悟したのを覚えています。辻村さんの作風とわたしのそれは合わないだろうと思い込んでいたからです。蓋を開けてみれば、わたしの応募作を一番に推してくださったのが辻村さん。おかげで拙著『道徳の時間』は受賞にいたったというのですから、おのれの浅はかさに絶望を禁じ得ません。

乱歩賞授賞式の日に初めてお会いし、対談をさせていただきました。その模様はＷＥＢ記事で読むことができるのでぜひ検索してみてください。呉勝浩という新人のテンパリ具合と礼儀知らずな言動、それらを大らかに受け止めつつアドバイスまでくださる辻村さん。歴然とした人間力の差を読みとることができるでしょう。しかし優しいだけではありません。ときおりすべり込んでくるドキっとするような指摘、冷徹な観察眼。言外に「あなたがつまらない作家なら相手にしないよ」というプロフェッショナルな刃を勝手に感じ肝を冷やしたものです。

それは辻村作品に通底する温度にも思えます。厳しさと優しさが両立する世界とでも言いましょうか。人間の愚かさや狡さと優しさを、おなじように見つめる眼差しです。無条件の優しさではなく、無条件の厳しさでもない。その折り合いのつかなさ、折り合いをつけようともがくのが人間であり、人間を描くのが小説である。――言うは易し。きちんと人間を描き、なおかつ面白い作品なんて驚異的な筆力なしに書き切れるものではありません。

ここだけの話ですが、わたしも辻村作品に影響を受けています。『白い衝動』という作品は、無意識的にではありましたが、明らかに『オーダーメイド殺人クラブ』からインスパイアを受けています。また『かがみの孤城』に関しては、これははっきりと意識して『雛口依子の最低な落下とやけくそキャノンボール』という作品の出発点としました。もっとも、誰に説明しても理解されず、「辻村作品に謝れ！」と叱られる始末ではありますが。

『かがみの孤城』の何に感動したのか、少しだけ加えておきます。この作品の核心に、わたしは少年少女たちの「抵抗」を読みました。学校、家族、ジェンダーやルッキズム、コミュ力、さまざまなかたちで抑圧してくる世界に対して、主人公たちは脅え、ときに背中を向けながら、けれど抵抗するのです。抵抗を手に入れる物語と言ってもいい。気がつくとわたしは、彼らの物語を自分の物語として憤り、応援し、大いに胸を撃たれたのでした。同時に、辻村さんもまた抵抗しつづける作家なのかもしれないと思ったのです。

あるとき、ご本人と話す機会があって尋ねました。「辻村作品ではひどいことをしてきた悪人にあまりやり返さないですよね。懲らしめてスカっとするのとはちがうやり方で抵抗を描いている。リベンジを物語の解決にしないのはなぜですか？」

辻村さんがどのように回答されたか、ここでは控えることにします。ただ、見せかけのカタルシスや安易な物語の要請に屈しない言葉だったことは明記しておきます。

はるか先を、信頼できる人が走っているのは幸運です。わたしもその場所を目指しますので、ずっと走りつづけてください。

呉 勝浩
ご・かつひろ

1981年青森県生まれ。2015年『道徳の時間』で江戸川乱歩賞を受賞し、デビュー。20年に『スワン』で吉川英治文学新人賞、日本推理作家協会賞長編および連作短編部門を受賞。22年に発表した『爆弾』が『このミステリーがすごい！2023年版』国内編と、『ミステリが読みたい！2023年版』1位の2冠に輝く。

辻村チルドレンになれなかった

白尾　悠

辻村深月先生がデビューされた二〇〇四年からこれまで、どれほどの〝辻村チルドレン〟が生まれたのだろう。

もし当時、『冷たい校舎の時は止まる』の登場人物たちと同じ高校生だったなら、今は三十代。辻村作品の中に居場所を見つけて思春期を乗り越え、読書の深みにずぶずぶはまり、今も辻村先生を始めとする大好きな作家の新刊や新たな本との出会いを求めて、仕事帰りに書店に立ち寄るのが楽しみな読書家になっているかもしれない。

あるいは「自分もこんなお話が書きたい」と強く願い、勉強そっちのけでこっそり書いていた辻村作品の影響がダダ漏れの長編は未完に終わっても、諦(あきら)めずに書き続け、何度目かの挑戦を経てついに新人賞を受賞、「辻村深月さんに影響を受けて小説家を目指しました」と感慨深く受賞の言葉を綴(つづ)る作家になっているかもしれない。

私もそんな辻村チルドレンになりたかった。でもなれなかった。

私が辻村作品に出会ったときは既にアラサー、会社の同僚から借りた『ぼくのメジャースプーン』

が初読だった。小学四年生の「ぼく」の透明度の高い、張り詰めた視点がとらえる「ふみちゃん」の魅力と、繊細でときに残酷な世界にたちまち引き込まれ、借りたその晩に一気に読んでしまったことを思い出す。

辻村作品の心情描写は、スッスッと、まるでゴッドハンドの整体師のように、ぴたりと〝痛きもちいい〟ところへ触れられたかと思うと、いつの間にか体内へ、しかも心臓のすぐ側までその手を伸ばされていたような、怖いほどの鋭さがある。魅力あふれる登場人物たちや鮮やかな展開の妙と共に、その戦慄の快感がクセになり、すっかりファンになった。

その頃、いつか何らかの形で物語に携われれば、と社会人としてのキャリアを薄ぼんやり模索していた私は、紆余曲折を経て小説を書き始め、何度目かの投稿の後に「女による女のためのR-18文学賞」という短編賞を受賞した。授賞式で当時選考委員だった辻村先生と三浦しをん先生にご挨拶したときの幸福と現実感の無さたるや——二次会で遂に心拍数と血圧が限界に達し、優しく気さくなお二人を前に鼻血を出したほどだった(二十年以上の授賞式の歴史の中で、ユニークな個性や名スピーチで爪痕を残した受賞者はいても、血痕を残したのは私だけだと自負している)。

自分の授賞式はそんな体たらくで、辻村先生とお話しした内容は正直ほとんど覚えていない。当然サインをお願いする余裕もまったくなく、翌年の授賞式の控室でようやく『かがみの孤城』に甥宛のサインを頂いた。当時高校生の甥にとって初めての辻村作品で、やはり夢中で読んだと聞いていたからだ。うっかり二冊目を忘れて自分宛のサインをもらい損ねた私は、渋々彼に本を渡しながら、十代を描いた辻村作品に十代で出会えることがいかに幸せかをしつこく説いた。私は心の底から本当に、彼が羨ましかったのだ。

私も辻村チルドレンになりたかった——大人の自分がここまで揺さぶられるのだから、思春期に読んでいたら、どれほど自分のその後を変えたことかと思う。若くして無類の読書家にも、小説を書く面白さを知る人にも、なれたかもしれない、と。でも——今この文章を書きながら、深い海を頼りなく漂うプランクトンみたいな思いが浮かんでくる——私の〝その後〟だって、変わっているんじゃないか？

多くの応募者同様、私もR-18文学賞へ挑戦していたとき、過去の選評は余さず読んでいた。少しでも面白い小説が書きたくて繰り返し読んでいたから、辻村先生と三浦先生が選考委員を務められた期間、お二人がどの作品にどんなコメントをされたかは大体思い出せる。特に拙作が最終候補になった二年分は、他の候補作への評も含めて、ほぼ一言一句覚えている。デビューした今も、書くのに迷いが生じたとき、私は折にふれ虎の巻を覗くように、あの選評ページへ立ち返る。そして読むたび、辻村先生の眼差しの前に過去の候補者の作品群だけでなく、自分がいま書いている小説までも、（ここの展開は簡単に先が読めて読者の興を削ぐ）（この人物はストーリーに都合のいい言動ばかりになっている）などと、骨まで晒された気分になる。その感覚は、辻村作品に心臓ぎりぎりへ手を伸ばされるときのものに似ている。

ゆっくりと、少しずつではあるが、間違いなく辻村先生の選評は、その小説と同じくらい、私という駆け出しの小説家の血肉になっていると思う。毎回骨にされているだけに。

私は辻村作品と共に成長した辻村チルドレンにはなれなかった。でも——選評をも含む辻村作品に、今も小説家として育てられている。だから私も、辻村深月という広大な海域で育まれた、辻村プランクトンくらいは自称してもいいのではないかと、今は思う。

白尾 悠
しらお・はるか
神奈川県生まれ。2017年「アクロス・ザ・ユニバース」で「女による女のためのR-18文学賞」大賞、読者賞をダブル受賞。著書に、改題した受賞作を含む『いまは、空しか見えない』や、『サード・キッチン』『ゴールドサンセット』がある。

人生の指針となった本

武田綾乃

辻村深月という作家に初めて出会ったのは、私が高校生の時だった。図書室の入荷本コーナーに講談社ノベルスの本がずらりと並んでおり、その中に『子どもたちは夜と遊ぶ』と『冷たい校舎の時は止まる』があったのだ。それぞれまとめて借り、一気に読んだ。衝撃的な面白さだった。

十代という多感な時期は自意識が肥大化しがちで、世界は自分を中心に回っていると感じている節すらある。膨れ上がった自己評価と、他者からの客観的な評価の乖離。子供時代は夢見がちでも許されるというのに、大人に近付くほどに厳しい現実を突き付けられる。学力、容姿、コミュニケーション能力。今の時代であれば、さらにＳＮＳの技術なども加わるだろうか。多くの観点から他者と比較されることを常に強いられ、その中で自分というものを確立していかねばならない。学校というのは酷な場所だ。

学生の頃の私は自分のことを妙にプライドの高い嫌な奴だと思っていて、どうにかならないものかと足掻いていた。昔から、大人に可愛がられる子供ではなかった。自分の身を守るために詭弁で理論武装し、敵と味方の間をうまい具合に搔い潜って過ごしていた。本当は、素直で善良な子供になりたかった。どうして自分はこんな性格なんだろうかといつも思っていた。

そんな時に、辻村さんの作品に触れた。右で書いた二冊は高校生が主人公の物語で、学生の心情が細やかに描写されている。誰かと比較される息苦しさ。自分の思う自分に近付けない辛さ。自分だけが持っていると思っていた心の黒い部分や必死になって隠そうとしていた弱い部分が、本の中に鮮明に描かれていた。こんな風に考えるのは自分だけじゃないのだとその時に気が付いた。辻村さんの文章は人間の痛々しい部分にそっと寄り添ってくれる。

私が辻村作品の中でもっと好きな小説は『凍りのくじら』だ。高校生の主人公・理帆子を取り巻く少し不思議なお話。失踪した父親と理帆子の前に突如現れた不思議な青年についての謎を追い掛けながら、読者は本を読み進めていく。この物語の最も大きな特徴はドラえもんの道具が登場するところだろう。アニメや漫画で何度も登場する道具が物語を読み解くヒントとなる。ドラえもんは、理帆子の心の支えなのだ。

自分の好きなものが自分の心を守ってくれるというメッセージは、辻村作品の中で頻繁に登場する。本が好き。漫画が好き。アニメが好き。今でこそそうしたサブカルチャーは当たり前のものになったが、昔はそうした趣味は隠れて楽しむべきという風潮があった。変わった奴だと攻撃されたくないから自分の好きなものを隠し、無関心なフリをした。そうやって本当は何かを好きな自分を傷付けていた。そうした振る舞いに身に覚えがある人間は多く、だからこそ好きなものは好きでいいよと伝えてくれる文章が心に染みる。大人になった今でも、作品から受け取った沢山のメッセージが人生の指針となっている。

高校生、大学生の頃はそうした学生主人公に感情移入して読んでいたのだが、大人になると今度は大人の主人公に共感するようになる。とはいえ、『凍りのくじら』は私にとって青春時代の象徴のような作品だ。思春期という多感な時期に触れた作品はそれだけで印象深くなるため、これ以上に私に刺さる作品と出会うことはないだろうな……と漠然と思っていた。だが、アラサーになってとんでもない作品と出会った。『傲慢と善良』である。

内容をざっくりと一言で表すと、結婚相談所ミステリーだ。三十九歳、独身男性の架は結婚相談所で真実という女性と出会う。二人は婚約していたのだが、真実は忽然と姿を消してしまった。その理由は何故なのか、そして真実が秘密にしていた過去とは……。

恋愛や結婚なんてどうでもいいわと思っていた私も、二十五歳を過ぎたあたりから己の人生について向き合わざるを得なくなった。ルームシェアしていた友人は地元に帰って結婚して子供もいるし、中学時代の友人は既に二児の母親である。付き合っている相手もいないのに、結婚という二文字が妙にちらつく。無理して相手に合わせて生きていくぐらいなら一人のままでいいと心の底から思っているはずなんだけれど、焦燥が思考にこびりついて取れない。自分は一体どんな風に生きていけばいいんだ！

そうして悩んでいた二十七歳の時に、この本を読んだ。読んでいる途中から「ウウー」だの「ヒイ」だのと奇妙な呻き声を上げずにはいられなかった。だってあまりにも刺さり過ぎる！　真実の思考回路は自分のこれまでの言動と重なる部分が多くあり、身につまされた。自分が本当は恋愛に対してどう思っているのか、きちんと向き合って人生の指針を立て直そうと思った。そしてその数年後、結婚に至った。この本は私の人生を変えてくれた一冊だ。
こうして振り返ると、学生の頃から今に至るまで辻村さんの作品に大切なことを教えてもらってばかりいる。人生観や恋愛観など多くのものを受け取ったが、その中で最も多く得た感情は間違いなく、面白い小説を読んだことへの喜びだ。

武田綾乃
たけだ・あやの
1992年生まれ。2013年『今日、きみと息をする。』で作家デビュー。同年刊行した『響け！ ユーフォニアム』はテレビアニメ化され人気を博す。21年、『愛されなくても別に』で吉川英治文学新人賞を受賞。近刊に『嘘つきなふたり』など。

論考

心という謎

東畑開人

辻村深月論を書くために、年末年始で『凍りのくじら』や『島はぼくらと』など昔から好きだった作品を読み返し、ちょうど封切りされたばかりの映画『かがみの孤城』も見にいった。その成果をこれから書いていこうと思うのだが、先に告白しておかねばならないことがある。

どうしたらこんな物語を書けるのか、羨ましくて仕方がなかったのだ。いや、私は小説家ではなく心理学者なのだから、おかしな嫉妬なのかもしれない。まな板がフライパンを妬んだり、スティックのりがシャーペンに羨望のまなざしを向けたりするようなものだ。役割が違うのだ。それはわかっている。それでも、どうしても、辻村深月に嫉妬してしまう。こんな風に心を見事に描けるのならば、心理学なんていらないじゃないか。

＊

辻村作品の最大の魅力はなんといっても謎解きだ、と私は思う。物語の序盤から中盤にかけて「あれ？」「なんぞ？」と思わせる伏線が張り巡らされ、終盤でそれらはすべて回収される。辻村深月は裏切らない。謎を謎のままで放置しない。必ずヴェールを取り去って、想像を超えたフィナーレを見せてくれる。

ただし、そのようにして明かされる謎は、密室のトリックや黒の組織の正体といった物理的な謎ではない。いや、正確にはそういうミステリー的真犯人が明かされることもあるけど、本当の謎はそのまた奥にある。つまり、真犯人の、あるいは主人公の心にある。

たとえば『凍りのくじら』。主人公の理帆子は大人びた少女だ。「すこし、不在」な彼女は世界から距離を取っていて、賢くてドライに見える。だけど、物語が展開するにつれて、理帆子のウェットで愚かな部分が見えてくる。他者を軽蔑していて、大事な人ときちんとした関わりをもてない彼女が露わになっていく。

古語でオモテは「顔」を意味し、ウラは「心」を意味したという。辻村深月が描くのは、大人の顔をしているけど、子どもの心を隠しもった人物たちだ。その子どもは傷つきを抱えている。かつて何かを奪われたり、与えられなかったりしたからだ。そして、そのことを周囲の大人が気づいてくれず、ケアしてくれなかったからだ。子どもの心は絶望して、大人の仮面を装着せざるをえなくなったのだ。

この「偽りの大人」こそ、辻村深月の物語の種であり、酵母である。ユング心理学風に言うと「元型」というやつだ。だから、物語が進むにつれて、停止していた子どもの心が蠢き出す。そのときに目撃されるのは子どもの無垢さではない。怒りであり、憎しみであり、破壊だ。発芽し、再発酵したのは傷ついた心なのだから、ネガティブなものが溢れ、世界は暗闇で覆われることになる。悪いことじゃない。それはたとえば理帆子の心に閉じ込められていた「孤独な夜」が、外の世界に放たれて「みんなの夜」になったということなのだから。

＊

しかし、真の謎はこの暗闇にはない。辻村深月の描く心は二重底になっている。パンドラの箱みたいだ。偽りの大人という蓋を開けると、傷ついた子どもの暗闇が飛び出してくる。だけど、目を凝らすと、その向こうに、暗闇のそのまた奥に、何かがほのかに光っている。

『凍りのくじら』のクライマックスシーンを思い出してほしい。山奥にある深夜のゴミ捨て場で、理帆子は絶体絶命の危機に陥っている。完全なる闇に取り巻かれ、全く無力になっている。そこに一筋の光が射す。懐中電灯の小さな光が理帆子を照らすのだ。ここにかつて失われたケアの再生がある。物語はここから大逆転を始めるのだが、そこはぜひ小説を読んでほしい。

重要なことは、暗闇から生じる光だ。心の二重底に隠れていた灯(あか)りだ。これこそが謎解きの本体である。私が思うに、辻村深月は物語の終盤、この光に突き動かされている。光に手繰り寄せられている。光によって執筆させられている。だから、辻村作品のラストシーンはいつも光に満ちているのだろう。それは断じて小説的技巧ではないはずだ。この光にこそ、心というものの本性があるからだ。メラニー・クラインという精神分析家はこの暗闇から光を生む心の働きを「償い」と呼び、大人になるための最重要のステップとした。

クライン曰(いわ)く、子どもの心には愛と憎しみの両方が存在している。それはつまり、愛する人を同時に憎んでいるということだ。このとき、心が発達していくためには、十分に憎むことが必要になる。大切な人を傷つける。すると、子どもの心に罪悪感が芽生える。「私は大事な人を破壊してしまったのではないか」。苦しいことだ。だから、子どもは「償い」を始める。大切な人を修復しようとし始める。これが本当の愛だ。偽りではない、大人の愛だ。

＊

ああ、心理学の言葉はなんと貧しいのだろう。きちんと憎むことで、成熟した愛が生まれること。誰かを傷つけてしまう自分を引き受けなくては、大人になれないこと。心理療法という仕事を通じて、私たちは日々そういう人間的な作業に取り組んでいるのに、それを表現しようとすると、こんなにも弱くて、渇いていて、曖昧な言葉にしかできない。偽りの大人の言葉にしかならない。

だから、辻村深月に嫉妬してしまう。深夜のゴミ捨て場に灯る懐中電灯。暗闇の奥から射しこんでくる光。その光に愛されることで、他者を愛せるようになる理帆子。心理学者が言葉を尽くして理論にしようとしてきた心を、小説家はすべての人に開かれた物語にしてしまう。実際そうじゃないか。親を亡くした子の喪のプロセスを『凍りのくじら』以上に見事に描いた心理学書があっただろうか。あるいは不登校の子どもの傷つきとその回復を、『かがみの孤城』を超えて描ける心理学者などいるだろうか。ああ、心理学、なんと非力なことか。

でも、しょうがない。そういうものなのだ。偉大なフロイトだってそうだったのだから。フロイトは小説家シュニッツラーに宛てた手紙で次のように告白している。

> 私が対象を営々辛苦究明することによって獲得した秘密の知識のあれこれを、あなたはどこから手に入れることがおできになったのか、私はしばしば不思議に思って考えてまいりましたが、ついには現在では、これまで驚嘆の対象であった詩人という存在を羨ましく思うまでになりました。

心理学者が心について考えているとき、小説家は心を生きている。心理学者が心を覗き込んでいるとき、小説家は心に手繰り寄せられている。心という謎は小説家を愛している。だから、フロイトがそうであったように、私も辻村深月に嫉妬してしまう。

東畑開人
とうはた・かいと

1983年東京生まれ。専門は、臨床心理学・精神分析・医療人類学。博士（教育学）・臨床心理士。『居るのはつらいよ―ケアとセラピーについての覚書』で第19回大佛次郎論壇賞受賞、紀伊國屋じんぶん大賞2020受賞。著書に『心はどこへ消えた？』『なんでも見つかる夜に、こころだけが見つからない』など。

論考

青春と不条理——辻村深月とミステリ

千街晶之

二〇二二年末、辻村深月の同題小説を原作とするアニメーション映画『かがみの孤城』が公開された。この映画化を機に、『かがみの孤城』という小説をかなり久しぶりに読み返したのだが、その際に感じたのは、これがある種の原点回帰だということと、同時に著者の大きな成長を示す作品でもあるということだ。

著者は近年は成人した主人公を登場させ、大人の世界を描くことが多くなっていた。また、ジャンルも必ずしもミステリに限定してはいない。だが、その出発点においては、著者はスーパーナチュラルな設定をしばしば取り入れた青春ミステリの書き手という印象だった。

著者のデビュー作は、二〇〇四年に第三十一回メフィスト賞を受賞した『冷たい校舎の時は止まる』である。この作品では、八人の高校生がいつも通りに登校したところ、校舎内に閉じ込められてしまう。彼らは、二カ月前に学園祭の最中に飛び降り自殺を遂げた同級生がいたことに思い当たるが、何故か、その同級生の顔や名前を思い出せない——というシチュエーションで物語が展開する。

やがて、校舎内に閉じ込められている八人の中にその自殺者がいて、自分が死んだことに気づいていないのでは——という疑惑が持ち上がる。このようなスーパーナチュラルな要素の導入は、近年流行の「特殊設定ミステリ」と通じる部分がある。だが、通常の特殊設定ミステリでは、まず特異な世界観と、その中だからこそ通じるルールが明解に説明され、それに基づいた謎解きが最後には繰り広げられる。しかし『冷たい校舎の時は止まる』では、作中の不思議な現象を起こしたのが何者かという謎は重要だが、その人物がどのようにして現象を起こしたかについてはさほど重視されていない。

同じことは、初期の他の作品にも言えるだろう。例えば『名前探しの放課後』では、主人公の男子高校生が、自分が三カ月前の過去にタイムスリップしたことに気づく。彼は自分がいた未来で自殺した人物がいたことを思い出すが、それが誰なのかはわからないため、数人の仲間の知恵を借り、自殺する可能性がある人物を見つけ、その死を阻止しようとする。自殺者が誰かをミスリードするため、巧妙な仕掛けが施されている作品だが、ここでもタイムスリップの理屈自体はさほど重要ではない。

ここで、デビュー十三年目にして原点回帰を試みたかのような『かがみの孤城』を読んでみよう。登場するのは七人の中学生。彼らは、自室の鏡の向こうにある孤島の城に招待され、互いに知り合う。そこには「オオカミさま」と称する謎の仮面の少女がいて、城内には願いを叶えられる鍵があるが、誰もそれを見つけられなければ来年の三月末日に城は閉鎖される——というルールを説明する。

この作品では、鍵の在り処という謎のほかに、七人の中学生を結ぶミッシングリンク、「オオカミさま」の正体など複数の謎が絡み合っており、しかもタイムリミット・サスペンスの要素まで加わっている。城のルールは(右のあらすじでは簡略化したものの)実はかなり複雑であり、終盤に明かされる大仕掛けとその伏線回収も鮮やかで、謎解きの重視という点では著者の作品中、世にいう「特殊設定ミステリ」に最も近い。

ただし、鏡の向こうの世界が誰によって創られたものかは明かされるが、いかにしてそんなことが可能だったのかについては具体的な説明がない。その点はデビュー作『冷たい校舎の時は止まる』と共通する部分だが、そのあたりの割り切れない不条理さは、基本的に家と学校以外の社会をあまり知らない十代の少年少女が感じるであろう、この世界の不可解さ、得体の知れなさ、そして狭さなどの反映であるようにも感じられる。

これらの路線のミステリとは別に、著者はスーパーナチュラルな要素を含まないミステリも発表している。その中で、中学生や高校生を主人公とした作品の代表は『オーダーメイド殺人クラブ』や『水底フェスタ』であり、いずれも、少女や少年に見えている世界の狭さが重要な意味を持っている。

一方、『ゼロ、ハチ、ゼロ、ナナ。』や『琥珀の夏』などは、登場人物の大部分は大人である。だが、ひとは大人になってもどこかに少年少女時代の思い出を引きずっているものであり、これらの作品でも登場人物の現在は、著者の青春ミステリ路線に通じる重苦しさを漂わせた過去の描写と切り離せない関係にある。その意味で、著者の作品の多くは青春ミステリを本質としていると言い切ってもいいのではないか。登場人物によって、青春という狭い世界から脱出できたか、そのまま取り残されてしまったかの違いはあるとしても。

千街晶之
せんがい・あきゆき
ミステリー評論家。1970年生まれ。著書に『幻視者のリアル 幻想ミステリの世界観』など。

論考

闇に目を凝(こ)らして――『ふちなしのかがみ』から『闇祓』へ

朝宮運河

二〇二一年十月、辻村深月の『闇祓』を読んだ際の衝撃は今も忘れられない。

『闇祓』は心の闇を一方的に押しつけるという行為＝闇ハラスメントが、不幸と死の連鎖を招くという着想のホラー小説だ。ホラーを愛してやまない著者が遠からず、現代社会の闇と対峙(たいじ)するような骨太なホラーを書くのではないか、という予想はなんとなく抱いていたが、まさかあの感涙の名作「七つのカップ」の著者がこんなにも容赦のない、どす黒い恐怖に覆われた本格恐怖小説を手がけるとは。あまりにも嬉(うれ)しい不意打ちだった。

辻村深月は『闇祓』以前に、怪談・ホラー系の作品集を二冊刊行している。一冊目が二〇〇九年刊行の『ふちなしのかがみ』だ。未来の自分を見ることができる儀式によって崩壊していく少女の現実をトリッキーな構成で描いた表題作をはじめ、不穏な学校怪談ものの佳品「踊り場の花子」、〝キューピッド様〟のおまじないが悲惨な墜落死を招き寄せる「ブランコをこぐ足」など、学校怪談・都市伝説などのモチーフが目を惹(ひ)く五編には、初期辻村作品と共通するような寄る辺なさの感覚が漂う。

収録作に共通するテーマは〈境界〉だろう。日常のすぐ隣に存在する、しかし普段は隠されている暗闇の領域を、キ人公たちはおそるおそる覗き込む。「見てはいけない、振り返ってはいけないと禁じられた甘いお菓子を食べることほど、楽しいことはありません」（あとがき）と著者自身が記しているように、日常と非日常の境界を行き来することのスリル、怖いもの見たさの暗い愉悦が、このホラーミステリー集には刻印されている。

二冊目の『きのうの影踏み』は二〇一五年刊行の怪談小説集だ。怪談専門誌に発表された作品が大半を占めているという事情もあって、辻村作品にしては珍しくミステリー的な仕掛けのない、不条理でシュールな味わいの収録作を含んでいる。都市伝説的モチーフが好んで取りあげられているのは『ふちなしのかがみ』と同様だが、この作品集では彼岸と此岸の境界が曖昧になり、日常と非日常が溶け合うような瞬間が描かれるようになった。

著者を含む複数の作家たちが不思議な手紙を受け取る「手紙の主」、突然霊感が覚醒してしまった男性の絶望を描いた「スイッチ」、著者自身の育児経験が反映されていると思しい「やみあかご」「だまだまマーク」。全体がうっすらとした闇で覆われたような十三編は、非日常の恐ろしさを描くと同時に、それが身近で、懐かしいものであると伝えてくる。恐ろしげに見えるあちらの世界の住人も、目を凝らしてみれば我々とそう変わらない。

そうした着想の作品が生まれた背景には、「死者は怖いものではなく、懐かしくて身近なもの。そう感じられるようになったのは、わたし自身大切な人との別れを経てきたからかもしれません」（カドブン掲載のインタビュー）という著者を取り巻く環境と死生観の変化があった。あるいは死者と生者の交流を描いたベストセラー『ツナグ』（二〇一〇年）の執筆も、こうした作風に影響を与えたかもしれない。

そうした歩みの結晶が『きのうの影踏み』の巻末を飾った「七つのカップ」であった。通学路の横断歩道にいつも立ち、子供たちを見守る中年女性。主人公の少女はその女性の悲しい過去を知る。十年ほど前に幼い娘を交通事故で亡くした女性は、テレビ番組で霊能者が〝女の子の霊が寂しくて呼んでる〟といった言葉を信じ、事故現場に立ち続けているのだ。主人公は祈る。どうか、女の子の霊が現れますように。おばさんとその子が、会えますように――。

我々が怖いもの見たさで接する怖い噂や心霊スポットの背後には、声を発することのできない誰かの物語が眠っている。怪談とはそんな死者の声に耳を傾け、人々の喪失に寄り添う文芸なのではないか。怪談の存在意義をあらためて問う「七つのカップ」は、幼少期から怖いものに夢中になってきた辻村深月のひとつの答えであり、到達点だった。

だからこそ私は、「七つのカップ」とはまったく趣を異にする『闇祓』の登場に驚いたのである。おそらく著者は『闇祓』を本当に怖いホラーにするために、熟考に熟考を重ねたのだろう。その結果生み出されたのが、大切な誰かを思いやる心を嘲笑い、人の弱さを利用し尽くす邪悪な存在だった。横断歩道に立つ中年女性の気持ちに寄り添えるからこそ、それを破壊するものの怖さも描くことができる。『闇祓』を覆っている恐怖と絶望は、「七つのカップ」の優しいまなざしと表裏一体にあるのだと思う。

結果、『闇祓』は近年書かれた国産ホラーの中でも指折りの傑作となった。その達成は『ふちなしのかがみ』以降の作家的成長の賜であったといえるし、あるいは小野不由美の「悪霊」シリーズに熱中したという小学生時代から今日まで、ホラーや怪談を真剣に愛し続けてきた半生の産物ともいえる。思えば著者が絶大な影響を受けた「悪霊」シリーズもまた、死者の哀しみに心を寄せ、声なき声に耳を傾ける物語だったではないか。

『闇祓』刊行直後に行われたインタビューの席上で、怖かったです、と感想をお伝えすると、「本当ですか？　良かった！」と辻村さんは相好を崩された。その様子を拝見していて、根っからホラーがお好きなのだな、としみじみ思ったものである。

「七つのカップ」と『闇祓』というコインの裏表のような二作を経て、辻村ホラーは今後どんな方向に向かうのか。新たな展開に注目していきたい。

朝宮運河
あさみや・うんが

1977年北海道生まれ。怪奇幻想ライター。ホラーや怪談・幻想小説を中心に、「ダ・ヴィンチ」「怪と幽」「好書好日」などに書評・ブックガイドを執筆。編著に『再生』『恐怖』『てのひら怪談』『宿で死ぬ』など。

単行本未収録短編

影踏みの記憶

私は作家になって十四年だが、以前、『きのうの影踏み』という本の中に、「手紙の主」という短篇を書いたことがある。

先輩作家との対談の後、不思議なファンレターをもらったという話になり、よくよく特徴を聞いてみると、それは私が昔もらったことのある手紙とよく似ていた。差出人の性別や、出てくる人物に細かな差異はあるものの、あまりに多くの部分が共通しているので、ひょっとすると他にももらった作家がいるかもしれない――。そう思って世間話程度に同業者の友人や編集者に話すうち、手紙をもらった人がどんどん名乗り出るが、その内容がだんだん変化しているようで……、という話だ。

その話がだいぶ過去になった今年、私は、再び「差出人がわからない」メッセージを受け取り、しばらくその謎につきあうことになった。今日はそのことについて、ちょっと書いてみようと思う。

今年の四月は大忙しだった。私の小説が光栄なことに本屋大賞を受賞し、それにまつわる取材を受けたり、受賞記念のサイン会のためあちこち地方に出張したり。もちろん圧倒的に嬉(うれ)しい忙しさなのだけど、それでも心身ともにくたくたになり、中にはつらい時もあった。

心が苦しくなったことのひとつには、お祝いをたくさんいただき、それがとても嬉しいのにお礼の連絡が追いつかなかった、ということがある。

受賞の発表直後から、メールと電話と贈り物、たくさんのお祝いをいただき、書ける時に無理のない範囲で少しずつお礼を書いた。とはいえ、すぐに連絡できない、という申し訳なさを除けば、もちろん、メールや手紙のやり取りは楽しい。数年ぶりに連絡をくれた古い友人などもいて、この機会に互いの近況を知らせ合えることにも幸せを感じた。

あわただしく過ぎる日々の中で、私は、これは〝人生二度目の生前葬〟みたいなものかも、と思っていた。

当人がまだ生きているうちに行う生前葬。

葬儀は、もちろん、本来は自分で見ることが絶対にできないものだ。しかし、生前葬は違う。自分のための「葬儀」に誰が駆けつけ、どんな言葉をかけてくれるのか――それを実際に見ることができる。自分の人生という物語を構成した人たちを、映画の最後に流れるスタッフロールさながらに自分で見て、そして感謝の言葉を交わすことができる。それはなんとも贅沢(ぜいたく)で、そして幸せな儀式だと思う。

私がこの感覚を最初に体験したのは直木賞を受賞した時。今回の本屋大賞は、それからさらに数年を経て、お祝いに駆けつけてくれる人の数も、そのお祝いの仕方もぐっと変わり、今日まで自分がどんな人たちと関係を築いてきたのかを振り返るよい機会になった。

一説によると、生前葬は、やることでより元気に、より長生きする、と言われている。だから「受賞してどうですか?」と取材で聞いてくれる顔なじみの記者さんたちに、私は、軽い気持ちで「人生二度目の生前葬みたいな気持ち」と答えて、みんなに「それ、記事にそのままは書けないなぁ」と苦笑されていた。

そんな日々の中、そのメッセージは私の iPhoneメールにふいに飛び込んできた。

『本屋大賞受賞、おめでとうございます。なんだか我がことのように嬉しいです。あなたがインタビューであのことについて話してくれているのも読んで、サイコーに感激しました』

携帯に登録していない番号からのメッセージは、差出人のところが相手の携帯番号しか表示されていなかった。

誰からのメールかわからないけれど、相手は私の携帯番号を知っている――私が番号を教えるくらい身近な人であるらしかった。少なくとも、かつてはそれくらい近しい関係だった人、ということになる。

誰だろう――?

相手が名前も添えずに送ってきたということは、向こうは私がその人の番号を当然登録していると思っているはずで、だから「誰ですか?」とは聞きにくい。番号はわかるから電話して聞くこともできるが、正直そこまでしなくても、という気もする。

もうちょっと、ヒントがもらえないだろうか。文面を何度も見るけどわからない。

しかも「あのこと」っていったい何だろう。

受賞時の自分のスピーチや、直後に受けたインタビューなどについて思い出そうとするものの、「絶対にこれ」とピンとくるものはない。

あなた、と私のことを呼ぶ距離感は、相手が年上の、例えば恩師などだからだろうか。けれど、心当たりの先生たちの番号は私も携帯に登録しているし、その人たちはそもそも普段の連絡手段は電話か手紙が中心で、こんなふうにメールを使いこなせるようなタイプではない。それに「サイコーに感激しました」とある。「サイコーに」という語彙は、あまりに若く、ポップに過ぎるのではないだろうか。

これまでに番号登録した相手が、いつの間にか番号を変えていて、変更を私に教えるのを忘れていた、とか……？　それが一番ありそうなことに思える。

だから、勢いでその日のうちに返信した。時間を置いてしまうと、もっと相手に踏み込んだことを書かないと不自然になってしまうし、何も返さないのは失礼だ。

『ありがとうございます！　受賞、すごくすごく嬉しいです』

誰が相手であってもおかしくない文面を短く打つ。相手からさらに返信が来れば、そこから誰だかわかるヒントがもらえるかもしれない、という期待もあった。

けれど、やり取りはそこで終わった。私の打ち返した無難な言葉に対するそれ以上の返信はなく、私も、まあ、生前葬だもの、こういうこともあるよな、と、いつの間にか、このメールのことを忘れた。

しかし、それから二ヵ月ほど経過した頃のことだった。私のスマホに、再度、その相手からメールが入ってきた。

『文庫になるにあたってのインタビューを読んだよ。やはり、覚えていてくれてるんだなぁ、と感動します』

「?」と思っていると、追加でメッセージが入った。

『ありがとう。作家になりたい、という夢をかなえてくれて』

言葉とともに、写真が一枚、送られてきた。それは、私が三年前に出した本『きのうの影踏み』の本を撮ったもので、その上に今回文庫化するにあたって受けたインタビューを掲載した小冊子が載せられていた。夜に撮られた写真のようだった。どこかの窓辺で撮影されたものらしく、月明かりと思しき光が本を照らしている。『きのうの影踏み』に関係ある人――?

メールの主は、番号交換をしたことのある、昔親しかった誰か、ということでいったんは私の中で解決した気でいたのに、途端に落ち着かない気持ちになる。胸がざわざわする。

それになんだろう、この意味ありげな感じ。

向こうは、私が自分を誰かわからないとは露ほども思っていないようだ。いや、どうだろう。本当は私と番号交換などしていないのに、意味深な言葉で翻弄して、私を試しているのかもしれない。こいつ、知らない相手にこんなふうに適当な返信をしてきやがって――と、内心では思っていたりして……。

それもこれも、私がこの間のメールに適当な返信をしてしまったせいなのだけど、だから尚のこと、今さら「誰ですか」とはもう聞けない。けれど、すごく気になる。このまま無視してしまうのも気が引ける。

しばらく考えて——迷ってから、返信した。返事が何か来て、今度こそ、相手が名乗ってくれないだろうか、という期待を込めて。

『インタビュー、読んでくれたんですね。ありがとうございます。感動してくれたのって、どの部分でしょう？　気になります！』

返事が来ないなら来ないでもう仕方ない、その時はもう気にしないようにしよう——そう思っていると、今回は返信がすぐに来た。

『覚えてないの？』

『あの、影踏みの』

その、途端。

記憶が、私の両肩を包むように。

体ごと覆うように。

私をこの場になぎ倒すように、どこか遠くにこのまま連れ去るように。

記憶が流れる。
記憶が広がる。
メールに添付された、「彼」あるいは「彼女」の写真の中から、月の光が、私の方まであふれ出し、そして届く。照らされる。

『きのうの影踏み』は、私の本のタイトルだ。短篇集。けれど、収録された作品の中に、その題名の話はない。表題作を取る形ではなく、短篇集全体のことを表す、何か象徴的な言葉はないだろうかと、担当編集者と一緒に考えた。「はないちもんめ」とか「かごめかごめ」とか――。幼い頃の、ちょっと怖い遊びを彷彿とさせるタイトルはどうでしょうか――。怪談を集めた本だし、一度、その遊びをしてしまったら、もう二度と元の日常に戻れなくなるような――。そう、たとえば――。

打合せの最中に、私が言った。それはもう閃きか直観に近く、迷いなく、私は口にした。

「『きのうの影踏み』はどうでしょうか？」

きのうの影って、追いかけちゃいけない気がするんです。きのう、誰かに影を踏まれたら、誰かの影を踏んでしまったら、もう「今日」の自分には戻れない。「明日」からの自分が、変わってしまうような気がするから。気づかなければそのままでいられたのに、気づいてしまった瞬間から後戻りできなくなる。過去の自分を振り返って、そんな、きのうの影にうっかり触れてしまうことってあるかもしれない。

その言葉に、担当編集者が頷（うなず）いた。ああ、と深く顎（あご）を引き、そして教えてくれた。

いいですね。〝影踏み〟って、本来は、月夜の晩にやるものだったんですよ。月夜の晩に、子どもたちがいけにえを決めるための、犠牲になる一人を決める儀式だったって話もあるんです——。踏まれた子は、鬼になる。そういう、儀式だったって。

だから、『きのうの影踏み』。

もう戻れなくなる、子どもたちの。明日に戻れなくなる、それは遊び。

何のためらいもなく、どうして私は、その言葉が出てきたのか。月夜の影踏みをしたことなんて、なかったのに。

見知らぬ相手からのメールは続く。

『覚えてないの?』

『あの、影踏みの記憶』

『私の影を、ぼくの影を、踏んだ先の世界であなたが今生きていること』

『ありがとう。夢をかなえてくれて。あなたが今、生きていることが、我がことのようにうれしいです』

『不思議ね』

『本当に嬉しいんです』

『あなたになる前の、私たちでも。今も、あなたと一緒に生きている気がするから』

『影踏みの記憶、』

『覚えていてくれてありがとう』


月夜の晩。

家の前の神社で、私は——。

みんないた。みんないて、いつの間にか——いなくなった。私の中にいる私は、本当に、これまでの、きのうの私だろうか？　かなった夢は、いつから私の夢だったろう。今いる私は、果たして、私の知っている、私なのか。


最後に入った、『覚えていてくれてありがとう』の一文が、どんどんどんどん、画面の中で揺れて、砂が風に舞うように、さらさらと溶けていく。白く黄色い、月の光に掻き消されるように、攫われるように、溶けて、なくなる。

その前の一文、その前の一文、どんどんどんどん、消えていく。掌の上の画面からすり抜けていく。

待って行かないで——！

声を上げようとした途端、すべてが——なくなった。


後には。

何の変哲もない、私のスマホの待受画面だけが残った。夢から覚めたように、私は今しがた、自分を襲った洪水のような記憶の波にもう一度浸ろうと、必死に頭の中に記憶を探す。追いかけるように、記憶を手繰り寄せようとするけれど、それが遠く、かすみがかったようになる。そうなるのをもう、止められない。iPhoneメールの画面を出して、もらったあの差出人不明のメールをもう一度、呼び出そうとする。

だけど、ない。

そんな馬鹿なと思って、探すけど、やはりない。

狐につままれる、という言葉があるけれど、本当にそんな感じに、メールは掻き消えていた。だから、きっと、多くの人には信じてもらえないかもしれない。けれど、確かにあった。私の、影踏みの記憶。

思い出してしまったら、もう今日には戻れない、きのうの記憶。私の、忙しかったこの春から夏にかけての、不思議な体験だ。

（初出／２０１９年　角川文庫70周年記念企画　ＫＡＤＯＫＡＷＡアプリにて配信）

対談

少女「よつば」のなにげない日常を描き
ロングセラーになっている人気マンガ『よつばと！』。
めったに取材を受けない
マンガ家あずまきよひこさんと、
「よつばと！」ファンの辻村さん、
贅沢（ぜいたく）な対談が実現しました。

×あずまきよひこ
マンガっぽくないマンガの魅力

構成／浅野智哉　写真／ホンゴユウジ

まず舞台となる空間をつくる

あずま 実はインタビューの類が苦手なんです。

辻村 ええっ!? そんな中お受けいただいてありがとうございます。昔から得意じゃないんですか?

あずま うーん。ウソを言うのは嫌だし、本音を言うと誤解されそうだし。あ、でも訊かれたことにはすべてお答えします。

辻村 よろしくお願いします(笑)。あずまさんには本当に、お会いしたかったんです。ずっと昔から大ファンで、作品はぜんぶ読んでいます。今日は好きなエピソードのベスト5を挙げようと思って来たんですが……この通り(持ってきたあずまさんのマンガに、びっしり付箋がついている)。

あずま すごい数ですね。

辻村 あれもこれもと選んでたら、ベスト5どころじゃなくなってしまいました。妹も大ファンなんです。『あずまんが大王』は姉妹共通の持ち物でしたが、私が引っ越すときに、どっちが所有するかでケンカになって(笑)。その後、新装版が出ましたよね。

あずま ええ。だいぶ描き直しました。

辻村 榊ちゃんのパンツの可愛い柄が、チラッと見える回がありますよね。オリジナルのほうと柄の見せ方が変わってて、すごく描き直されてる! とびっくりしました。

あずま パンツで気づきましたか。本当はもっと描き直したかったんです。違うものになっちゃうのも困るので、だいぶセーブしてますけど。

辻村 やっぱり昔の作品には、手を入れたくなりますか?

あずま 基本的に昔、描いたヤツは好きじゃないです。『よつばと!』も1、2巻あたりは見れませんね。かなり以前の原稿は、シュレッダーでバラバラにしてますから。

辻村 そ、そんなに嫌わなくても!?

あずま さすがに近年の原稿は残してますけど。何でだろう。ヘタクソすぎて、ムカつくからかな。『よつばと!』は4コマの世界からいきなりストーリーマンガに移行した時の作品なので、1巻なんかひどいものです。

辻村 読み手としては、1巻、2巻にもすごく好きな話が多いのですが。特にセリフのセンスは、『あずまんが大王』と変わらないあずま節だ! と嬉しくなった記憶があります。ストーリーマンガへ移行されるのは大変でしたか?

あずま 方法論も何もかもが変わりましたからね。最初の方は試行錯誤しながら、方向性を探している感じ。でも3巻辺りから、ようやく描き方がつかめてきたような気がする。

辻村 たしかにその辺りから、画面に視覚的な変化が感じられました。

あずま 僕なりに、マンガっぽくないマンガの描き方に挑んでみようと思った頃ですね。例えば、キャラクターを描いて、その後ろに書き割り的に背景を描くって方法がありますが、そうじゃなく『よつばと!』では、まず舞台となる空間が先にあって、そのなかに、キャラクターをポンと置いてみる。すると、けっこうしっくりきたんです。4巻以降はだいぶコツをつかんだような気はします。

子どもの言動には中間がない

辻村　あずまさんのマンガの魅力は、抜きと溜めの上手さだと思うんです。特に『よつばと!』にはよく出ている。普通のマンガはストーリーに沿って何かしら事件があったり、キャラクターがハードルを乗り越えることで進行する。そこで描かれる背景は、書き割りの装置としての役割が大きいですよね。でも『よつばと!』は、背景がマンガの世界を成立させる表現として機能しています。

あずま　そうですね。背景の描き方には、割と気を遣ってます。

辻村　何を見るか、何をするかによって目線がどこにあるかも特徴的だし、子どもの目線で示されている見上げたショットにも、すごく臨場感があります。あと、次のコマに移るまでの間合いも面白い。中間描写を抜いて、表情のカットだけで笑わせる溜めが効いてます。この抜きと溜めは、いままで映像でしか経験したことがなかった気がするので驚きました。

あずま　カメラワークを意識しだしたのは、3巻ぐらいですね。

辻村　その抜きと溜めが、いちばん生かされてるのは、よつばの描写だと思うんです。例えばリサイクルの回で、よつばが「リサイクルって何?」と訊きます。そこで「こういうことだよ」と言われたら、普通だったらよつばが何を思うのかを説明する。けど、その逡巡を、間と表情だけで見せてしまう。よつばの「しごとします!りさいくる!」という言葉に、どう理解したのか、すべて集約されてますよね。5歳ぐらいの子どもは思考に中間がないし、溜めもない。だけど、何も理解してないわけじゃないんです。その辺りの、子どもの中間のない言動の面白さが、見事に再現されています。

あずま　あいつらは、ただのバカですからね。でも、耳に残るセリフをよく言いますね。

これが、よつばスタジオだ!

よつばスタジオ。よつば等身大POPがかわいい。

原稿とネーム。写真は「よつばとききゅう」の回。

辻村　私は普段でも「気に入りました」を、よく使ってます。

あずま　あれは周りの子どもが、実際に言ってました。

辻村　あー、いいですよね！「よつばちょっといまイライラしたなー!!」っていうのも、可愛くて好き。

あずま　イライラの意味を、よくわかってないですよね。それが面白い。

辻村　取材のために、ふだん子どもを観察されてるんですか？

あずま　特に意識してやってるわけじゃないですけど。子どもを街で見かけたら、怪しまれない範囲で後をついて行ったりはします。「何か面白いことを言えよ！」と念じながら。でも、なかなか言わない。基本的にあの小さい人間たちは、言葉よりも動きが面白いです。それって、マンガにはうまく落としこめないんですよ。よつばに動きもつけられたらもっと面白いことができるのになぁと、たまに思います。でも子どもは、セリフだけでも充分、面白いですけどね。

辻村　よつばの言語は、脳で考えられる領域のものじゃない気がします。あずまさんのセンスというか、思考の外側から出てきているみたいな。

あずま　いちおう全部、考えてますよ（笑）。

辻村　あ、もちろん（笑）。

あずま　だけどマンガって、「中の人」は出てこない方がいいと思ってます。そういう意味では、僕じゃなくてよつばがしゃべってるように見てもらえたなら嬉しいです。

小さい頃の記憶を蘇らせてくれる

辻村　対談させていただくにあたって、気をつけたかったことがあります。あずまさんのマンガを、分析しないでおこうと。

あずま　へえ、なんで？

辻村　マンガは論理的に噛み砕いてしまうと、別のものになる場合があると思います。例えば『ドラえもん』はしばしば、夢いっぱいの感動巨編で、子どもに必要な教訓もいっぱい含まれてる……と語ら

自転車、台車、靴……すべてよつばサイズ！これも参考用。

このデスクで作業する。構図参考用の写真を見ながら作画。

れるんですけど。そうやって語られてしまうと、そこにお仕着せがましいものを感じて読まない、という人も出てくると思うんです。面白いものは面白い、だけでいいのに変な深読みとか分析をしてしまうことで、本来読んでくれるはずだった読者を遠ざけてしまうことがある。

あずま　なるほど。

辻村　いまここで私が「あずまさんの作品ってこうですよね」と分析すると、これからまっさらの状態で読んでくれる読者の邪魔をするかもしれない。マンガファンにとって一番大事なことって、作品を人に勧めたり応援することもだけど、まずは足を引っ張らないことだと思うんです。他の読者の読み方を妨げたくない。だから、今日は対談と言いつつも、あずまさんのマンガが面白いから大好きです！　という気持ちだけ、シンプルに伝えようと思って来ました。それで『よつばと！』を手に取ってくれる人がいたらさらに嬉しいけど、というくらいのゆるやかな気持ち。

あずま　本当にものをつくってる側の方の意見ですね。そう言ってもらえたら、話しやすい。基本的には、笑いを目指して描いてますが、読む人によっていろんな受けとめ方をしてもらっていいと思っています。なかには「懐かしい」という人もいますけど、そうなのかな？

辻村　よつばが牧場に行くエピソードがありますよね。1回目は、高速に乗ってるところで終わってる。あのシーンは、すごく懐かしかったです。私も子どもの頃、家族と車で遠出するとき、高速道路に乗るのが楽しかったから。あと、よつばが海に行ったとき、水からあがった彼女が電池が切れたように倒れこんでいるシーンとか。気球に乗るために前の夜に早く寝て、まだ暗いうちに家を出るエピソードとか。「楽しいことがこれから起こる」というワクワク感と、「楽しいことはもう終わっちゃったな」という小さな寂しさ、子ども時代に誰もが経験したことだと思うんです。その記憶の底にある、切ないような感情を、『よつばと！』はマンガという見せ方で見事に蘇らせてくれてます。

あずま　結局どうとるかは読者次第なので、読んでる側の記憶でも何でも使って、そっちで面白くしてよ、と思ってる部分はありますね。

辻村　どう読んでもOK、という自由度の高さがたまらない。読み方を限定したり、分析をしたくない一方で、同じく『よつばと！』読者の友人と、ここで笑った、こう読んだ、という話をすると止まらなくなる。それぞれどこに思い入れがあるかが違ったりして、そうやって盛り上がれるのも楽しいです。

『よつばと！』を小説にするのは不可能

あずま　小説家の人は、編集者とどんな打ち合わせをするんですか？

辻村　人によりますね。きちんとプロットをまとめて書く方もいますけど。私はだいたいの流れを編集者と決めて、執筆に入ることが多いです。「この展開で読む人が驚いてくれるかどうか」を見たいときは、あまり内容を明かさないで、ぜんぶ書きあげてから渡すこともあります。あずまさんは？

あずま 打ち合わせはかなりざっくりした感じです。肝心の笑いの部分は、話し合いでは決まらないですし。『よつばと！』では、何をするのかだけ決めて、例えば「牧場に行く」とか「留守番をする」とか……まあ、予定通りにはいかないんですけど。

辻村 オチも決めないんですか？

あずま このマンガはどこで終わっても一緒ですから。ページが終わったところで終わりです。

辻村 あずまさんのマンガは、オチもひっくるめて、全部こちらに放り投げられている感じがするのがいいんです。読み手を信じてもらえてる気がする。物語の余白をこちらに手渡してもらえてるというか。

あずま けど小説も、読み手に委ねる余白の部分はあるんじゃないですか？

辻村 もちろんあります。何より、文章で書かれたシーンは、読み手の想像力を借りてこないと像が立ち上がらないし、だからこそ逆にその特徴を使って最大限、小説でなければできない景色を見せてやろう、という野望もあるわけですが……。ただ、あずまさんがこれまで絵を媒体に作り上げてきた話の余白は、マンガというジャンルだからこそできることだという気がする。この世界を小説にするのは不可能だから。その反面、どうにかここに出てくる景色や感情を文章で描写できないか、という気にもさせられます。その意味では、『よつばと！』は、かなり執筆意欲を刺激される作品です。

あずま なるほど。

辻村 あずまさんは小説を読まれますか？

あずま 高校生ぐらいのときは、たくさん読んでました。筒井康隆や小松左京、かんべむさしに山田正紀……特に筒井さんには影響を受けたと思います。

辻村 すごく腑に落ちます！ なるほど、筒井さんかぁ。

あずま 最近は読めなくなっちゃいましたね。本当はもっと小説も読みたいんだけど。

辻村 マンガが小説に敵わないなと思う部分は、ありますか？

あずま うーん……（長考）。キャラクターの内面を、活字にして表現するのは、マンガのモノローグよりも小説の方が上だと思います。あ、待って。適当なことを言ってしまった気がする。いまのなし。

辻村 あはは！

あずま パッケージとしての嬉しさかな。本棚に置いておくことのスペシャル感は、小説の方が上のような。いや……それも違うな。ちゃんと思いついたら、メールします。

辻村 楽しみに待ってます！（笑）

あずまきよひこ

1968年生まれ。兵庫県出身。代表作は『あずまんが大王』『よつばと!』。繊細な筆致でなにげない日常を描写する、現在の日本マンガ界のトップランナーの一人。

辻村深月が選ぶ
『よつばと!』ベストシーン5

『よつばと!』大ファンの辻村さんがえらぶ、印象的なシーンベスト5。熱いコメントつきです。

文／辻村深月

1 よつばとおつかい
(7巻、138p)

「おつかいに行ったものの、とーちゃんの分のラーメンを買ってこなかったよつば。この後どうなったんだろう、って考えたら、この二人がいとおしくてたまりません。ここをラストにして切るあずまさんの見せ方にぐっときました」

2 よつばときんようび
(6巻、101p)

3 よつばとかえる
(2巻、163p)

「『あかはいちごあじ、きいろは…ひよこあじ』
この語彙は、よつばでなければ出てこない。痺れました」

「『ギャーッ!!』って三すくみ状態にパニックになってるところ。
この回で、えなとみうらが大好きに。笑った、笑った」

4 よつばとはいたつ
(6巻、168p)

「勝手に出かけて、とーちゃんに『ゴン』とやられるところ。親に怒られたときのあわあわしたパニックとショックまで一緒に思い出しました」

5 よつばとたいふう
(8巻、98 ～ 99p)

「『よつばはカッパ着てった方がいいな』と言いつつ、よつばが走り出し、とーちゃんが諦め、傘を閉じてから、えなのかーちゃんに『こらー!』と一緒になって怒られるシーン。

この一連の流れ、雨と風の臨場感もあいまって、とても好きです」

対談を振り返って。

あずまさんとの対談が2010年。その後、名シーンがさらに増えた『よつばと!』ですが、今だと15巻第104話の「よつばとランドセル」も激しくオススメです!読んで、びっくりするほど泣いてしまいました……。

あずまさんの漫画は、本当にすごいです。

(初出/「野性時代」2010年6月号)

『文豪ストレイドッグス』の春河35＆朝霧カフカが「十円参り」冒頭部分をコミカライズ！

『十円参り』

原作：辻村深月
作画：春河35
構成：朝霧カフカ

（『きのうの影踏み』より）

ちゅるん
はい？

まあ…この話
誰にも信じてもらえたことないんだけど…

お客様食後の珈琲はお持ちしますか？
え？いやいい待って
今ちょっとそれどころじゃない

友達が「消えた」って……
転校とかで？
違うわ
んじゃ事故とか…行方不明？

そういうのじゃ
なくて
「最初から
いなかった」って
ことにされたの！
じゃ……
マジの
怖い系の話？
……
どうかな
そうなる
かも
……!

聞きたい！

ガタッ

……だよね

辻村そういう話大好きだもんね

でも

私の話が本当だって証明はできないよ？

いい！

むしろそこがいい！

「十円参り」っていう儀式が
学校で流行ったことがあってね

賽銭箱に入れた
十日分の紙が

血みたいな
真っ赤な色に
なるんだって

それ……
見たこと
あるの？

まさか

そういう話
ってだけ……
都市伝説だもの

そう

子どもの
おまじない
……

なんであんなに
思いつめちゃった
んだか

初出／『きのうの影踏み』角川文庫刊行時小冊子）
1A
どうしよう
どうしよう
どうしよう
消えちゃった
なっちゃんが消えちゃった
★この続きは小説でお読みください。

イラストギャラリー

山田章博
木村風太
雁須磨子
小畑　健
友風子
小山宙哉

イラストギャラリー扉イラスト

喜国雅彦　きくに・まさひこ

1958年香川県生まれ。漫画家。
綾辻行人『十角館の殺人』（講談社文庫）などの装画も多数手がける。

初出／講談社文庫　夏ミス2019

「ドラえもん　のび太の月面探査記」
トリビュートイラスト

浅野いにお　カメントツ　岡野慎吾　吉崎観音　むぎわらしんた
佐伯佳美　丸山宏一　亀田祥倫　今日マチ子

『闇祓』

山田章博

やまだ・あきひろ

漫画家、イラストレーター。代表作は『ロードス島戦記〜ファリスの聖女〜』など。
「十二国記」シリーズ（小野不由美著）は30年にわたる装画の代表作。

描き下ろし

『かがみの孤城』

木村風太
きむら・ふうた

漫画家。2018年『放課後幽霊 ゼロ』でデビュー。「月刊コロコロコミック」で『運命の巻戻士』連載中。

描き下ろし

『ゼロ、ハチ、ゼロ、ナナ。』

雁須磨子

かり・すまこ

漫画家。BLから青年誌、女性誌まで幅広く活躍。『あした死ぬには、』など著書多数。

描き下ろし

『スロウハイツの神様』

小畑 健

おばた・たけし

漫画家。著書に『ヒカルの碁』(ほったゆみ原作)、『DEATH NOTE』『バクマン。』(ともに大場つぐみ原作)『ショーハショーテン!』(浅倉秋成原作)など。

初出／「ダ・ヴィンチ」2014年10月号

『冷たい校舎の時は止まる』

友風子

ゆうふうし

イラストレーター。『わが家は祇園の拝み屋さん』シリーズ他装画を多数手がける。『彩 irodori 友風子画集』など。

初出／「活字倶楽部 '10秋号」表紙

短編「宇宙姉妹」挿絵

（「1992年の秋空」に改題後、『家族シアター』に収録）

小山宙哉
こやま・ちゅうや
漫画家。著書に『宇宙兄弟』『GGG』『ハルジャン』など。

初出／「We are 宇宙兄弟 VOL.01」

ここで描かれているうみかとはるかは、今夏刊行予定『この夏の星を見る』にも登場する。

漫画家 **浅野いにお**

漫画家 **カメントツ**

演出＆作画監督 **岡野慎吾**

ドラえもん のび太の 月面探査記

トリビュートイラスト

映画の大ヒットを記念して
寄せられた豪華トリビュートイラストを再録！

（初出／「ドラえもん公式サイト　ドラえもんチャンネル」）

漫画家カメントツによる辻村深月似顔絵。（「カメントツの漫画ならず道」番外編より）

キャラクターデザイン＆総作画監督 **丸山宏一**

漫画家 **吉崎観音**

「映画ドラえもん　のび太の宝島」キャラクターデザイン＆総作画監督 **亀田祥倫**

漫画家 **むぎわらしんたろう**

漫画家 **今日マチ子**

イラストレーター **佐伯佳美**

Message to Tsujimura

\ 証言します！ /
辻村深月ってこんな人

2014年、デビュー10周年を記念して辻村さんと
交流のある作家やクリエイターの方に
ご寄稿いただいたメッセージ。そこから見えてくる姿とは……？

作家 我孫子武丸

二十年前、『かまいたちの夜』というゲームのロケ地として使わせていただいたペンションがあります。今でも毎年そこで作家仲間のスキーツアーを行なっているのですが、なんやかやあってメンバーも年々入れ替わっていきます。そんな中、二十年も経つと、嬉しいことに『かまいたち』をやって「**一度行ってみたいと思ってました！**」という作家さんも出てくるわけです。その新メンバーが辻村深月さんと、北山猛邦さん。まだまだ続けられるよう、お二人には期待しております。

☆イチオシの辻村作品とその理由

『ぼくのメジャースプーン』　実のところ「今どきの若い人＝ライトノベル的」みたいな偏見で何となく手が伸びずにいて、最初に読んだのがこれでした（多分、それまでのものより短かったからでしょう）。第1章の冒頭、「ふみちゃん」の描き方を見たところで一気に引き込まれ、読み終わったときは「ごめんなさい、ぼくが間違ってました！」とデビュー作から読み始めたのでした。

フードスタイリスト 飯島奈美

辻村さんとの対談の前に『ツナグ』を読み、すっかりファンに。初めて会ったときに、「**母も私もファンです」と言われて、舞い上がってしまいました。**

私の事務所と辻村さんの家が近いので、「また会いましょうね！」と約束したのですが、私も辻村さんも少し人見知りの引っ込み思案なんだと思います。なかなか実現しないままです。そのうち、辻村さんの『ツナグ』が映画化され、直木賞を受賞されたりと。なんだか少し遠くなってしまった気がしてます。今年こそ、山梨の実家から送られてくるというおいしいフルーツのおすそわけをお願いします！

☆イチオシの辻村作品とその理由

『ぼくのメジャースプーン』　主人公の少年が大好きです。やさしくて思慮深いのに、時には大胆で勇気があって。そして、作品の中の沢山のステキな言葉に元気をもらいました。

アニメーション監督

幾原邦彦

辻村さんは**『ちゃんと女の子』してる**。この『ちゃんと』っていうのが大事。『ちゃんと照れる』し、『ちゃんと毒づく』し、『ちゃんと凛(りん)としてる』のです。だからお会いするときは僕も『男の子として背筋が伸びる』。『男の子としてドキドキする』。辻村さんは、会うたびに、大切なことを思い出させてくれる女の子です。

☆イチオシの辻村作品とその理由

『子どもたちは夜と遊ぶ』　文庫の解説を書かせて頂いたことと合わせて、辻村作品の最初の体験でもあり、キャラクターがとても印象深く自分の中に残っています。

マンガ家

新川直司

© 新川直司

作家

石田衣良

辻村深月さんは**天然の人**。小説家の場合、はなから才能と性格は別々ですが辻村さんはめずらしく両方ともいいという稀有(けう)なパターン(ぼくと同じ)ですね。

学生時代につきあったイケメンの彼があまりに頭が悪く、ダブルデートの最中なにを漏らすのか怖くて、トイレにもいけなかったというエピソードには大笑いしました。もちろん現在はイケメン病という不毛な乙女の病から、無事卒業されていますが(笑)。

☆イチオシの辻村作品とその理由

ぼくが好きな辻村作品は『オーダーメイド殺人クラブ』です。ちょっと残酷で、ひねくれた辻村さんらしいボーイ・ミーツ・ガールの物語。この本に山本周五郎賞をあげられなくて、今もたいへん残念です。

作家

円城 塔

あの、閉鎖空間で最後の一人になるまで殺し合えというゲームがあるけれど、いや、そうそうあるわけではないが、辻村さんに会うたびに、あ、これがそのゲームなら**今自分は死んだなと思う瞬間があって肝が冷える**。理屈なしに、そう感じるのだから仕方がない。僕がまだ生存しているのは辻村さんが手加減してくれているからではないかと思います。

☆イチオシの辻村作品とその理由

『冷たい校舎の時は止まる』（どうせ全部読むのなら、最初から読んだ方がよいですよ）

マンガ家
喜国雅彦

辻村さんはどんな話題にも、瞳をキラキラッと輝かせて受け答えしてくれます。例えばそれが〝救いようのない暗〜い映画〟の場合でも同じです。きっと彼女は、**あの瞳をしながら、主人公が追い込まれる場面を書いている**と思います。

☆イチオシの辻村作品とその理由

『島はぼくらと』　瀬戸内海に生まれた僕は、この作品を勝手にライバル視しています。

マンガ家
羽海野チカ

©羽海野チカ

マンガ家
国樹由香

全力で気持ちを表現してくれる人。

我が家に遊びに来て、手作りカレーを実に美味しそうに食べてくれた顔が忘れられない。そして、うちの犬が空の住人になったとき、辻村さんから届いたメール。覚悟が出来ていた別れだったので私は全然大丈夫だったのだが、その優しくて力強い文章に犬の生前の姿がありありと蘇り、思わずさめざめと泣いてしまった。そんな辻村さんが書かれるお話だから、我々の心をつかんで離さないのだろう。

作家
奥泉 光

辻村さんとは、講談社の「群像」が企画した「戦後文学を読む」なるシリーズ鼎談にゲストで来ていただいたのが最初で、これは自分と佐伯一麦さん、それから辻村さんの三人で、椎名麟三の小説について話したのだけれど、辻村さんの指摘はいちいち面白く、たとえば『重き流れの中に』に登場する女性について、「ギャルってこうなんだってことをこんなに顕著に説明してくれたものは現代文でも最近余り見なかった」という発言などは、そんなふうな椎名麟三の読みはいままで聞いたことがなく、**独自の批評性の冴え**には非常に感心しました。

創作集団
CLAMP

©CLAMP・ST

作家
島本理生

辻村さんとは雑誌の対談が初対面で、第一印象は「明るくて気さくで友達多そう！」。過去の恋愛話や、〆切を守るって優等生っぽくて作家としてはカッコ悪いかも……等々、本音溢れる話で盛り上がりました。偶然にも同時期に出産を経験し「辻村さんならママ友小説書けそう」なんて言ってたら、保育園が決まってすぐに「役員になりました」という報告に、さすが……！と感動。小説同様、**強くて魅力的な人柄がいつも眩しい**です。

☆イチオシの辻村作品とその理由

『盲目的な恋と友情』　辻村深月作品のダークでスリリングな要素をぎゅっと絞って、抽出したような一冊。成熟した艶っぽさも加わって、残酷すぎる転落劇すら、華やかで魅惑的でした。恋愛よりも濃い女の友情に心臓がひりひりします。

作家
北山猛邦

辻村さんは僕にとって数少ない**ホラー仲間**の一人です。たとえば「呪いのビデオ」系の最新の話題が通じるのは彼女くらいですし、映画『SAW』も3くらいから一緒にシリーズ最後まで追いかけましたね。心霊・恐怖・不思議なもの……そういった事柄に対する目線が、オカルト好きな僕と非常に近いような気がします。

☆イチオシの辻村作品とその理由

オススメはそんな辻村さんが書いたホラー短編集『ふちなしのかがみ』です。

ミュージシャン・作家
大槻ケンヂ

辻村さんは、僕のバンド、筋肉少女帯や特撮をよく観に来てくださるんですが、ライブ直前に、御招待しようと「よければ来てください」とメールすると「うかがいますよ。チケットは購入済みです」と返信が来て恐縮です！　義理堅いと言うか、律儀な辻村さんへのメールはなる早だ!と、よく反省します。終演後の楽屋で会うと、**と**

てもニコニコ人当たりのいい明るい女性で、あの作品群を作り出すパワーは一体どこから来るのだろうと驚きます。ちなみに今僕は『ロードムービー』を読んでるところです。

作家
高田崇史

なぜかぼくには血縁関係のない「偽妹」が三人いて、光栄なことに辻村深月さんが末っ子の三女ということになっている。その経緯は長くなるので省略するが、長女は椹野道流、次女は高里椎奈である。そして**三人が三人とも「私以外の他の二人は変人ですよねー」と言う。**確かに全員の持つベクトルが一般人の範疇を突き抜けていることだけは間違いない。しかし辻村さんたちが皆、自分だけが普通人だと信じていること自体、真の普通人であるぼくにしてみれば実に摩訶不思議なのである。

☆イチオシの辻村作品とその理由

『光待つ場所へ』 どれもそれぞれ好きだし、個々に特色があって「イチオシ」はとても難しいのだけれど「辻村深月」が、新しいステージに登ったなあと素直に感動させられた記念すべき作品という意味で。

イラストレーター・作家
コンドウアキ

©コンドウアキ

☆イチオシの辻村作品とその理由

『スロウハイツの神様』「変わり玉」みたいなカラフルな物語。上巻で感じていた物語の色が、下巻でどんどん様変わりしていって、めくるめく、とはこのことだなあと思う一冊です。そして私、コーキが好きなんです……。

作家
高里椎奈

本の外でも優しい**エンターテイメントとユーモアにあふれた人。**

メールの添付写真は何か仕掛けがあったり、思わず何度も見てしまう可愛さがあったり。食事をご一緒した時に、店の奥から着ぐるみが出てきてくれた驚きは、たぶん一生忘れられません。私が着ぐるみ好きと知って、辻村さんが秘かに選んでくださったお店でした。

☆イチオシの辻村作品とその理由

『ロードムービー』 登場人物も、文章も、行間に感じられる空気も、誠実な丁寧さが目にも心にも優しい一冊だと思います。

イラストレーター 佐伯佳美

© 佐伯佳美

強くて 弱くて、
優しくて 厳しい人です。

☆イチオシの辻村作品とその理由

『冷たい校舎の時は止まる』　はじめて読んだ時のことを今でも思い出せるからです。私の本棚には辻村作品が並んでいます。一番上の一番左はいつでもこの本の場所です。

作家 田中芳樹

辻村深月さんと最初にお会いしたのは、とある授賞パーティーの席上。ご挨拶させていただくと、主役なのに跳びあがるように立ちあがって挨拶を返してくださった。**礼儀正しさと元気さの絶妙なバランス**。そこにつけこんで文庫の解説をお願いしたら快諾していただいた。感謝と恐懼に堪えない。

☆イチオシの辻村作品とその理由

作品としては、やはり『冷たい校舎の時は止まる』の新鮮さと精緻さが快いショックで忘れがたい。どうかますますお元気でご健筆のほどを。

作家 椹野道流

かつて高田崇史さんの「偽妹」の三人目に辻村さんが加わったとき、彼女は、「これ以上増やさないでください」と希望したとか。

小柄で可愛くて勝ち気で、一見、天才肌に見える彼女は、本当はとても傷つきやすく、**気遣いと努力の人**です。見ていて痛々しく、心配になるときもあるほどに。

せめて偽兄・姉たちの前では、末永く天真爛漫な末っ子として羽を伸ばしてくださるよう、そしてますますのご活躍をと、心から願っています。

☆イチオシの辻村作品とその理由

イチオシは、やはり『冷たい校舎の時は止まる』でしょうか。辻村さんには作品を跨いだリンクがとても多いので、このデビュー作が、緻密なレース編みの最初の編み目のように感じます。

ブックデザイナー 名久井直子

辻村さんの描く物語を読んでいると、知らなかった心のツボみたいなもの（「じーん」だけでなく、気づいてなかった悪意のようなものもあり）をグイグイと押され、その後に血流が良くなるような感じがあります。装幀（そうてい）を担当した『ロードムービー』（単行本版）は**初めてゲラで落涙した作品**です。

☆イチオシの辻村作品とその理由

イチオシは担当最新作の『島はぼくらと』。でももうすぐ次の本もできますので、イチオシはどんどん最新のものになります！

作家 道尾秀介

初対面は十年近く前、綾辻行人さんのサイン会に顔を出したときだったかな。誰かに聞いた前情報が間違っていたようで、背の高い人というイメージを抱いていたので、小柄で可愛らしい辻村さんを見て偽者かと思ったら本物でした。**僕はお酒が好きで、辻村さんはお酒のつまみが好きで、よく仲間を集めて飲み屋でワイワイ**やっております。たまに自分の腕時計を五時五十三分で止めておくといったネタも仕込んでいきます。

マンガ家 むぎわらしんたろう

© むぎわらしんたろう

作家 本多孝好

初めて会ったときには、名刺代わりにと自分の作品を持ってきてくれた。次に会ったときには、最近行ってきたというロンドンのお土産を僕と初野晴さんとに渡してくれた。次に会ったときには、とある知り合いの笑えるネタを披露してくれた。

気遣いの人、あるいは用意のいい人かと思ったのだが、少し違う。たぶん辻村深月は怠らない人なのだ。辻村深月は**怠らない人で、だからきっと、怠らない作家**なのだ。

☆イチオシの辻村作品とその理由

『ツナグ』 推す理由は、一言では言えませぬ。詳しくは、文庫解説をご参照ください。

アニメーション監督・演出家
松本理恵

食事に招いて頂いた際、**息子さんのつまみ食い等に対する厳しい対応と、我々に対する行き届いた心遣い**と笑顔を有難く眺めつつ、麦酒を飲みながら辻村作品の根底にある徹底した容赦のなさと慈愛について毎回密かに想いを馳せております。

☆イチオシの辻村作品とその理由

初めて自分のオリジナル作品を監督した時ずっと気がかりな事があって、でも結局誰にも打ち明けず最後までその事を抱えたままの制作でした。『スロウハイツの神様』にはその気がかりに向き合い続ける気持ちを今も支えて貰っています。

作家
米澤穂信

お祝いの品を贈ったことがあります。蠟引き紙のブックカバーで、送り状にはただ「作家生活のお供に」とのみ記しました。ところが後日頂いたお礼の手紙には、「これからも書き続けることへのエールですね」といったことが書かれていました。実は、蠟引き紙は長く使うほどに味が出ることから、辻村さんの作家人生が末永く続くことを確信しているという意味を込めていたのです。**わかってくれた、さすが、と嬉しくなった**ことを憶えています。

Special Message from
綾辻行人

辻村さんが幼いころから憧れ、ペンネームの由来ともなった作家・綾辻行人さんに特別寄稿をいただいた。

辻村深月の〝強み〟

辻村さんの〝強み〟は何と云っても、さまざまな分野のさまざまな作品にさまざまな美点を見出して、**渾身でそれらを愛することのできる〝力〟**にあると思う。そうしてそれらを**自身の創作に取り込み、消化してしまえる〝力〟**。――彼女の書く小説が多くの読者を惹きつける理由も、おおもとを辿ればその辺にあるのではないか。

そんな**辻村さんの〝弱み〟を、実は僕は握っているのである。**彼女がまだ高校生だったころ、まさにこの『ダ・ヴィンチ』の企画で……ああいや、こんなところでこれを明かすと絶交されてしまいそうなので、自粛。しかしいずれどこかで……分かってますね？　深月ちゃん。うひひ。

（初出／「ダ・ヴィンチ」2014年10月号）

辻村深月作品3作の舞台化

成井 豊

「辻村深月」という作家の名前は本屋で何度も見かけていたが、最初に読んだのは文庫刊行直後の『ツナグ』だった。2012年の秋だと思う。

読後の感想は、非常に質の高いファンタジー。「うまいなあ」と舌を巻き、他の作品も読んでみることにした。こういう時、僕はその人のデビュー作から順番に読む。『冷たい校舎の時は止まる』『子どもたちは夜と遊ぶ』『凍りのくじら』『ぼくのメジャースプーン』と続けて読んで、『スロウハイツの神様』で完全にノックアウトされた。とんでもない小説だと思った。

特に下巻最終章の「二十代の千代田公輝は死にたかった」は圧倒的で、それこそ泣きじゃくりながら読んだ。読み終わると同時に、ぜひとも自分の手で芝居にしたいと思った。これを書いたのは辻村深月という人だが、まぎれもなく自分の物語だと思った。他のヤツにやらせてなるものか。

早速、辻村さんに舞台化の許可をお願いしたところ、すぐに快諾してくださった。その際、辻村さんが高校生の頃から、私が所属する演劇集団キャラメルボックスの公演をご覧になっていたことを知った。公演のアンケートに「辻村深月の小説をキャラメルでやってください」と書いたこともあると言う。本人のくせに。

2017年7月、キャラメルボックスで、『スロウハイツの神様』を初演。文庫本上下巻で合計845ページの大長編を2時間にまとめるのは大変だった。魅力的な脇役やユニークなエピソードを、心を鬼にして切った。が、辻村さんの書くセリフは小説らしい硬さがなく、非常に活き活きしているので、かなりの数をそのまま使わせてもらった。つまり、私の脚色の作業は主にカットと再構成で、新たなセリフはほとんど書かなかった。そういう意味では、とても楽だった。これは、その後の2作でも共通している。

2019年3月、キャラメルボックスで、『スロウハイツの神様』を再演。

2020年8月、ナッポスユナイテッドで、『かがみの孤城』を初演。『かがみの孤城』は刊行前のゲラの状態で読ませていただいた。これもまたとんでもない小説で、日本のファンタジー文学の歴史に残る傑作だと思った。単行本で554ページとやはり長かったが、エピローグはあまりにもすばらしいため、ほとんどそのまま使わせてもらった。

2022年5月、ナッポスユナイテッドで、「TSUJIMURA MIZUKI THEATER」という冠で、『かがみの孤城』『ぼくのメジャースプーン』を上演。

実は『ぼくのメジャースプーン』の舞台化は、辻村さんからのリクエストだった。私も大好きな作品だったが、登場人物が少なく、全体の八割が「ぼく」と「秋山先生」の会話のため、舞台化は不可能だと判断していた。が、「ぜひ成井さんの手で舞台化してほしい」と言われて、奮い立たないわけがない。文庫本で514ページと、相変わらず長かったが、「ぼく」と「ふみちゃん」の健気(けなげ)な姿に励まされ、一気に書き上げた。

辻村さんは公演のたびに初日に駆け付け、見てくださる。終演後は楽屋にいらして、お褒めの言葉をくださる。それが私やキャスト・スタッフにとって、どれほど励みになっていることか。改めて感謝したい。

辻村さん、ありがとうございます。

成井 豊

なるい・ゆたか

1961年生まれ。早稲田大学第一文学部卒業後、高校教師を経て85年に演劇集団キャラメルボックスを創立。劇団の脚本・演出を担当。現在は、劇団以外にも外部公演での脚本・演出、TVドラマの脚本や演劇講師など、多方面で活躍中。

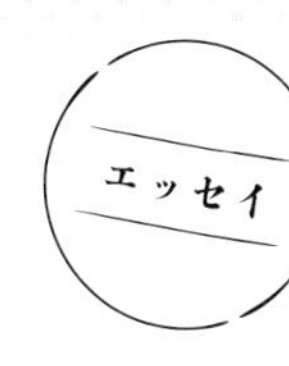

勇者・辻村深月の足跡をたどる旅
～映画「ハケンアニメ！」制作について～

吉野耕平

縁あって「ハケンアニメ！」を監督させていただきました。

辻村深月さんの同名小説の実写化です。

幸運なことに、自分にとって初めての原作付きの映画となりました。

音と映像で語る映画と、文字と言葉で描く小説は、実はその表現の質がかなり違います。「小説のままで」と、映画の作り手も常々そう願うのですが、そうは簡単にいかないのが現実です。

小説を原作にした映画を作ること。それは原作者と映画制作者が一つのパーティーを組み、旅に出ることに似ています。原作者・辻村さんは果たしてどんな方なのか。共に長い冒険をやり遂げる仲間になれるだろうか。映画の制作に入る前、一番気がかりだったのはそこでした。しかしいざ映画作りが始まれば、そんな心配は全く無用だったことに気づきます。数々の傑作小説を世に送り出してきた辻村さんは、映画作りにおいても歴戦の勇者。それどころか、映画「ハケンアニメ！」を作ることそのものが、勇者・辻村深月さんの足跡をたどる旅でもあったのです。

アニメ作りの世界。それは長い年月をかけて作り手と受け手、そして届け手が築き上げてきた独自の世界です。もしも手ぶらレベル一の状態で飛び込めば、たちまち荒野をさまようか、迷宮に迷い込むことになったでしょう。しかし映画「ハケンアニメ！」の旅では、最初からその世界のあちこちに強力な味方がいてくれました。

多忙なアニメ作りの現場の最前線を惜しげもなく見せていただき、「劇中アニメの制作」という難題まで快く引き受けてくださった歴戦のプロデューサー、松下慶子さん。アニメ監督の知られざる戦いと、その心理を包み隠さずに語っていただいた松本理恵監督。「聖地巡礼ブーム」の立役者の一人でもあり、また実写撮影も全力でサポートしていただいた秩父（ちちぶ）市職員、中島学さん。原作を読まれた方はすぐにピンとくるかと思いますが、それぞれ小説・ハケンアニメ！の登場人物のモデルになった方々。かつて辻村さんが取材された方々です。「辻村さんの作品なら」と、皆さん異口同音に初心者ぞろいの実写映画チームに手をさしのべ、進むべき道を示していただきました。それがどれほど心強かったことでしょうか。

さらに旅の途中、辻村さんは強力な武器まで届けてくれました。

劇中アニメ2作、全24話分の新作書き下ろしプロットを、「多分必要になると思うから」という理由でたった一人で書き上げ、ある日さらりと手渡してくれたのです。

映画と小説は決して同じにはならない。しかし同じ「本物」でありたい。

それは原作付きの映画作りに常につきまとう最大の矛盾であり、苦しい悩みです。しかし辻村さんが渡してくれたプロットには、まさにそれを解くための最大のヒントが書かれていました。その力に導かれ、映画「ハケンアニメ!」は独自の、そして「本物の」ラストに辿り着くことになります。

物語を生む作業は、孤独ではあっても孤立ではない。映画「ハケンアニメ!」の旅を通して辻村さんと共に歩き、背中を追い続けた中でそんなことを思いました。人と出会う力。人とつながる力。人をみつめる力。そんな「人」との関わりの中に、傑作を生み出し続ける勇者・辻村深月さんの強さの秘密があるのかもしれません。

最後に、旅の終わりの映画の完成披露試写会でも、辻村さんは緊張で縮み上がるばかりの監督に代わって、見事なスピーチで会場を沸かせて頂いたことを報告させていただきます。思い返せば、共に旅をしたというよりは、終始おんぶに抱っこしてもらっていただけなのかもしれない……と不安になりますが。

辻村さんはいつかまた別の作品でも一緒に旅をしてくれるのでしょうか。

その時はもう少し、こちらも頼れる仲間になっていたいものだと思います。

吉野耕平

よしの・こうへい

大阪府出身。「夜の話」(2000)がPFFにて審査員特別賞を受賞、「日曜大工のすすめ」(2011)が第16回釜山国際映画祭ショートフィルムスペシャルメンション受賞。CMプランナー、映像ディレクターを経て、CGクリエイターとして「君の名は。」(2016)に参加した後、「水曜日が消えた」(2020)で劇場長編監督デビュー。「ハケンアニメ!」が劇場長編2作目となる。

辻村深月の100問100答

作家仲間から次々と繰り出される難問奇問に辻村深月が挑む
100本ノック！ 知られざる本音が明らかに!?

冲方丁さんからの10問

001
Q 記憶に残る最初の物語はなんですか。
A **アニメ『名犬ジョリィ』。**

002
Q 大好きな飲み物がコップに入っていますが、うっかりこぼしてしまいました。どれくらい残っていますか。（悲観的か楽観的かを表します）
A **ほんのちょっと。一口分だけ。**

003
Q これだけは嫌だという死に方はなんですか。
A **泳ぎが得意ではないので、溺死でしょうか……。**

004
Q 人生最高の食の記憶はなんですか。
A **高校生の時、恩田陸さんの『夜のピクニック』みたいな行事があって、そのゴール地点でもらった父母会からの豚汁が死ぬほどおいしかったです。**
おかわりしたいけどできなかったことも、ずっと気になり続けています。

005
Q 人生最悪の旅の記憶はなんですか。
A **詳細は伏せますが、人のご機嫌のケアをしながらの2泊3日……。**

006
Q 執筆で続きを書く時、前回最後に書いた行を直すことが多いですか、少ないですか。
A **少ないです！ 割に最後の一行、すぱっと決まるタイプです。**

007
Q これまで最も印象に残っている光景はなんですか。
A **夏が終わり、秋が始まる時季に、放課後の教室から見た無人の廊下。**

008
Q ある時家に帰ったら赤い箱が届いていました。中には何が入っていますか。（果たされなかった願望の象徴です）
A **風船と本。**

009
Q 時間泥棒と遭遇しました。どれだけの時間を盗まれましたか。（愛情の深さを表します）
A **十五時間。**

010
Q 記憶に残る最初の手紙の相手は誰ですか。
A **妹。**

大槻ケンヂさん
からの10問

011

Q　執筆における多作のコツってありますか？　次々と新刊を出されているので本当にスゴイ！と、いつも驚いています。

A　考えるより先にお仕事を受けてしまうことでしょうか……。

012

Q　もしも女子プロレスラーになるとしたら、どんなキャラ、ギミックの選手がよいでしょうか？

A　地味に小技を持ってるような感じで、「誰も応援しないかもしれないけど、俺は好きだよ」と言ってくれる人が数人いるようなキャラ。

013

Q　文学賞や出版社のパーティーには行きますか？　僕は学研「BOMB」のにしか行ったことないんだけど、どんな感じなのでしょうか？

A　たまに行きます。おいしい料理がたくさん食べられるので嬉しいー！と思っていると、いろんな人が挨拶に来てくれるのでなかなか食べられません。大槻さんもきっとそうだと思います。

014

Q　書きものを沢山していた頃、集中するとデジャヴが連発してこわくなったことがありました。辻村さんは根をつめると何かそういった現象が起こったりってありますか？

A　特に怪談のようなものを書いていると、ちょっとした不思議に動じなくなりました。たとえば、捜し物が「絶対にそんなところにしまってないのに！」というところから出てきたり、絶対に戸締まりしたのに朝、鍵が開いてたり……。二十代の頃だったら、「え!?　どうして?」と大騒ぎしていたことを、「あ、そういうことってあるよなぁ……」と流せるようになりました。

015

Q　今はまったく興味がないけど、もしかしたら将来、それをテーマに小説やルポを書くような気がする、なんかそんな予感がする……といった人物、事件、事象、ありますか？

A　私はLINEをやっていないのですが、将来、きっとLINEのせいで起こる事件を書くような気がします。

そしてその時も、自分はLINEをやらないまま、周りにいろいろ教えてもらいながら書いているんだろうな。

016

Q　どうにも忘れられない、子供の頃に観たテレビのシーンを教えてもらいたいです。

A　「まんが日本昔ばなし」に出てきた「万吉や首はずせ」という話が超怖くて、何日も夜眠れなかった記憶があります。

マイホームを建てるのに木材が足りず、盗んだ墓の柱を上だけ切り落として使ってしまったら、夜な夜な誰かが「万吉や首はずせぇ～」と来るという……。

017

Q　青春の頃に挑戦したものの「……う～ん、よくわからん」と途中で投げ出した文学や小説はありますか？　そして大人になった今、なんでよさが当時よくわからなかったのか、わかりますか？

A　「殺人事件」の響きに惹かれて小学校の頃手に取った『黒死館殺人事件』に挫折しました。

その後、「読了した」と言いたいがために意地になって読み、読了感に何日も酔いしれて大好きになりました。

018

Q　映画やドラマにちょっと出て下さいとオファーが来たら、どんな人とどんな役で出たいですか。洋画でもいいです。

A　好きな小説が映像化された際に、エキストラで出たいです。で、人に「あ、あれちょっと参加したんだよ～」とか自慢したい。

019

Q　「なんだこりゃ、ダメだなオイ」と、思わずあきれた小説、映画、ありますか？　17番の問いとちょっとかぶりますが、つっこみどころがある、みたいなもの。

A　ロバート・ロドリゲス監督の映画『フロム・ダスク・ティル・ドーン』。あきれたというか、メキシコがすごいことになっていた……。

020

Q　一度、辻村さんをお腹がいたくなるくらい笑わせてみたいのですが、どんな系のギャグがツボでしょうか？

A　大槻さんのライブMCで何度かお腹がいたくなるほどもう笑っていますよ!!　いつもありがとうございます。

北山猛邦さんからの10問

021

Q　ある日町がゾンビだらけになってしまいました。どのような対策をとるのがベストだと考えますか？（ゾンビは走らないという条件で）

A　とりあえずゾンビもののファンとしてはショッピングモールにたてこもります。（でも、私、逃げる恐怖に負けて自分もゾンビになる道を早々に選びそう……）

022

Q　物語の世界に入って内容を変えられるとしたら、どの童話、昔話、おとぎばなし（その他）を選び、どのように変えますか？

A　かぐや姫にちゃんと身を入れて婚活させてみる。

023

Q　ゲームの呪文が一つだけ現実で使えるとしたら何を選びますか？（ゲームの種類問わず）

A　ディアラハン（ペルソナ）。回復系じゃないと、使えたら危険な気がする……。

024

Q　「幽霊」についての持論を教えてください。

A　見たい人のところに現れる。

025

Q　この世の「謎」とされるもので、可能なら真相を知りたいというものは？

A　『ガラスの仮面』の最終回が一体どうなるのか。

026

Q　「小説を書く」ということを他のこと（モノ）にたとえると？

A　息継ぎをしない水泳。終わった後で呼吸できるようになる、あの気持ち良さったらないです。

027

Q　文章の技法的な部分においてこころがけていることを教えてください。

A　最近はなるべく読みやすいように改行の位置に気を遣うようになりました。

028

Q　挑戦してみたい「ミステリ」のテーマがあれば教えてください。

A　倒叙もの！

029

Q　作者として理想とする「ミステリ」とは？

A　真相を明かした時に、手から本を落としてしまうくらい「えっ!?」って驚いても

らえるもの。

030

Q　ずばり名探偵とは何か？

A　**万能でいてほしい。明智さんみたいな！**

島本理生さん からの10問

031

Q　これまでに書かれた小説で、ご自身のなかでとくに印象に残っている台詞や会話はありますか？

A　**島本さんに解説を書いていただいた『ゼロ、ハチ、ゼロ、ナナ。』に出てくる会話のほとんどが、今読み返してもとても特別に感じます。**

032

Q　仕事と家庭の両立は大変だと思いますが、気分転換の方法があれば教えてください。

A　**おもしろい本を読んだり、映画を観たりすること。**

033

Q　初対面の仕事相手がありえないほど失礼でした。どんなふうに対処しますか？

A　**目の前で過呼吸を起こしてみせる。（実際に一度……）**

034

Q　外出するときの鞄の中身を、差し支えのない範囲で教えてください。（愛用している物があればそれもぜひ！）

A　**お財布とスマホ。あとは本を絶対何か一冊。**

035

Q　次に生まれ変わるとしたら、男性と女性のどちらになりたいですか？　よかったら理由もお願いします。

A　**女性。次は今世よりはもう少しうまく楽しく女子をやれる気がするので、「強くてニューゲーム」に挑戦したいです。**

036

Q　ずばり「結婚」とは？

A　**月並みな言い方で恐縮ですが、「運命共同体」。**

037

Q　『凍りのくじら』、『本日は大安なり』、『盲目的な恋と友情』など、辻村さんの本はどれもイラストが素敵ですが、装丁は普段どんなふうに決めますか？（ご本人が希望を出される、相談、etc……）

A　**デザイナーさん、またはイラストレーターさんだけ、この方を！　と編集者に希望を伝えることはありますが、あとはおまかせです。自分の好みだけにしてしまうと出てこない発想が、第三者の目を通じてどんどん出てくるのがすごく楽しいです。**

038

Q　小説、漫画、映画……のフィクションの登場人物で、辻村さんにとって理想のタイプがいたら教えてください。

A　**『ジョジョの奇妙な冒険』の第四部に出てくる、広瀬康一くん。**
どんどんかっこよくなる男子にときめきます。

039

Q　ここ最近で一番「美味しい！」と思った食べ物はなんですか？

A　**東京會舘のコンソメスープ。**

040

Q　明日から一カ月間、ぜんぶ自分の好きに過ごしていいとしたら、なにをしたいですか？

A　**南の島で毎日だらだら過ごしたいです。**

西加奈子さんからの10問

041

Q　漢字一文字だけ刺青をするとしたら、どんな漢字にしますか？　そして、それはどこに彫りたいですか？

A　自分の名前にもある「月」。アンクレットみたいに見えるよう、足首に彫りたいです。

042

Q　小説作法において、「これだけはしないぞ！」と決めていることはありますか？

A　作者の都合で登場人物を動かしたくないなー、と思います。事情があるはずなので、たとえ悪人に見えたとしても彼らひとりひとりの「正義」を大事にしてあげたいです。

043

Q　バンドを組むとしたら、バンド名は何にしますか？

A　江戸川乱歩の作品名から何か取りたい！
今なら『パノラマ島』。来年には違うことを答えるかも。

044

Q　この世で一番怖いものは何ですか？

A　足がたくさんある虫……。虫というか、蟲って感じの。

045

Q　最近一番大声を出した出来事はなんですか？（歓声でも恫喝でも、なんでも！）

A　この質問コーナーの早見さんからの60問目を見た時でしょうか……。「えええーーーっ！」と声が出ました。

046

Q　『ツナグ』のように亡くなった方にひとりだけ会えるとしたら、誰に会いたいですか？

A　これまで誰もいなかったのですが、今年のはじめにお世話になっていた編集者の方が亡くなり、初めて使者に頼んで会いたい人ができました。その人と作る約束をしていた本が完成したら、歩美に頼んで、渡しに行きたいです。

047

Q　小説家でなかったら、何になっていたかったですか？

A　実は小学校の先生になるつもりでした。あんなに「学校」っていう場所に愛憎相半ばしてるのに何でだろう……。今考えると不思議です。

048

Q　一週間休みがあったら、どこに旅行に行きますか？

A　映画『カーズ』が大好きなので、カリフォルニアのディズニーランドにあるカーズランドに行きたいです！

049

Q　お子さんと読んだ絵本で、「これは素晴らしかった！」という一冊はありますか？

A　谷川俊太郎さんの『もこ もこもこ』。子どもがあっという間に全文覚えて、私に逆に読んでくれます。

050

Q　夢は何ですか？

A　死ぬまで小説家でい続けること。

早見和真さんからの10問

051

Q　好きな男性のタイプは？（著名人と、ご自著のキャラクターからそれぞれ。理由も）

A　『相棒』の杉下右京さん。（大変そうだけど……）
自分の作品だと、『光待つ場所へ』という

短編集に出てくる田辺くんと付き合いたいです。（大変そうだけど……）

052

Q　あえて聞きたいのですが、小さいころ作文って得意でした？　何か自慢話があれば。

A　**特におもしろくない答えで恐縮ですが、めちゃめちゃ得意でした……。**
小学校時代に、「あの子、作文得意だから、中学行ってからきっと先輩に生意気だってシメられるよ」という今考えるとよくわからない噂が立って、一人で震えたりしました。

053

Q　何か一つ藤子不二雄作品をノベライズするとしたら？（『ドラえもん』でもそれ以外でも、長編でも短編でも）

A　**『エスパー魔美』か『チンプイ』。**

054

Q　これまでの作品の中で会心と思える「比喩」を教えてください。（どの本の、何ページ、何行目か）

A　**比喩とはちょっと違いますが、『スロウハイツの神様』の文庫下巻340ページ、最後の行の赤羽環のセリフ。**
それと呼応する、341ページ9行目のチキンレースの表現も気に入っています。

055

Q　まったく頭になかったのに、編集者の企画で書き始めた作品ってありましたか？

A　**あります。**

056

Q　（ある場合）どの作品？　（ない場合）なぜでしょう？　やってみてどうでした？

A　**『朝が来る』。提案されてから、資料を読み込むうちに「絶対に書きたい！」と思うようになりました。そして本当に書きされてよかった！**

057

Q　辻村さんが仮に編集者だったとしたら、どの出版社でどんな仕事をされていますか？（務まりません、はナシで）

A　**小学館のドラえもんルームで『ドラえもん』のムックを作りたいです。**

058

Q　（その答えがどうであれ）早見さん、こんなの書いたらいいんじゃないですか？　というのを一つください。

A　**『ドラえもん』のノベライズ！　と言いたいところですが、早見さんにだったら、『夢カメラ』みたいなものをシリーズで書いてほしいです。**

059

Q　東京で一番好きな街は？

A　**新宿。故郷山梨と学生時代を過ごした千葉とをつなぐ思い出深いターミナル駅なので。**

060

Q　めちゃくちゃビビりながらお尋ねします。2年後『イノセント・デイズ』の文庫解説を書いていただけませんでしょうか？　あらためて頭を下げにまいります！

A　**なんと！　この質問コーナーで、初の大声を上げました。早見さん、すげえ……。私でよければ、謹んでお受けします。早見さんにとっても大事な作品だと思うので、ご依頼、ありがとうございます。**

道尾秀介さん からの10問

061

Q　カーペンターズの「Rainy Days and Mondays」が好きなのですが、辻村さんなら「rainy days and Mondays always get me down」の「get me down」をどう訳しますか？

A **私はNew Orderの「Blue Monday」が好きなのですが、道尾さんなら「How does it feel to treat me like you do」の「like you do」をどう訳しますか？**
それが私の答えです。

062

Q 「無人島に持っていくならこの本」という話をよく聞きますが、もしその無人島で誰とも会わずに一人きりで生涯を過ごすとしたら、本を持っていきますか？

A **持っていく！**
でも、どれにするかはこれからじっくり考えさせてください。

063

Q 句点を一度しか使っていない小説を書いてください。

A **私はとても幸せです。**
（っていうか、これ質問じゃないよね!?）

064

Q あなたが大きな影響を受けた長編小説がわかってしまう心理テストです。
あなたはある館の中で、一人で綾取りをしています。真っ赤な糸をあやつり、見事な十角形を作っています。その様子を隣で見ていた中村くんが、ある不吉な小説のタイトルを口にしました。そのタイトルは何ですか？

A **ええと、『向日葵の咲かない夏』！（2回目）**
＊詳しくは、書籍『米澤穂信と古典部』120ページをご覧ください。

065

Q 「執筆関係専門もしもボックス」があったら何を「もしも」しますか？

A **もしも、今書いているこの小説が、明日目覚めた時、書きあがっていたら……。**

066

Q 「人間関係専門もしもボックス」があったら何を「もしも」しますか？

A **もしも、あの時、あの子とあんな喧嘩（けんか）をしていなければ……。**

067

Q 「物故作家専門もしもボックス」があったら何を「もしも」しますか？

A **もしも、藤子・F・不二雄先生の新作漫画を読める世の中だったら……。**

068

Q 「少女時代専門もしもボックス」があったら何を「もしも」しますか？

A **もしも、中学も高校も、あの進路を選んでいなければ……。**

069

Q 「もしもボックス」欲しいですか？

A **もちろん！**
『ドラえもん』ファンですから。あらゆることを実験したいです。

070

Q 作家デビューから現在までの自分を振り返って一句詠んでください。

A **十周年　素敵な同期　ああ嬉し**
（っていうか、だからこれも質問じゃないよね!?）

村田沙耶香さんからの10問

071

Q やってみたい犯罪は何ですか？

A **『ミザリー』みたいな、間違った愛で人を束縛（そくばく）すること。（でも実際はダメゼッタイ！）**

072

Q みんなに、自分の身体を料理してごちそうするとしたら、どの部分をどんな料理にしますか？　腕のカレーですか？　眼球のスープですか？

A　**胎盤のラザニア。プラセンタ効果、あるといいな。（この質問、さすが村田沙耶香嬢……、と溜息(ためいき)です）**

073

Q　もし男の子になれるとしたら、どんな男の子になりますか？

A　**イケメン！**

074

Q　そのまま（場合によっては成長して）合コンへ行くとしたら、どんな女の子が気になりますか？

A　**私がイケメンであるにもかかわらず、こっちを一回も見てくれない子。強がりでシャイな子が好きです。**

075

Q　好きな人の体液がペットボトルで販売されていたら、何を買いますか？　血ですか？　涙ですか？　汗ですか？

A　**血！**

076

Q　今夜、駆け落ちするとしたら、どこへ逃げますか？

A　**南！　とにかく、南です。**

077

Q　子供のころ、どんな大人が嫌いでしたか？

A　**私の好きなものをバカにする大人。**

078

Q　中学校や高校の教室の中で、一番「気になる人」もしくは「つい観察してしまう人」はどんな人でしたか？

A　**高校時代、全然好きじゃないのに、腰パンの男子から目が離せませんでした。**

079

Q　今、一番「気になる人」もしくは「つい観察してしまう人」はどんな人ですか？

A　**自分に自信がありそうな人をじーっと見ます。**

080

Q　世界で一番嫌いな場所はどこですか？

A　**息子に「トイレするから一緒にきて」と言われ、窓のないトイレの狭い個室に二人で十分近くじっとしていたら、圧迫感で叫びそうになりました……。**

森見登美彦さんからの10問

081

Q　フロンティア文学賞の授賞式のときにプレゼントした手ぬぐいの具合はいかがですか。

A　**実家の居間にパンと広げて絵画のように飾っています！　蛙、元気にしております。**

082

Q　午後二時半から四時半ぐらいを私は「魔の時間」と呼んでおり、絶望的に元気が出ません。毎日決まって元気がなくなる時間帯はありますか？

A　**朝が苦手です……。**

083

Q　最近『脳の右側で描け』という本を読み、脳の右側で絵を描く練習をして挫折しました。辻村さんは絵心のあるほうですか？

A　**まったくないです。サイン会で「ドラえもんを描いてください」ということを言われるたび、「今日はそういう会じゃないんだ！」と逆ギレしそうになること数回です。（どうにか衝動を押しとどめます）**

084

Q　今までで一番怖いと思った恐怖小説を教えてください。

A　**子どもの頃に読んだ、ホームズシリーズの『バスカヴィル家の犬』。**

085

Q　これをするとアタマが活性化する、というような習慣はありますか？

A　**その日最初の珈琲を飲むこと。**

086

Q　私は取材をして書くのが下手で、「これではいかん」とつねづね思っています。取材をして書くコツを一つ教えてください。

A　**誰かに話を聞く中で、「その言葉いい！」と思うものを見つけたら、その言葉までどうやって到達するかの、点と線の結び方を考えます。**

087

Q　サンタクロースは何歳まで信じていましたか？　もしくは今も信じていますか？

A　**6歳まで。絵本『サンタクロースってほんとにいるの？』を読んでいたら、内容を知らない母に早合点され、「読んで知ったかもしれないけど、妹には言うんじゃないよ」と言われたことで、絵本の素敵な内容とうらはらに「あ、本当はいないんだ……」と気づいて一人でこっそり泣きました。**

088

Q　「自分も大人になったな」としみじみ思ったのは何歳頃、どんなきっかけでですか？

A　**学生時代はレンタルオンリーだった『ほんとにあった！呪いのビデオ』シリーズを、発売日にどうしても観たくて購入するようになった時。31歳でした。**

089

Q　子どもの頃に怖がっていたものは何ですか。私は「ピエロの人形」「誘拐犯のおじさん」「森の奥にあるらしい底なし沼」が三大巨頭でした。

A　**都市伝説系の「この話を聞いた人のところには夜、○○がやってくる」系の話。「さっちゃんのバナナ」とか……。**

090

Q　お気に入りの文房具を教えてください。

A　**テープのりの画期的な使い心地には驚くばかりです。**

米澤穂信さんからの10問

091

Q　内容よりも真っ先に題名が決まったことはありますか？

A　**題名にいっつも苦労するので、ないです。**

092

Q　十代、二十代の頃だったら書けなかったと思う一文はありますか？

A　**『オーダーメイド殺人クラブ』の「今日から余生だ」**

093

Q　海外の小説では何がお好きですか？

A　**キャロル・オコンネルの『クリスマスに少女は還る』のような作品が書けたら死んでもいい、と思います。**

094

Q　こういう要素がある小説が好き、という、ツボのようなものはありますか？

A　**どんなものであれ、作中の秘密か仕掛けが明かされて鳥肌が立つ瞬間があるものが好きです。ミステリでもそうじゃなくても。**

095

Q　プロットは紙に書きますか？　パソコンなどに打ち込みますか？

A　実は、プロットをほとんど立てません。漠然としたものが頭にあっても、先に言葉として書いてしまった瞬間にそこで満足してしまう気がして、メモを取らないようにしています。

096

Q　よく眠るためにしていることはありますか？

A　あんまり寝つきがよくないので、時間が許すなら、ギリギリに疲れた状態になるまで仕事します。そうすると、ベッドに横になった瞬間にふっと意識を失えるので気持ちいいです。

097

Q　自作には反映されない、創作者としての辻村さんとは別の所にあると感じる、好きな小説はありますか？

A　ずっと怪談や都市伝説系のものがそれだったのですが、今回の新刊（※編集部注『きのうの影踏み』）のような怪談を書くようになってきて、だんだんそこも「仕事」の域になってきたように感じます。あんまりそうならないように楽しみたいです。

098

Q　アンソロジーを編みたいと思いますか？

A　やってみたい……気もする一方で、自分の趣味や依怙贔屓(えこひいき)ぶりが露骨になりそうで、心を丸裸にされるような怖さを感じます。米澤さんにはぜひアンソロジーを編む心構えを伝授してほしいです。

099

Q　恐ろしくて再び開けない、または開くのに勇気がいる小説はありますか？

A　江戸川乱歩の「芋虫」。

**　最初読んだ時にあまりに衝撃的で、心を摑(つか)まれすぎてしまった気がして、今読み返してみて、少しでもその時の気持ちがあせていたらどうしよう、と思うと怖くて開けません。**

100

Q　つい着てしまう、または身につけてしまう好きな色はありますか？

A　ドラえもんの色。あの水色を「ドラカラー」と呼んでいたら、知人に「へえ、この色ってドラカラーって言うんだ？」と言われ（おそらく、「ビリジアン」みたいな色名だと誤解されたようです）、あわてて「造語です！」と訂正しました。

（初出／「小説 野性時代」２０１５年11月号）

対談

×羽海野チカ

真夜中のラブレターとタイムカプセル

大のマンガ好きである辻村さんが、羽海野チカさんにラブコール。恋愛マンガをテーマに、ハートを揺さぶられた瞬間をたっぷり語ります。

構成／瀧井朝世　写真／中島慶子

辻村　私、ずっと羽海野さんの作品を読んできました。同人誌でお描きになったものも持っているんです。

羽海野　わああ、そんな頃から。

辻村　羽海野さんの作品を読むと、何か書きたくてたまらなくなる。インストールしたばかりのこの羽海野システムで自分も何かしたいって思うんです（笑）。すごく影響を受けています。

去年はじめてお会いした時舞い上がってしまいました

羽海野　ありがとうございます。はじめてお会いしたのは去年ですよね。

辻村　大槻ケンヂさんと対談したご縁で筋肉少女帯の30周年のライブに招かれて、終わった後にご挨拶しようと思って楽屋に行ったらすごい人で。遠巻きにしていたらいきなり大槻さんが「辻村さん！」って呼ぶから振り返ったら「羽海野チカさんですよ！」って。

羽海野　そうそう。大槻さんに「きっと羽海野さんに会いたがっている子がいるよ」って言われていたんです。

辻村　本当ですか！　大槻さんに羽海野さんが好きだって言ったことなかったのに通じるんですね。私、舞い上がって何をどう言ったらいいのか分からなくなってしまいました。

羽海野　私はそれをきっかけに辻村さんの『ぼくのメジャースプーン』を読んで、びっくりしたんです。すごく難しい問題に向き合って、あらゆる可能性を全部考えて答えを出していることがよく分かったから。私も頑張ろうと思いました。今は『スロウハイツの神様』で頭がいっぱいです(笑)。

辻村　嬉しいです。ありがとうございます。私、羽海野さんの作品の魅力って、大きく分けてふたつあるなって思ったんです。ひとつは、この感性をずっと自分も持っていたという気持ちにさせるところ。学生の時、漫画好きだと自負している男の子が、羽海野さんのことを「この人は俺の生まれ変わりだと思うんだよ」って言っていて。

羽海野　まだ生きてるのに！

辻村　時空が歪んでいますよね(笑)。でもそう思わせてしまうくらい、羽海野さんの作品は自分が見た景色が描かれているって思わせてくれるんです。もうひとつは、絵はもちろん、言葉も味方につけているところ。例えば『3月のライオン』の8巻で、零ちゃんが台風が去った後の空を見上げて「子供が 絵の具で ぬった ような でたらめに青い空」って表現していますよね。絵はモノクロだけれども、あのびっくりするくらい青い色のことだなって分かる。言葉を扱う仕事をしている者として、羽海野さんの言葉の使い方は羨ましくなります。

羽海野　モノローグの言葉って、書いていて恥ずかしい時がありますね。

辻村　でも『ハチミツとクローバー』のあゆの片思いの気持ちなんて、共感する人はすごく多かったと思います。

羽海野　締め切りが迫っているのにいいネームが浮かばない時は、もう真夜中にラブレターを書くような覚悟をして、あゆになりきって思ったことを書き出すんです。そこから選んでいく。雑誌が発売になった時には死にたくなるくらい恥ずかしいんですが、読者さんは的確に、本気で書いたところに反応してくださいますね。「こんなみっともないことを考えるのは私だけかと思っていました」って。恥をかいた甲斐があったな、信頼関係が築けたなって思います。

辻村　「ハチクロ」はいまだに読むと切なくなります。でも何かの内容説明に「みんながうまくいかない恋愛」と書かれてあるのを読んで、最初びっくりしたんです。片思いの多幸感もたっぷり詰まっているし笑いの要素もあるから、つらい恋愛の話だというイメージがなかったんですね。

羽海野　ああ、なるほど。

視線の重たい男の人が好きなんです

辻村　恋愛漫画っていろんな読み方ができますよね。特定の人を応援して切なくなったり、自分自身がそのキャラクターに恋したり、自分も実際に恋がしたくなったり。

羽海野　登場人物たちの友達になった気分にもなりますよね。みんなで「○○ちゃんどうなるんだろうね」なんて話をしたり。自分が「ハチクロ」を描いている時は友達の気分でした。そんなことしちゃ駄目だよ、なんて思いながらも、恋愛で駄目になっていく男の子を描くのが楽しかった。

辻村　あ、それは年上のリカさんに片思いしている真山のことですか？　羽海野さん、前に雑誌の記事で「ストーカー気質のキモい男の子がいい」って言っていませんでした？(笑)

羽海野　好きな女性のマンションの下に行って窓の明かりを見上げたりするような、視線の重たい男の人が好きなんですよー(笑)。

辻村　『3月のライオン』でも、みんなちょっと格好悪かったりするところが好きです。ガラスケースに並べられるようなキラキラしたイケメンではないところが逆に格好いいというか。

羽海野　自分がいいなと思うのがそういう人たちなんです。

辻村　私のまわりでは棋士の島田さんが人気です。彼女が出ていった部屋に一人で住んでいるというのなら、私がカレーを作りに行きますけど……って気にさせるって。

羽海野　島田さんは私も好きです。棋士の人って、普段は冴えない人でも将棋を指すと格好よく見えるんです。あの世界では「強い」＝「格好いい」なんです。その変化が、絵で伝えられたらなあって思うんです。

辻村　8巻では現役最年長、66歳の柳原朔太郎さんが出てきて、棋匠戦ですごい勝負を見せますよね。

羽海野　私、もう、柳原さんに恋をしながら描いていました！

辻村　そう感じました！

羽海野　この年齢でここまで頑張っている人がいたら、それはもう好きになりますよー。9巻はまた主人公の零くんの話に戻るんですが。零くんと親しい三姉妹の長女、いつもニコニコしているあかりさんの恋愛も描きたいんですけれど、みなさんが読みたがらないんじゃないかと思っていて……。

辻村　え、どうしてですか。

羽海野　連載している男性誌が金曜日発売なんです。サラリーマンが1週間働いた金曜の夜にコンビニでビールとお弁当と漫画雑誌を買って、帰宅してその漫画をめくった時、女の人の生々しい本音を読まされたらガッカリしそうで……。

美大に入学した学生たちの、「みんな片思い状態」を切なく描く『ハチミツとクローバー』全10巻。

仕事も恋も頑張っている女の人なら泣きます

辻村　わあ、そういうことまで考えるなんて！　すごいなあ。でも私、中学生の時に日渡早紀さんの『ぼくの地球を守って』を読んで、母性愛の塊のように思ってた木蓮さんという女性に打算的な面があることを知って、ショックを受けながらも、かえって大好きになりました。記号化された存在じゃなくて、生身の人なんだなって思えて。

羽海野　中学生の時ですか。じゃあ、あかりちゃんも描いても大丈夫かな。でも男の人は違うかなあ……。

辻村　羽海野さんはどんな恋愛漫画が好きなんですか。

羽海野　自分もこういう話が描きたかったと思ったのは岩本ナオさんの『町でうわさの天狗の子』。寓話的・童話的に話が進むので、あの距離感で自分も描いてみたかったなって思います。自分はカメラを近づけて描いているので。あとは、おかざき真里さんの『&』も好きですね。おかざきさんの漫画って、ものすごく鋭いところを描いていますよね。主人公の女友達の、恋愛に関する助言なんてすごく的確なんですよね。

辻村　おかざきさんの『サプリ』に出てくる田中ミズホという女性の言うことがグサッときます。仕事も恋愛も全力の女の人ならきっと泣きます。

羽海野　ご本人にお会いすると、まるで田中ミズホがそこにいるみたいですよ。女性へのアドバイスも男性へのツッコミも、ものすごく的確なんです。

辻村　そうなんですか。西炯子さんの『姉の結婚』や『娚の一生』も、ずっと頑張ってきた女の人が恋に身を任せる話だから、頑張ってきた女の人はグッとくるはず。

羽海野　辻村さんは、どういう恋愛漫画が好きですか？

辻村　くっつくかどうか以前のものが好きみたいです。例えば藤子・F・不二雄先生の『パーマン』。パーマンとパー子はいつもケンカしているけれど、実はパー子の正体はアイドルの星野スミレちゃん。パーマンのみつ夫はスミレちゃんのファンだけどパー子の正体を知らない。でも最終回でみつ夫が他の星に旅立つ時、パー子が素顔を明かしたら、みつ夫は「ありがとう、宝物にするよ」と言って別れるんです。

羽海野　そういうラストだったのー！

辻村　それで、『ドラえもん』の中に大人になった人気歌手のスミレちゃんが出てくる回があるんです。大切にしているロケットペンダントの中身が、小学生時代のみつ夫の写真なんですよ。スミレちゃんは今もみつ夫のことを待っているんだなあと思って……。

羽海野　わわわ、すごい……。

辻村　違う作品の中で話がつながっているところにも、ぐっときました。松本零士先生の『クイーン・エメラルダス』も好きなんですが、エメラルダスも、最愛のトチローという人をずっと探しているんですよね。待っている女の人というか、一人で闘っているけれど胸の中に大切な人がいるから大丈夫、という女の人の話にたまらなく惹かれてしまうんです。

なかなか先へと進まない熟成期間を描きたい

羽海野　私ももどかしい恋愛が好きなんです。『天空の城ラピュタ』のパズーとシータのように、恋人同士ではないのに命をかけて助け合う姿が大好き。「ハチクロ」の恋愛がなかなか先に進まなかったのはジブリの影響かもしれません。やきもきしたいんです。なかなかくっつかないで、時間をかけて熟成させていく恋愛が好きなんです。

辻村　自分の中でいちばんドラマティックな恋愛といえば和田慎二先生。『スケバン刑事』に出てくる探偵の神恭一郎の助手の海堂美尾さんと、神の親友だった西園寺(さいおんじ)の恋愛がすごいんです。二人の過去が別の短編で描かれていると知って、古本屋で探して買って読みました。

羽海野　どうしても読みたかったんですね。

辻村　気になっちゃって。それで分かったのが、最初、美尾さんは、自分の家族を騙(だま)して殺した西園寺に復讐するために彼に近づいたんです。西園寺の部下が彼女を殺そうとしても、彼はそれを止める。ある時、西園寺が乗った潜水艦が水上に戻れなくなってしまうんです。もうすぐ空気がなくなるという時になって美尾さんは「私はこの人が好き」って気づくんです。西園寺も「俺もお前を愛してる」と言って…死んでいくんですよ！

羽海野　ああ、最後の最後になって！　そういえば私は山岸凉子(やまぎしりょうこ)先生の『アラベスク』の距離感が大好きでしたね。

辻村　あー！　ミロノフ先生！

羽海野　バレエ漫画で、主人公のノンナはミロノフ先生が好きなんですよね。いつも一緒に行動しているけれど先生は冷たい。でも最後のほうで、ミロノフ先生がノンナをかばって撃たれるんですよね。一命をとりとめて「（ノンナと）いつ結婚するんだ？」と聞かれたミロノフ先生が「退院したらすぐ」って答えるんです。わー好きだったんだー！　と思って。ここは最大のときめきポイントです。もう、熟成されまくった恋愛です。

辻村　ああ、また読みたくなりました。

恋愛漫画ってまるでタイムカプセルみたい

羽海野　名作はたくさんありますね。

辻村　恋愛漫画って読み返すたびに感じ方が変わったりします。

羽海野　「ハチクロ」の読者で「学生の頃は分からなかったけれど、社会人になったら分かりました」と言ってくださる方もいますね。

辻村　読み返す度に発見もあるし、あの頃感じたことも思い出すし、自分の変化も感じます。恋愛漫画ってタイムカプセルみたいですね。

羽海野　そうですよね。ですから読み終えても捨てずに、ずっとそばに置いていただけると嬉しいです。

（初出／「ａｎａｎ」２０１３年４月１７日号）

羽海野チカ
うみの・ちか

漫画家。2000年連載開始の『ハチミツとクローバー』でデビュー。03年に同作で講談社漫画賞少女漫画部門を受賞。07年連載開始の『3月のライオン』で10年にブクログ大賞マンガ部門、11年にマンガ大賞と講談社漫画賞一般部門を受賞。

大山のぶ代さんにお会いした日

「せっかくの特集です。どなたかお会いしたい方はいらっしゃいますか」。
辻村さんの口から真っ先に挙がった名前が、大山のぶ代さんでした。

文／辻村深月　写真／ホンゴユウジ

大山のぶ代さんにお会いする日、私は朝から落ち着かなかった。楽しみ、というより、信じられないという気持ちの方が強かった。

大山さんは、私にとって、物心つく前からずっと「のぶ代さん」だった。

物心つく前、というのはそれが自分の母に聞いた話だからだ。録画したアニメの『ドラえもん』をくりかえし観ながら、私は妹と一緒に、大山さんのことを「のぶ代さん」と呼んでいたらしい。まだ小学校に入る前で、他の芸能人や著名人のことは呼び捨てなのに、姉妹そろって舌足らずな声で「のぶ代さん」と呼び合っているのが、母たちからしてみると、大人ぶってるように見えて面白かったそうだ。その様子は当時のうちのホームビデオにもしっかり収められていて、ドラえもんのぬいぐるみを振り回しながら、ちっとも似てない「のぶ代さん」の物まねをしている子供のいるお茶の間は、その当時、どこの家でも当たり前に見られた光景だったのだろうな、と自分のことなのにどこか微笑ましい。

名字の「大山さん」ではなく「のぶ代さん」と呼んでいたのは、お名前にひらがなが入っていたからだろう。まだ「大山」の漢字すら読めない頃から、私たちにとって大山のぶ代さんは大スターだった。

そんなわけだから、待ち合わせの部屋のドアを開けて、大山さんの顔が見えた瞬間から、もう胸がいっぱいになってしまって困った。本当に本当に、本物の大山さん！　第一声のご挨拶をばっちり用意してきたはずなのに、嬉しさと興奮で頭の中が真っ白になる。

棒立ちになった私ににっこりと微笑みかけ、大山さんの方から先に話しかけてくれた。

「大山です。私、以前にもお会いしたことがあるような気がするんだけど、初めてなんですね」

声を聞いた瞬間に、不思議なことに、それまでの緊張がすっかりとけてしまった。理屈では説明がつかない懐かしい気持ちに引きずり込まれていく。毎週金曜日、夜7時。自分がテレビの前に座っていた当時を思い出す。

「ドラえもんを観ていた時、いくつだったの？」

「私、映画のドラえもんと同い年なんです。小さい頃から、テープがすり切れるくらい、くり返し『のび太の宇宙開拓史』を観ていました」

「ああ、ずっと観てくれてありがとうございます」

「いいえ、こちらこそ。長い間、本当にお疲れさまでした」

こんな風にご挨拶した後、お話ししたいことが本当にたくさんあって、うずうずした。大山さんがドラえもんの声をあてられていたのは、約26年間。本当に、ものすごい歳月だと思う。

最初の質問は、大山さんが一番好きな『ドラえもん』のシーンやセリフはなんですか、というもの。

「『海底鬼岩城』のバギーちゃん。しずかちゃんは僕が守らなくちゃっていうあのシーンが大好き」

「私も大好きです！　ポセイドンの口の中に飛び込んでいくところ、泣きながら観ました」

「『ドラえもん』をやっていながら、私も作品を観て泣いてしまうんです。自分のセリフで泣くなんて恥ずかしいと心配していたら、しずかちゃんものび太くんも、ジャイアンもスネ夫も、みんなそうなの。恥ずかしい思いをしなくていいんだって思ったんです」

当時のマイクの配置やそれぞれの立ち位置、「しずかちゃんは本当に子供の声でえーん、えーんって泣くんですよ」、「感動映画の収録の時は、全員が目の前の床に、涙で小さな島ができるの」と教えてくれる大山さん。他の声優さんを全て「しずかちゃん」「のび太くん」の名前で呼んでくれるので、本当にもう、嬉しくなってしまう。

聞いてみたいことは山ほどあったけど、中でもどうしても聞いてみたかったのが、「藤子・F・不二雄先生ってどんな方でしたか」という質問。私たちが永遠に出会うことのできない先生について尋ねると、一呼吸おいて、こう答えてくれた。

「あんなに素敵な先生っていません

大山のぶ代さんにお会いした日

ね。たくさんの漫画家さんや作家さんがいると思うけど、人間としてあんなに素敵な、先生のような方はただ一人だけなんです。いつのことを思い出しても、とても恥ずかしそうにしてらして、その感じが最高なんですよね」

スタジオに先生が初めて見に来られた時のことを、眩しいことを思い出すように目を細めて、お話ししてくれた。

「とにかく一言、ドラえもんの仕事ができてとても幸せですっていうお礼を言いたくてご挨拶したら、『ドラえもんってああいう声だったんですねえ』って言っていただいたんです。嬉しかったですね。どんなことがあっても続けて、いい仕事を残したいと思ったんです」

先生が亡くなり、その後、先生のお弟子さんたちが原作を引き継いで映画が続いていくことが決まった時、「先生の蒔いた種が、こんな素晴らしい人たちを育てていたんだ」と先生への感謝の気持ちに包まれたそうだ。

お話ししてる最中、私が最も嬉しかったのは、２０００年の映画『のび太の太陽王伝説』の話題になった時。この年からしばらく、ドラえもんの映画は毎年ポスターにコピーを入れていて、私はそのかっこよさに衝撃を受けていた。光栄なことに、大山さんと声を合わせて、その一文を口にすることができたのだ。

「君は誰を守れるか。」

映画の内容に沿った大事なテーマであることはもちろん、大山さんはこの言葉の中に、ご自身の子供時代を思い出したという。

「五十数年前、日本が戦争をしていた頃、小学校一年生で疎開を経験したんです。その時一緒に、学徒出陣っていうのがあってね。その人たちが全く同じ言葉を言ったんですよ。僕たちは今、何を、誰を助けられるか。ドラえもんの仕事を通じて、またこの言葉に巡り会えるとは思わなかった。誰が作ったの、と聞いて回ったんですけど、わからなくて。誰がってことじゃなく、先生の気持ちを受け継いだ人たちの中から、こういう言葉が自然と出てきたのかなって思いました」

また、大山さんは、中学生の頃、ご自身の声をクラスメートにからかわれたことをきっかけに、お母さんからの励ましを受けて、放送研究部に入部された。その声が、今のお仕事につながっているのだ。私はこのエピソードを大山さんがテレビでお話しされてるのを観て、単に「ドラえもんの声優さん」というだけではなく、女優として、声優としての大山のぶ代さんのことが本当に大好きになった。

今も、自分をうまく表現できずに悩んでしまっている子がきっとたくさんいると思う。その子たちに何かメッセージをいただけませんか、とお願いした。

「母が言ったとおりの言葉でお話ししますね。手でも足でも、弱いと思ってそこを使わないでかばってばかりいると、ますます弱くなってしまう。弱いと思ったらどんどん使いなさい。そうしたら、きっといい声になるわよ。―私の場合、声は変わらなかったけど、このまま、どんどん使ってきました」

大山さんの著書『ぼく、ドラえもんでした。』を読んだ時、私は最初から最後まで、ほとんど全部のページに感

大山のぶ代 おおやま・のぶよ

1936年東京生まれ。女優。都立三田高校在学中に劇団俳優座養成所入学。1956年『この瞳』（NHK）でデビュー。1979年4月～2005年3月まで、ドラえもんの声を26年間担当する。

銘を受けっぱなしだった。だけど今、実際にお会いしてみると、私は今度は逆に、「本の中に書かれていないこと」の方にも思いを馳せる。語り尽くすことができないくらい、もっとずっと多くのことが大山さんとドラえもんの26年間には広がっているのだろう。

当日はドラ焼きの用意があって、ドラ焼きを食べながらのドラえもん対談だった（なんて豪華な！）。取材が終わった後、大山さんが、食べ切れなかった残り半分を、そっと丁寧に包んで持って帰られていた。それを見て、ああ、ドラえもんの声は、当たり前にまっすぐで、だけどいろんな人が忘れてしまうような「正しさ」を持った人の、その姿勢に裏打ちされて生まれてきたのだと、些細なことだけど、そのことも本当に嬉しく、ありがたく思った。

『ドラえもん』は、のび太くんの友達であり、私たちの友達だった。これは私の世代、全ての人に共通していることだと思う。お説教しても、怒っていても、決して上の立場から物を言ったりしない。のび太くんがみんなと子供だけで大冒険をしてる時でも、ドラえもんがいると、それだけで「大丈夫」って思う。その安心感、友達だけど、お母さんのようでもある温かさの「大丈夫」は、間違いなく、大山のぶ代さんの声でできていた。

最後にドラえもんの声をお願いすると、「いきますよ」とにっこり笑って、話しかけてくれた。

「こんにちは！　みづきちゃん。お元気ですか？　またお会いしましょう。バイバイ」

ドラえもんの、あの言葉使い。大山さんとお話ししている間、普段から80％くらいドラえもんのお声なのだな、と思っていたけれど、実際の声の迫力は、私の想像をはるかに超えた150％のドラえもん！　改めて、この声をずっと出されていたことのすごさに、心の底から感服した。

お会いしたことはないけれど、私の中にも、藤子・F・不二雄先生に蒔いてもらった種のもとみたいなものがある。そして、その種のもとを芽吹かせ、育ててくれたものの一つには、間違いなく、大山のぶ代さんがドラえもんに注いだ愛情と声がある。

そのお礼を直接伝えられた私は、とんでもなく幸運な「子供」の一人だ。「大山さん。私たちのドラえもんでいてくださって、本当にありがとうございました」。

（初出／「野性時代」２００９年８月号）

【辻村さんの私物】
ぼろぼろになるまで読み込まれたコミックス（左）、友人の間で回し読みした「ドラえもんオリジナルクイズ」「オリジナルデコレーションを施した小物入れ」（右）……ドラえもんへの愛情が伝わってくる。

対談

藤田貴大 × クリエイターの友達観

小説を通して様々な人間模様を描く辻村さん。
一方の藤田貴大さんもまた、多くの人の手を借りて
演劇作品を作り上げるクリエイターです。
そんなおふたりが仕事と友達の関係について語りました。

構成／望月リサ　写真／小笠原真紀

人の力を借りないと完成しないもの

藤田　辻村さんの著書『ハケンアニメ！』を読みました。辻村さんの作品には、これまでにもサークルやシェアハウスのようなコミュニティを題材にした作品がありますけれど、人間関係の描き方がより深い印象を受けました。

辻村　ありがとうございます。小説って、自分の頭の中のものを最後まで自分が主導権を握って作り上げるものです。それに対してアニメ……演劇も同じですが、人の力を借りないと完成しませんよね。ある意味、とてもリスクを伴っているものだからこそ、そこに興味が湧いたんです。

藤田　確かにリスクはありますね。集団創作の場合、大事になってくるのは作品に合わせて役者やスタッフを決めていくことだと思うんですが、僕はその作業が好きなんですよね。例えば、苦手だなって思う女優さんと組むことで、自分から思いもよらない言葉が出てくることもあるわけです。そこには、好き嫌いということとは別次元の面白さがあります。ただそのせいで、この公演にこの人は要るとか要らないという視点で俯瞰して人を見ているようなところがあるので、友達がいないんですけど（笑）。まあむしろ、僕が俳優さん以外との深い関係性を必要としていないとも言えますが。

辻村　それと似てると思うんですが、私の場合、仕事を通じて繋がった編集者の方々と小説や映画の話をしたりする時間がすごく楽しいんです。ただ、その関係を仕事相手か友達かで言ったら、どっちでもありどっちでもないんですよね。でも、もしそのどっちかしかなかったら、一緒にいてもこんなに楽しくないのかもしれないとは思ったりします。

藤田　わかります。

辻村　例えば同業者の方と対談やトークショーを介して知り合うことがあるんですね。そこでの話はとても楽しいんですが、ご飯に行きましょうってことになると、途端に何を話していいかわからなくなってしまう……。でも、また別の仕事で会うとやっぱり楽しくて。

藤田　辻村さんも友達いないですね（笑）。

辻村　（笑）。でも、顔を合わせるたびに「ご飯に行きましょう」っていう話になるのに、いつまでも先に進まない関係性にお互い安心していることってありませんか。そういう方に、お友達として対談の相手をお願いすると、快く引き受けてくれたりするんです。その時、ああこういう関係性も〝友達〟って言っていいんだってすごくホッとします。だからたまに、本当に人懐っこい人に「ご飯に行きたいのに、なかなか行ってくれませんね」って言われたりすると、悪気がなくてもドキドキするんです。

藤田　ああ、僕もたまに俳優から言われます。僕の劇団では基本的に飲み会をしないんですよ。それは、飲み会で作品の話をするのって不毛だと思っているからなんですが、だからといって仲が悪いとは全然思っていないんです。でもそういう僕が、いまはまっているパズドラ（スマホ用ゲームアプリ）の仲間同士で集まってその話を延々とする不毛な飲み会に参加していたりする（笑）。ただそれは、俳優と飲みに行かないことに攻撃的な意味があるわけではなく、僕なりに絶妙なカテゴライズがあるんですよね。だから、たまにその線を無遠慮に踏み越えて来られるのが本当に苦手なんですよ。

友達スタンプラリーには何の意味もない

辻村　ただ、女子ってとても厄介で、飲み会の誘いを断った途端に、コミュニティの落伍者みたいな感じになるんです。それが怖くて、学生時代はずっと友達の多い子になろうと頑張っていましたね。当時、友達が多い子と一緒にプリクラを撮ろうとしたりして。振り返ると、あの苦しかった時って、スタンプラリーみたいだなって思うんです。友達ですっていうスタンプを押してもらって、その数を増やすことで安心を得ようとしていたというか。

藤田　スタンプラリーって、すごくわかりやすいですね。

辻村　焦りのなかにいる時には気づかないんだけど、スタンプってスタンプ以上のものではないんですよね。だから、いま大人になって、必死に周りにスタンプをもらおうとしてる下の世代の子に会ったりすると、そんなに頑張らなくていいのにって思います。スタンプを押した人が必ずしも本当の友達じゃないことくらい、本人もきっとわかってるのに……。

藤田　そのスタンプラリーは、やめることはできないのかな。だって体はひとつしかなくて、時間も限られているんだから、出会った人全員とフルに関わること自体が無理なわけじゃないですか。

辻村　結局それって、友達は多い方がいいとか、友達とは何でも話すものだという刷り込みをされてきたからだと思います。そうじゃなくてもいいんだってことに私が気づいたのは、30代になってから。そのきっかけが仕事で知り合った友達みたいな面を満たしてくれる編集者や仕事相手の存在なのかもしれません。

新しい別のコミュニティを開拓するのもひとつの方法

藤田　僕にとって、友達みたいな面を満たしてくれるのがパズドラ仲間なんだと思う。それまでの僕には演劇しかなくて、僕と役者だけの世界でいいって思ってきたんです。演劇以外で盛り上がれることが自分にとって特殊なことで、だから楽しいんだとも思います。

辻村　パズドラが、藤田さんの新しい扉を開いたわけですね（笑）。そういえば以前、友達の旦那さんと私たち夫婦とで映画の話題で盛り上がったことがあったんです。その方が映画にとても詳しくて、「こんなふうに映画の話ができたのは初めてです」って言われたんですが、家ではそういう会話をしないんだって驚きました。でも逆に考えれば、映画の話をしなくてもいい幸せを家庭では手に入れているってことですよね。それはそれで、ひとつの美しい形じゃないかと。

藤田　演劇とパズドラを、同じコミュニティのなかに求める必要なんて全然ないってことですよね。

辻村　そう。ひとつのコミュニティに居心地の悪さを感じたら、新しい別の場所を開拓するのもいいかもしれない。例えば習い事とか。

藤田　あとは、周りから友達になりたいってスタンプをもらいに来られるような人になるかですね。

辻村　そうですね。ただそれって、スタンプをたくさん集めた人がなれるわけではなくて、この人と話すと楽しいって思ってもらうところからじゃないと発生していかないことだと思うんです。もしかしたら、人間関係に悩んだ時ほど、〝個〟としての自分を見直してみるのがいいかもしれませんね。

（初出／「ａｎａｎ」２０１５年３月４日号）

藤田さんは、今日マチ子さんの漫画『cocoon』を舞台化、激賞を受けている。

藤田貴大
ふじた・たかひろ

演劇作家。「マームとジプシー」主宰。2012年に『かえりの合図、まってた食卓、そこ、きっと、しおふる世界。』で岸田國士戯曲賞、16年に『cocoon』で読売演劇大賞優秀演出家賞を受賞する。

対談

×中村義洋

恐怖の原点

ホラー好きの辻村さんが愛してやまない、『ほんとにあった！呪いのビデオ』。憧れの中村義洋監督と「怪談」や「怖さ」について熱く語り合います。

構成／朝宮運河　写真／首藤幹夫

ナレーションは『呪いのビデオ』の代名詞

辻村　『ほんとにあった！呪いのビデオ』でお顔はいつも拝見していますが、こうしてお会いできる日が来るとは光栄です！

中村　なんだか照れますね。そんなに珍しいものでもないですよ（笑）。

辻村　監督が関わっていた『ほんとにあった！呪いのビデオ』は私のバイブル。大学生の頃から今までずっとシリーズを追いかけています。学生時代は新作が出るたびにホラー好きの友だちと集まって鑑賞会をしていました。

中村　最近、辻村さんと同世代くらいの方からよく『呪いのビデオ』見てました」と言われるんですよ。あれを大学生くらいの時に見ていた人たちが、今ではテレビ局のプロデューサーやディレクターになっていて、よくナレーションの仕事を回してくれるんです。「ナレーションは中村さんじゃないと」って。

辻村　その気持ち、よくわかります！「おわかりいただけただろうか」とか、「それではもう一度ご覧いただこう」っていう監督のナレーションは『呪いのビデオ』の代名詞ですから。それにしても、なぜ監督自身がナレーションを？

中村　予算の少ない作品だったんですよ。最初はプロの方に頼んでいたんですが、ある時二日酔いか何かでコンディション悪くて時間ばかりかかっちゃって、スタジオ費も馬鹿にならないし、これなら自分でやった方がいいなと思ったんです。

辻村　巨匠になられた今でも、『呪いのビデオ』のナレーションを続けていらっしゃるというのが、ファンとしてすごく嬉しいです。監督の映画といえば『ジェネラル・ルージュの凱旋』をみんなが絶賛するので、何の情報もなく見にいったんですよ。すごく面白くて感動していると「監督　中村義洋」と出てきてびっくりしました。それから監督の作品はすべて公開初日に見にいっています。

中村　『呪いのビデオ』は反響がほとんどなかったんですよ。あれで仕事が増えるわけでもないし。『ほんとにあった！呪いのビデオ Special』という番外編を作った時は、かなり頑張ったんで、これでメジャーにいけるかなと思いましたけど、それもまったくダメで。でも、今になって辻村さんのような方が熱心に語ってくれるのは、嬉しいし、不思議な気がします。

怖くてつい停止ボタンを押してしまう

辻村　私も怪談を書いていて、自分の好きな怖さって何だろうということをよく考えるんです。原点として浮かんでくるのは、やっぱり『呪いのビデオ』と、小野不由美さんの『ゴーストハント』なんですね。この2作に共通しているのは、怪異が存在するという前提からスタートしないフェアな姿勢。いきなり幽霊を肯定するのではなく、かといって錯覚だと退けるのでもなく、事象として客観的に受け止めて調べていく。そういうスタンスにはすごく影響を受けているなと思います。だから小野さんの『残穢』を中村監督が撮られると知った時、「これって私の妄想じゃないの!?」と思って（笑）。

中村　それは責任重大ですね（笑）。頑張らないと。

辻村　『呪いのビデオ』は視聴者からの投稿映像を集めたドキュメンタリーですけど、最近の『ゴールデンスランバー』や『白ゆき姫殺人事件』でも、監督はドキュメンタリー風の演出をされていますよね。

中村　ぼくはもともとノンフィクションを読むのが好きなんです。山口瞳さんの『血族』とか、こうだと信じていたものが調べてみたら全然違った、という話はすごく怖いですよね。その感覚を味わいたくて、何度も読みました。順を追って検証していきたくなるのは、そういうものの影響かな。幽霊がいると決めつけないのは、ぼく自身何も見えないからですね。

辻村　『呪いのビデオ』を監督されている間、何もなかったですか？

中村　なかったんですよ。『ほんとにあった！呪いのビデオ2』に「作業服の男」という映像が収められていますよね。見たら祟りがあるとか、目が見えなくなるとか、いろんな噂を聞きましたけど、ぼく自身は何もなかった。

辻村　あれは映像が流れる前に、「深刻な霊障を引き起こす可能性があります。気が進まない場合は再生を止めてください」っていう警告文が出ますよね。私は長年『呪いのビデオ』を追いかけてきて、大人の見方も身につけているはずなのに、いまだにあそこで止めちゃうんですよ。「作業服の男」はトラウマです。

中村　ぼくが監督していたのは7巻までですが、いろんなパターンの心霊映像を紹介しました。印象に残っているのは『ほんとにあった！呪いのビデオ3』に収録した「4人いる」というやつ。覚えてますか？

辻村　もちろんです！　4人でキャンプ場に行ったはずなのに、ビデオに4人とも映っている。じゃあ誰が撮影したんだろう？　という不思議な映像ですね。

中村　あれって個人的には新しいパターンの心霊映像だったなと思って。彼らが本当に4人だったかという証拠はないわけだけどね。

辻村　それを外枠とか、語り口の部分で怖くしているのが素晴らしいんです。

『呪いのビデオ』はいま（※編集部注二〇一五年時点）64巻まで出ていますが、中村監督の初期の7巻であらゆる恐怖演出の基本がおさえられている気がします。だからこそ今のシリーズで何か新しいことが出てくると興奮したりもする。

中村　限られた予算の中で、どうやって見せ方のバリエーションを出していくか、そこはすごく頭をひねりました。ホームビデオの作品だけじゃ単調になるので、監視カメラに映りこんだ幽霊を紹介してみたり。

辻村　監視カメラのシリーズは大好きです。特に好きなのは、『ほんとにあった！呪いのビデオ2』の踏切の映像。夜の踏切に足だけの幽霊が映りこんでいるんですが、「ここで事故があったのかな」「何かを伝えたいのかな」と、いろんなことを想像させられました。

中村　よくご覧になってますね。辻村さんの方がぼくよりずっと詳しい（笑）。当時はちょうど監視カメラが普及し始めたころで、そこに変なものが映っていてもおかしくないよね、という空気があったんです。ぼくも気に入って、監視カメラの映像はよく取りあげました。

だんだん玄人の見方になっていくんです

辻村　最近よくテレビの恐怖もので『呪いのビデオ』の中の映像が使われていますよね。タレントさんたちが悲鳴をあげているのを見ると、微笑ましいなと思う半面、ちょっと疑問も感じるんですよ。『呪いのビデオ』の怖さって、映像そのもののインパクトと、スタッフの調査によって明らかになるバックグラウンドの合わせ技だと思うので。映像が撮られるに至った経緯とか、背後の人間関係が怖い。そこをカットして、心霊映像だけ抜き出したら、悲鳴をあげるほど怖くなくなる気がして。

中村　映像だけで悲鳴をあげるなんていうのは滅多にないですよね。やっぱりそこは作品全体のトーンとか、紹介するまでの段取りが大切なんです。辻村さんの見方は、さすがに作家さんの視点ですね。

辻村　学生時代は「ほんとにあった！」という謳い文句に惹きつけられていた部分が大きかったんです。「私は本物の心霊映像を見ているんだ」というドキドキ感と優越感があって。それが何年も見続けていくうちに、「この出方は新しい」「この発想はなかった」という玄人的な見方に変わっていったんですね。幽霊なのに新しいっていうのも変ですけど。

中村　同じことをくり返しても飽きられちゃいますから。ぼくの後を担当した監督たちも、みなさん苦労していますよね。そこがこのシリーズの醍醐味でもある。

辻村　中村監督が作りあげたパターンを守りながら、新しい見せ方を模索していく。『呪いのビデオ』には本格ミステリの美学に近い部分があるんですよ。だから作家さんのファンも多くて、同業者ともよく盛り上がります。

中村　だそうですね。小野不由美さんも好きだとおっしゃっていました。

辻村　大学を卒業して、就職したりしていくと、なかなかそれまでの友達と『呪いのビデオ』の話ができなくて、淋しかったんです。でも、作家になったら濃い見方をしている人が何人も見つかって「みんな好きだったんだ！」と嬉しくなりました。

映像化するなら「七つのカップ」

中村　『きのうの影踏み』、読ませてもらいました。活字の恐怖をたっぷり味わわせてもらいましたよ。ホラーとしては「手紙の主」という作品がすごいですよね。これはどこから着想されたんですか？

辻村　前半まではほとんど実話なんです。ある先輩の作家さんとお仕事でお会いした際に、「怖い手紙ってもらったことがありますか？」という話題になって。その時にその方が「怖いというか、変な手紙は来たことがある」っておっしゃったんです。その話がどこかで聞いたことのある内容で、「あ、うちにも来たことあります！」って思い出した。

中村　それはすごい偶然ですね。手紙の内容も作品にあるとおりなんですか。

辻村　変えたところも多いですが、雰囲気はほぼあのままです。意図がよく分からないお手紙で。これがどんどん増殖していったら怖いだろうなと。

中村　少しずつ主人公のところに近づいてくる、あの過程が絶妙で、ずっと読んでいたいと思いました。サイン会にいつの間にか紛れこんでいるとか、実際あったら怖いですよね。はっきりした結末がつかずに終わるのもいいですし。

辻村　迷ったんですが、より実話っぽさを重視して、はっきりした結末はつけませんでした。

中村　迷いますよね、ホラーの終わらせ方は。『残穢』でも結末をどうするかでずいぶん迷いました。「やみあかご」は、子どもが夜泣きした時ってこういう感じだよなあ、と自分に置き換えて読みました。

辻村　子どもができるとホラーを見られなくなっちゃうのかな、と心配だったんですけど、全然そんなことはありませんでした。多少、不思議なことが起こっても動じない強さが生まれてくる一方で、想像力がどんどんたくましくなっている気もします。

中村　「だまだまマーク」にもお子さんが出てきますが、辻村さんの生活をそのまま反映しているんですか？

辻村　他のジャンルの小説だと、意地でも私生活を出すもんかと思うこともあるんですが、怪談は生活感が大切ということもあって、割と近いですね。「だまだまマーク」という言葉も、突然息子が言い出したんですよ。

中村　そうだったんですか。不思議な響きの言葉だったので気になっていたんです。ラストの「七つのカップ」は素晴らしいですね。読んでいてはっとさせられました。霊能者が事故現場にやってきて霊視をする。その見慣れたシーンを、被害者家族の側から描くっていうのは、これまで読んだことがないです。

辻村　私が子どもの頃はテレビで心霊番組を今以上によくやっていた気がするんです。中には心霊現象をインチキだと決めつけて、頭から批判しようという立場のものもありました。それって科学的には正しいかもしれないけど、ヒステリックに見えてしまうこともあるな、と当時から感じていて。なるべくそうならずに、霊能者の言動が怪異を作り出すことで起こってしまうかもしれないことを描いてみたかったんです。

中村　この中のどれか一作、映像にしていいと言われたら、「七つのカップ」を選びます。ストーリー、視点がこれまでにないものなので、挑戦しがいがありそうです。

辻村　この作品を発表時に読んでくださった方から、お手紙をいただいたんです。事故で息子さんを亡くされた女性で、辛(つら)くて息子の後を追おうと思ったこともある、この小説を読んで、息子もこんなふうに思っていてくれたらいいなと思いました、というお手紙でした。それを読んで、怪談というジャンルは大切な人にもう一度会いたいという切ない願いに、ずっと寄り添ってきたジャンルでもあるんだな、ということに気づかせてもらったんです。

中村　怪談には怖いだけじゃなく、いろんな面がありますからね。ぼくも「七つのカップ」のような作品を撮りたいけど、今から『残穢』の内容を変更するわけにもいかないしね。

辻村　何をおっしゃるんですか（笑）。『残穢』、すごく怖いものになるんだろうなと期待しています。今日は憧れの監督にお会いできて光栄でした。ありがとうございました！

（初出／「小説 野性時代」2015年11月号）

中村義洋
なかむら・よしひろ

1970年茨城県生まれ。99年リリースの『ほんとにあった！呪いのビデオ』シリーズの多くで監修、構成、演出を務めるほか、現在に至るまでナレーションも務めている。その他の監督作品に『アヒルと鴨のコインロッカー』『ちょんまげぷりん』『忍びの国』『決算！忠臣蔵』など。

師弟問答 with 綾辻行人

2009年7月、綾辻行人さんは学園ホラー長編『Another』の刊行を控え、辻村さんは『ふちなしのかがみ』を刊行直後というタイミングで実施された貴重な師弟問答を再録します。


〈質問の前に、一言。〉 小学六年の秋に『十角館の殺人』を読んで衝撃を受けて以来、綾辻さんの本は手に入るだけ全てかき集めて読破しようと躍起になりました。住んでいたのが地方の小さな町でしたし、ネットも、書店に取り寄せをお願いするという考えもまだ定着していなかった頃なので、ひどく時間がかかり、シリーズものも、順序をバラバラにとりあえず見つけたものから順に読む、という風でした。『Another』の主人公たちと同じ中学生の頃に、ようやく『緋色の囁き』を手に入れました。幻想的で秘密の匂いがする物語がどこに運ばれていくのか、続きが気になり、夕ご飯を食べるのも、眠ることさえもどかしく、一気に読んだことを覚えています。

今回『Another』を読んだ時の感覚は、その時の感じとよく似ています。できることなら、ストーリーの何もかもを忘れて、もう一度最初から読みたい。それが絶対にできないことが悔しく、未読だった数日前の自分が羨ましくてたまりません。

『Another』、夢中になって読みました。この記憶は、多分、薄れることがないと思います。

綾辻行人

Q 1『冷たい校舎の時は止まる』でのデビューからほぼ五年、これまで八冊の著書を上梓してこられました。そんな作家・辻村深月の、今回の作品集（※編集部注『ふちなしのかがみ』）に対する想いをまず、お訊きしたいと思います。漠然とした質問ですが、ご自由にお答えください。

辻村深月

A 1ミステリと同様に好きだったホラーに分類される本が出ることに、まず喜びを感じています。それと同時に、いろんな「ホラー」の形がある中で、私が書くものってこうなるんだ、という発見が。自分のことなのに書いてみて初めてわかることってたくさんあるなぁと驚いています。

Q1 『Another』を書こうと思った、最初のきっかけを教えてください。

A1 『最後の記憶』とはまた違うアプローチの長編ホラー＆ミステリを書こう、という心づもりがまずあったわけです。そこで、物語前半のモチーフとなるあるアイディア（「見崎鳴」を巡るあれです）を思いついたことが、『Another』の構想を練る取っかかりとなりました。

Q2 ミステリ仕立ての怪談から怪談仕立てのミステリ、ファンタジー仕立ての少年小説（実はちょっとミステリ）まで、ヴァラエティに富んだ収録作五編ですが、ご自分ではどれが最もお気に入りですか？　また各作品について、何かインスパイアされた先行作（小説でもマンガでも、映画でもドラマでも何でも……）があれば、こっそり教えてください。

A2 表題作の「ふちなしのかがみ」と「ブランコをこぐ足」は、誰かがこの話を自分の代わりに書いたのだったら、私はその人のファンになるかもしれない（笑）。そのくらい好みの世界です。

「おとうさん、したいがあるよ」を書いたのは、小さい頃から好きだった漫画家・伊藤潤二さんの『恐怖博物館』をようやく全巻そろえて読み返すことができたタイミングでした。インスパイアされたなんていうとおこがましい感じがしますが、伊藤さんの漫画を読んでいなかったら書こうなんて思わなかったろうな、と思います。

Q2 綾辻さんご自身の中学時代は、どんな中学生でしたか。

A2 京都市の公立中学校に、当時としてはもはや珍しかった学生帽を被って通学。ほどほどにしか勉強せずとも成績は優秀。ほぼずっとクラス委員長。ワンダーフォーゲル部の副部長。校内の弁論大会で優勝。多少の逸脱行為があっても教師はたいてい黙認。……って、ああ何かもう、思い返すだにイヤな奴だな。思い返してイヤじゃないのは、「最も尊敬する人物は？」という質問には必ず「エラリイ・クイーン」と答えていたこと、くらいでしょうか。

Q3 みずからの子供時代・青春時代をいま振り返ってみたとき、作家として「これを経験しておいて良かった」と痛感するのはどんなことでしょうか。

A3 月並みな答えですが、「別離のかなしみ」。身近な誰かの死、失恋。

Q3 舞台に「中学校」を選んだのには理由がありますか？　また、今後、「高校」を描くご予定はありますか。

A3 プロットの要請上、中学校でなければならなかったのです。もう少し具体的に云うと、小学生では子供すぎる、高校生では大人すぎる、生々しい「恋愛」は描きたくない、等々の理由により——。ちなみに、一九九八年という時代設定も、プロットの要請上、そうである必要があったのでした。『最後の記憶』の主人公が大学院生。今回の『Another』が中学生。なのでもう一本、高校生を主人公にしたホラー&ミステリを、という気持ちがないではありません。

Q4 今後、いわゆる本格ミステリを書こうというつもりはありますか（——質問者としてはぜひ書いてみてほしいわけですが）。もしも書くとしたら、どのような「本格」を書いてみたいですか。

A4 王道ですが、嵐の孤島か吹雪の山荘のクローズド・サークルで、誰が犯人かのフーダニットをやってみたいです。でもその時もやっぱり『本格』と名乗る勇気がなくて、オビにはきっと「青春小説」とかなんとか書いてあるんだろうな、という気がしています。

Q4 夜見山にモデルの土地はありますか。

A4 特にありません。ただ、山に囲まれていて海がなくて……というのはやはり、京都の町で生まれ育ったことが多少なりとも影響しているのでしょう。

Q5 「こういうのが大好き！」というものをたくさん持っておられる辻村さんですが、逆に「こういうのは大嫌い！」というものはありますか。——ありますよね？　では、それはどのようなものですか。これに関係して、「こういう小説だけは書きたくない」と思うのはどんな小説ですか。

A5 鋭い質問。さすが、綾辻さん。
じゃあ、思いきって。
映画『ダンサー・イン・ザ・ダーク』が嫌いです。
大事なものに優先順位がない主人公は、書くのに抵抗があります。

Q 5 綾辻さんにとっての「こちら側」と「向こう側」の違いは何ですか。

（「こちら側」「向こう側」の解釈は綾辻さんにお任せします）

A 5

では、勝手に解釈してしまって――。

・こちら側＝謎と論理、怪奇と幻想のロマンをこよなく愛する。
・あちら側＝謎と論理、怪奇と幻想のロマンなどというものには価値を見出せない。
・こちら側＝血液型による性格類型がまったく憶えられない。
・あちら側＝何はともあれ血液型の話で盛り上がる。
・こちら側＝愛煙家。
・あちら側＝嫌煙家。

――などと、こんなふうに並べていくと際限がないですね（笑）。しかしながら、ちゃんと質問の意図を汲んで、たとえば「『こちら側』が現実世界」「『あちら側』が幻想世界」というふうに捉えて考えると、どうしても「回答不能」の状態に陥ってしまいます。これはつまり、少なくとも自分が書く小説の中では、僕は両者の間に大きな「違い」を見出してはいないんじゃないか、ということでしょう。

Q 6 幸せとは何でしょう？

A 6

個人の満足度、でしょうか。『オペラ座の怪人』のクリスティーヌは恋人ラウルを選ばずに、怪人と陽のあたらない地下で暮らしても、そこに迷いがないのなら絶対に幸せだったろうと思うので。私はこれまで結構「今が一番幸せ！」という状況を更新し続けながら生きるという幸運に見舞われているので、これからもそれをどんどん上書きしていけると嬉しいです。

（初出／「野性時代」２００９年8月号）

あやつじ・ゆきと
１９６０年京都府生まれ。87年『十角館の殺人』でデビューし、新本格ムーブメントの旗手となる。ホラーの書き手としても名高く『最後の記憶』『Another』『Another 2001』など著書多数。

対談

×松坂桃李

「ご縁」が繋ぐ、出会いと想い。

人生で一度だけ、死者との再会をかなえてくれる使者をめぐる物語『ツナグ』。
9年ぶりの続編刊行に際し、
主人公・歩美を映画で演じた松坂桃李さんと辻村さんが語り合いました。

構成／立花もも　写真／新潮社写真室

初主演映画『ツナグ』の思い出

辻村　私は、自分を運のいい作家だと思っていて、その理由の一つに『ツナグ』を松坂さんの映画初主演作品にしていただけたことがあるんです。どんな作品に出演されても、松坂さんのプロフィールを見ると、いまも必ず『ツナグ』のタイトルが最初に書かれているでしょう？

松坂　絶対に書かれますね。

辻村　松坂さんにとってターニングポイントとなるような大事な時期を歩美にわけていただけたことが光栄ですし、その後、演じる役の幅を広げてどんどん活躍されていくのを観るたび、一人の俳優さんを時間の経過とともに追っていく楽しみを感じます。最近は声優のお仕事もされていますよね。『パディントン』の吹き替えをされていたり、松坂さん目当てじゃなかった作品で松坂さんに出会う、という機会も最近とても増えています。

松坂　恐縮です……。僕にとっても映画『ツナグ』は特別で、過去最高に緊張した作品なんですよ。初主演というだけでも浮足立つのに、ばあちゃんは樹木希林さん、大伯父は仲代達矢さん、呼び出す死者が八千草薫さんと、俳優界のレジェンドに囲まれての撮影でしたから。

辻村　一本の映画でそれだけの方々と共演する機会はなかなかないですよね（笑）。

松坂　そうなんです。もう二度とないであろう僥倖でした。だから今回、続編を読ませていただけてとても嬉しかった。あっという間に読み終わったんですが、第一話はちょっと笑ってしまって……。

辻村　あははは！　笑いましたか。

松坂　はい。だって、語り手が特撮ヒーローを務める俳優じゃないですか。

辻村　はい。もちろん、松坂さんの影響で生まれた設定です。というのも、私の妹は『侍戦隊シンケンジャー』が大好きで、歩美役が松坂さんに決まったときは「殿じゃん！」と大騒ぎだったんですよ。撮影現場の見学に行く前は、妹セレクトのおすすめ回を拝見し、映画が完成する頃には全話観終わっていました。

松坂　そんなにちゃんと観ていてくださったとは……！

辻村　以来、特撮そのものにもハマってしまい、最近は子供が年頃になってきたこともあり、家族全員で特撮ファン。笑ってくださったのなら、書いた甲斐がありました（笑）。

松坂　ただ、導入でくすりとした後に、歩美ではない人がツナグとして登場するじゃないですか。「え？　歩美どこ行った？」って焦り、こういうことが起きてるのかな、いやもしかしたら、とあれこれ想像しながらページをめくっていくと、意外なオチが用意されていて……。前作のファンはよりいっそう嬉しくなるだろうし、僕はもう一度、前作を読み返したくなりました。そしてラストまで辿りつくと、一冊の台本を読み終わったような達成感があり、撮影現場の記憶が蘇ってきたりもして。

辻村　へえ～！

松坂　スタジオで撮影していたとき、ものすごいイビキが聞こえてきて、監督が「誰だ！」って怒ったら希林さんが寝ていたなとか、休憩中に希林さんのくれたお煎餅を食べて「ぬれ煎餅ですか？」って聞いたら「湿気てるだけよ」って言われたなとか。自宅にあったお煎餅を持ってきて配ってらっしゃったんですよね（笑）。あとは、希林さんが現場でもばあちゃんでいてくれたから、原作から感じた歩美のおばあちゃん子という印象を自然に出すことができたよなあ、とか。

辻村　ああ、それで。劇中でおばあちゃんが、佐藤隆太さん演じる依頼人の土谷さんにお菓子をあげるシーンがあるんですよね。原作にも脚本にもなかったはずなのにと印象に残っていたんですが、きっと樹木さんのふだんのお姿から生まれた演出だったんですね。

松坂　そうです。映画が公開されたのは七年も前のことなのに、そうした風景がまざまざと浮かび上がってきて、「キャストは誰だろう」「このシーンはきっとこう撮るだろうな」ということだけでなく、「この映画はどうプロモーションしていこう」とすでに撮り終わったかのような気分にさえなりました。

老人が得た初めての感情に涙する

辻村　とくに気に入ったというエピソードはありますか？

松坂　第二話の「歴史研究の心得」ですね。依頼人の鮫川老人がまず魅力的で、文字だけなのに、顔の輪郭や表情が手にとるようにわかったんです。よくしゃべって、押しが強くて、とっつきにくいんだけど憎めないおっちゃん、みたいな。いますよね、こういう人。

辻村　いますね（笑）。依頼の相談をしにきたのに歩美の都合を聞かずにまずあんみつを買いに行っちゃったりとか。歩美が遠慮しようとしても「約束しましたね」って押し切っちゃう。

松坂　一方的に言ってただけで約束じゃないのに（笑）。で、その鮫川老人が会いたいのが、地元の英雄として伝わる、戦国時代の上川岳満。生涯をかけて岳満の研究をしていた彼が、どうしても解明できない謎の答えを本人から聞きたいという、壮大なロマンにときめきました。……あの、これはどこまでが史実なんですか？

辻村　そう思ってもらえたなら大成功！　実は、ほとんどフィクションなんです。

松坂　えっ！　モデルになった人とかは。

辻村　いません。領主が名君そうな土地がいいなと思って「よし、上杉謙信にしよう」と新潟に決め、岳満の残したとされる和歌も、専門家の方にご相談しながらつくっていただきました。

松坂　そこなんですよ。和歌と上杉謙信の名前が出てくることによって、リアリティが増しているんですよね。

辻村　続編を書くとなったとき、絶対に書きたかったのが「歴史上の人物に会いたいと願う依頼人」だったんです。映画のプロモーションのとき、キャストの方々が毎回、歴史上の人物なら誰に会いたいかと聞かれているのを見て、その選択肢があるのかと初めて気がつきました。とはいえ本当に会うとなったら、同じ日本語でも時代によって語る言葉は違うでしょうし、そもそも面識のない現代の人間にどういう理由なら会ってくれるのだろう、という疑問が湧き、それを起点に細部を組み立てていきました。

松坂　対面して知る真実の内容についても、またよくて。いかに英雄と言われた人でも所詮は人間だから、まわりが勝手につくりあげた人物像であることも多いだろうし、本当のことというのは意外とこういうものなんだろうな、と妙にすとんと腑に落ちました。

辻村　「歴史研究の心得」と銘打つからには、後世の人たちがエゴを載せてロマンに仕立てあげてしまう面も、ちゃんと描きたかったんです。「歴史」も語ることで誰かの主観がどうしても入る。たとえがっかりするようなものだったとしても、語られていく過程で起きるのはそういうことなのだと。

松坂　僕はがっかりしなかったですよ。むしろちょっと、泣けた。生涯を賭して研究を重ねてきたことの結果が、八十歳を過ぎてなお、うまく言葉にできないほどの興奮と感情を味わうことだった、っていうのがもうたまらなくて。『なんでも鑑定団』を観ていると、ときどき、鑑定士のおじいさんがあまりに予期しなかったお宝に出会って泣く、みたいな場面があるじゃないですか。その道何十年もの大ベテランで、酸いも甘いも嚙み分け

9年ぶりの続刊となった『ツナグ　想い人の心得』は、前作が映画化された経験からイメージが膨らんだという。

てきたはずの人なのに、たった一つの出会いがもたらす感情が、理屈や経験を超えてしまう。その瞬間を目の当たりにしたとき、僕も同じように胸が詰まる。それと同じものを第二話からは感じました。

「ご縁」が物語を繋いでいく

辻村　逆に、事実をベースにしたお話が第三話の「母の心得」。ドイツ留学した娘が癌（がん）になってしまい、若くして亡くなった後、ドイツに行ってみたら……というくだりは『東京會舘とわたし』の取材で出会った方にお聞きしたことなんです。

松坂　娘に会いたいと依頼する小笠原さんですね。品のある、素敵なおばあさん。

辻村　お話を聞きながら「この二人を会わせたい」という気持ちがふつふつと湧いて出て、改めて『ツナグ』のために取材し、思い出を預けていただきました。第三話には、幼い子供を事故で亡くした重田夫妻も登場します。『ツナグ』が再会以前に別離の話である以上、親が子供を送らなきゃいけないつらさについてもいつか書かねばならないと思っていたのですが、重田夫妻単体では私が苦しすぎて書くことができなかった。そんなとき小笠原さんのモデルとなった方と出会い、その力を借りることで、「母の心得」のあのラストを書くことができました。

松坂　ご縁ですね……。

辻村　そうなんです。小説の前作と映画を通じて、『ツナグ』とは「ご縁」が存在する世界なのだと、確信をもつことができたんです。このタイミングでこんなことが起きるなんて、という奇跡のような瞬間を、『ツナグ』の世界観であればためらいなく書くことができる。

松坂　今作を読んで、歩美の負うツナグの役目は、生と死だけでなくご縁を繋ぐものなのだという印象が強くなりました。

辻村　「ツナグに繋がらない人は繋がらないし、繋がる人にはちゃんと繋がるようになっている」というようなセリフを、映画で樹木さんにおっしゃっていただいたことでさらに強い説得力をもちましたし、私自身が年をとって、そういうこともあっていいんじゃないか、現実にはなかったとしても私が書くことで信じたいと思っている人たちに届いてくれたら、と思えるようにもなりました。だから『ツナグ』では、他の小説よりも、ベタとされるかもしれない感情をためらいなく書けるんです。

松坂　僕も、仕事をするうえではすべてがご縁だと思うようにしているんです。やりたいなと思っていた作品がタイミングが合わずできなかったことも、まさかこんなところでこの作品に巡り合えるとはと思えることも。だから『ツナグ』の世界観にも、自然と心をシンクロさせられるのかもしれない。

辻村　先ほど映画は七年前というお話が出ましたが、実はこの小説における時間の経過も、前作から七年なんです。

松坂　……！　そういえば！

辻村　これもまたご縁なのかも。ただ、この感覚には必ず人のエゴがまじっている。前作を書いていたときにいちばん意識し、歩美自身も葛藤していたのが、死者の存在を生きている人間が勝手に自分のための美しい物語に変換していいのか、というところだったし、そもそも死んだ人に会いたいと願うことじたいがエゴだとも思うんです。本当はもっと再会するにふさわしい人がいるかもしれないのに、自分が願い、それを受け入れてもらうことで、相手のチャンスを潰してしまう。そのことを決して忘れてはいけないなと思います。

松坂　最終話「想い人の心得」の依頼人・蜂谷はまさに、望まれていないとわかっていながら依頼し続けた人でした。

辻村　彼も当然、自分のエゴはわかっている。蜂谷は想い人・絢子に「私が会いたいのはお前じゃない」と怒られるその瞬間こそが欲しかったのでしょうね。鮫川老人にしても、きっと、真実を知っているのがこの世界で自分だけという特別感を手に入れたかった。それは仕方のないことだし、それでいいのだと私が覚悟を決めたことで、歩美の出会う依頼人のバリエーションもかなり広がったんじゃないかと思います。

相対する死者に映し出されるも

松坂　今回、七年が経過して、歩美はすでに就職しているし、生涯の伴侶になるであろう女性にも出会う。ちょっと気恥ずかしかったですが、歩美ならそうするよなあということばかりで嬉しかったし、演じやすそうだなとも思いました。全部のシーンを、歩美を通して体験してみたいです。

辻村　そう言っていただけてほっとしました。たぶん映画がなかったら私は続編を書かなかったと思うんです。完結した物語のその先を、というのはあまりイメージがわかなくて、シリーズものに対して憧れはあっても、自分はやらずに終わるのだと思っていた。でも映画のプロデューサーの方に「いつか歩美くんが誰かと結婚をして、その相手に自分がツナグであることをどんなふうに話すのだろう」と言われて、初めて歩美の未来を想像し、書いてみたい、と思いました。だから今回、このラストシーンにするというのは最初から決めていたんです。

松坂　そういう骨子がしっかりしているからなのかな。仮に映画の続編をやるとしたら、きっとみんな「ばあちゃんがいないのにどうするの?」って思うはず。でも、作中ではばあちゃんはすでに亡くなった後で、希林さんももういないけれど、それでもすごく面白い映画になるという確信をもって読み終えました。

辻村　前作でもそうでしたが、『ツナグ』では歩美の人生で大きく動く瞬間というのははっきり描かれていないんです。ツナグの役目を完全に引き継いだり、就職を決めたりという転機はリアルタイムで描かず、その間に焦点をあてる。完全に独り立ちした、おばあちゃんのサポートがない状態でどうツナグとしての役目に向き合っているのか。第四話「一人娘の心得」で書いたように、身近にいる大切な人を突然失ってしまったときはどうするか。大事なことは転機そのものではなく、間に流れる時間のほうで描けたらと思っているので、次にまた書くとしたら、結婚後の話になるんじゃないのかな。

松坂　聞きたいと思っていたんですが、続編を書かれるご予定はあるんですか。

辻村　十年に一冊ペースになるかもしれないですが（笑）、ライフワークのように、歩美の人生を追っていけたらいいなと感じています。人生ってわかりやすい断層で分かれているわけじゃなくて、グラデーションで積み重なっていくようなものだろうから、今は抜けたと思っていた葛藤にふたたび直面する日がくるかもしれない。そのとき彼を助けてくれるのはきっと、おばあちゃんや依頼人たちを通じて触れてきた「心得」なんだろうなと思います。

松坂　……ああ、それはとてもよくわかる気がします。新人の頃は「帰れ!」って気持ちいいくらい怒鳴ってくれる監督もいたし、優しいだけじゃない教えの数々が僕を成長させてくれた。でも今は監督にさえ敬語を使われることもあって、それが淋しくも怖くもあります。だから僕、自分の中に、勝手に脳内監督を召喚して怒ってもらうようにしているんです。これまで僕を導いてくれたたくさんの人たちが、今の自分を見たらどう思うだろう、なんて言うだろう、って。

辻村　すごくよくわかります。私も「こんなもの書いていたら○○さんに怒られるよ!」って自分を叱咤（しった）しますし、今作での歩美も、悩むたび「おばあちゃんだったらどう言うかな?」って考えますよね。

松坂　似たくないと思っていた人の教え

が、いつのまにか心に住み着いているってこともありますよね。僕の父はどちらかというと聞き上手で、一家の大黒柱らしい漢気溢れるタイプ、とは真逆の人。幼いころはそれがちょっといやだったりもしたんですが、いま僕もお仕事していて「相槌がうまい」と言われることがあって。今作の一話目「プロポーズの心得」で、父と息子の見えない部分で影響を受ける関係が描かれるのを読んだときも、なんかわかるなあって思いました。

辻村　そういう、誰かの心に残った想いのかけらを寄せ集めて一晩だけ人の形に保たせたものが、ツナグの呼び出す死者の姿なのかもしれないと思うことがあるんです。相対しているのは死者本人ではなく、自分の心に映ったその人。だからツナグは鏡を使うのかもしれない、と。

松坂　ああ……。

辻村　人はそうして生きているのだろう、と思います。だから私も、歩美に自分の心を映しながら、長く書いていけたらと思っています。今回、歩美以上に泰然とした杏奈という八歳の親戚の少女が出てきますが、彼女が年相応の顔を見せた恋の話も書いてみたいし、彼女が歩美に依頼をもちこむというのもおもしろそう。

松坂　映画化するときは杏奈のキャスティングがいちばん難しそうですね（笑）。

辻村　それこそご縁のタイミングで、まだ見ぬスターに期待を（笑）。けれど歩美はまたぜひ松坂さんに演じていただきたいな。今日お伝えしたとおり、続編となる今作は〝松坂さんが演じた歩美〟の影響を強く受けています。書き始めた当初は、原作での歩美が叔父さん夫婦とも暮らしていることを忘れ、映画のようにおばあちゃんと二人暮らしだと思い込んでいた（笑）。スタッフ・キャストの皆さんが世界観を作りこんでくれたからこその幸福な経験をさせてもらいました。

松坂　身に余るお言葉です。むしろ僕以外がキャスティングされそうになったら全力で止めます（笑）。『ツナグ』がなかったら出会えなかった人たちがたくさんいて、歩美が依頼人たちとの出会いを通じて成長しているのと同じように、僕も『ツナグ』に生かされているような気がしているから。平川監督の撮る世界観でぜひ実現してほしいですね。

（初出／「波」2019年11月号）

松坂桃李
まつざか・とおり

俳優。1988年10月17日生まれ。2009年10月『侍戦隊シンケンジャー』で主演を務める。ドラマ『梅ちゃん先生』『視覚探偵 日暮旅人』『ゆとりですがなにか』、映画『ツナグ』『キセキ ―あの日のソビト―』などに出演。

宮内悠介（みやうちゆうすけ）『あとは野となれ大和撫子』（角川文庫）

文／辻村深月

二〇一七年、作家・宮内悠介の新刊のタイトルを知った時の衝撃と胸の高鳴りを今でもよく覚えている。

『あとは野となれ大和撫子』――。本の帯には非常に軽やかな、それでいて目を逸らすことを許さない力を持った「仕方ない、私たちで『国家』やってみる?」というフレーズが躍っていた。それはどうやら沙漠の小国で大統領が暗殺されて内閣が総逃亡したことに伴い、後宮の若き女性たちが立ち上がり、「国家をやる」話らしい。

そこまで知って、私は天を仰いだ。気づいたら呟いていた。マジすごい、宮内悠介。そんなの面白いに決まってるじゃん!

――その頃の私はまだ宮内さんとはほとんど面識もなく、従って呼び捨てなのもやや不遜なのも、読者の特権であるから許していただきたい。とにかく、そんなもの書かれてしまったら読まないわけにはいかないと、書店に向かった。

本書を手に取られた読者の皆さんには今更説明する必要はないかもしれないが、それほどまでに、その頃宮内悠介という作家の描いていた軌跡はすさまじいものだった。

デビュー作『盤上の夜』で日本SF大賞を受賞、直木賞にノミネートされ、続く第二作『ヨハネスブルグの天使たち』も直木賞候補に。直木賞だけでなく、芥川賞へのノミネートなども続き、本書もまた、著者にとっての三回目の直木賞候補作となり、その後、この作品は第49回星雲賞を受賞した。もちろん、賞の経歴だけでは、作家の価値も小説の真価も測れるものではない。つまりは何が言いたいかというと、宮内悠介という作家はそれくらい、多方面から無視できない存在感を放つ作家だということだ。エンターテインメントと純文学、SFやミステリ――ジャンルの垣根なくどこの読み手からも――あるいは私のような書き手からも信頼され、新作が待ちわびられる存在。抗いがたい魅力と、だからこその恐ろしさを併せ持つ作家。

その宮内悠介が選んだ本書の舞台は、中央アジアにある沙漠の国、アラルスタン。

カザフスタンとウズベキスタンの間、アラル海が干上がった土地にできたという設定の架空の国である。架空――ではあるものの、その設定におけるリアリティーの厚みにまずは驚嘆する。国の成り立ちにかかわるアラル海の消失は、ソビエトによる実際の灌漑事業による自然改造計画を背景にしているし、国を巡る周辺諸国の紛争や内戦などの事情もそのまま。中央アジアの強固なリアルと著者の作家的野心が掛け合わされたことで生まれた〝塩の都〟は、土地と風俗の匂い立つような描写も見事で、瞬く間にその世界に引きこまれる。しかも、この国は南部に油田を持つため、周辺国からいつ侵攻されてもおかしくない状況にあり、国内には反政府武装組織――アラルスタン・イスラム運動の存在も示される。過酷な運命にあることがわかる。

本作の軸となる登場人物は、主に三人の乙女。日本のODAによりこの地に赴任した技術者である父のもとに生まれ、紛争で孤児となった日本人のナツキ。チェチェン出身で両親によって祖国から逃された後宮の若きリーダー・アイシャ。どのグループにも属さず、どこか翳を感じさせるジャミラ――。物語は、彼女たち三人がアラルスタン二代目大統領パルヴェーズ・アリーの演説を聞くため、広場が見渡せるトタン屋根に腰を下ろすところから幕を開ける。

彼女たちの住む「後宮」は、かつては文字通り愛妾たちの暮らす場所であったが、大統領アリーの手によって今は女性たちの高等教育の場に作り替えられている。自分たちに居場所と教育の機会を与えたアリーが、演説の最中、彼女たちの目の前で凶弾に倒れるのだ。

ここまで読んで、まず、その描写と構成の鮮やかさに息を呑む。大統領の演説内容と、それを予測するナツキたちの口ぶりから、私たち読者はこの国の成り立ちや、今現在抱える問題をたちどころに理解していくだけでなく、同時に後宮の乙女たちの様子を知る。これがもう、めちゃくちゃに面白い。特に私がため息を漏らしたのが、彼女たちの関係性。端的なエピソードだけで極めて爽快に描かれるのだが、それがさながら、「〝後宮〟と聞いて、そこに女同士の嫉妬とか厄介さだとかを読者はまず予想するんだろうけど——残念ながら女子校ってそういうんじゃないんだよね」とでもいうような気持ちよさ（伝わります？）。そして、ここで詳しく書くのはあまりにもったいないから明かさないが、この爽快な姿勢は最終章まで貫かれるのだ。

とにかく、冒頭で心を摑まれてしまうから、その後に彼女たちの手によって発足する臨時政府も、そこに訪れる危機をどう乗り越えるのかも、胸がすくような展開が待っているとどうしようもなく信じ、期待してしまう。中央アジアのシビアな現実の緊張感と、彼女たちの関係性からいずる青春小説さながらの楽しさの緩急に、ページをめくる手が止まらなくなる。そして期待は裏切られない。

物語のクライマックス。

ナツキたち後宮の乙女は、預言者生誕祭に合わせて皆で歌劇を演じる。周辺諸国の賓客を招き、劇に政治的メッセージを込めるという前提のもと、大統領たるアイシャまでもが舞台に立ち、全員で劇の成功を目指す。他国の官僚が欠伸をしながら上演を待ち、乙女たち自らも「この学芸会」「こんな文化祭」と自嘲気味に口にするその芝居を、ミスをすればすべてが砂塵に呑まれて終わる、まさに命がけの文化祭として演じるのだ。

この展開に至って、私の心は震えた。それは、初めて本書のタイトルを知った時以上に。そして、この小説の持つ最大の魅力が何かに気づいた。

それは、タイトルや、「私たちで『国家』やってみる？」という言葉に代表される〝軽さ〟だ。著者が紡いできたナツキたちの物語は、生死や国の存亡というとんでもない窮地にもかかわらず、ライトノベルや青春小説を思わせる軽さを崩さない。兵器や破壊と隣り合わせに、彼女たちは文化祭をする。この軽さが意図的でないはずがない。

　もちろん、芝居ひとつの裏側にさまざまな攻防や駆け引き、思惑があり、その内容から政治的なメッセージを読み解く——という舞台装置は、現実世界における外交姿勢の暗喩も多分に孕んでいるだろう。しかし、彼女たちは、政治と外交の傍らで、それと並列に、自分が勇気を出せるかどうか、果たして演り遂げられるかどうか——、自分自身の問題に向け、真剣に葛藤する。〝皆〟のためであり、自分のために。だから本書における格言が効いてくる。そう〝勇気の前には、運命さえ頭を下げる〟のだ。

　彼女たちのアラルスタンは架空の国だが、その「架空」は薄皮一枚で隔てられたリアリティーのもとに成り立っていることはすでに書いた。内戦や紛争の影から逃れられない環境にあり、そもそも後宮を構成する女性たちも紛争地域から難民となった者ばかり。周辺国やテロリストたちの侵攻に怯える現実は、私たちの世界のまさにどうしようもなく過酷な「現実」である。そこを、年若い後宮の乙女たちが生き抜く物語は、著者の筆ひとつで、いかようにもその軽さをたやすく失うことができる。より過酷に、より残酷に、より冷徹に、リアリティーの名のもと、いくらだってもっと直接的な死と暴力を覗き込むことができる。著者が宮内悠介ならば、なおさらだ。

　けれど、本書の著者はそうしない。圧倒的な現実に、ナツキたちとともに毅然とフィクションで立ち向かい、リアルの海を泳ぎ切る。

　彼女たちを守る闘いの方法に暴力も大仰な戦闘も選ばずに、私たちの世界の現実をすぐ後ろに背負いながら、彼女たちと芝居をし、歌うことを選択する。その歌声やステップの、なんと重たく、尊い歩み。軽くなければいけないのは、薄氷一枚で繋がる現実の上の劇は、軽やかに演じなければ、わずかな亀裂が入った途端に沈むからだ。それがわかるから、いつ沈むとも砂に呑まれるともわからないギリギリの場所で踏みとどまる彼女たちの歌劇と青春がこんなにも愛おしい。私はこれを、宮内悠介のフィクションの勝利だと思う。著者がフィクションの力を信じていなければ、この物語は絶対に生まれなかった。だから、本書を読み終えて思った。自分と同時代に宮内悠介のような作家がいて、私はとても幸せだ、と。

その幸福が、本書を読み終えた読者のすべてに伝わることを祈っている。

さて、解説も終盤、自分があんなにも好きなナジャフやイーゴリ、章ごとの幕間で披露されるママチャリライダーのエピソードについてまだ何も触れられていない！　ということに呆然とするのだが、到底語り尽くせる気がしなくなってきたので、最後に、もう一度だけ、タイトルについて。

本書の刊行後に、この本のタイトルを、主人公ナツキが日本人であるからといって、単に「大和撫子」でよいのか——と言及する声を聞いた。後宮の他の仲間たちは、それぞれの事情を背負いながら多民族で集まったメンバーであるのに、という、各自のキャラクター造形に魅せられたからこその愛ゆえの意見だとは思いつつ、私は、この本のタイトルは、単純な「日本の女性」としての「大和撫子」を指してはいないと思う。

言葉は、時に限定的な意味を超える。「大和撫子」という単語を聞いた時、私たちが想像する力強さ、たくましさ、美しさ——あるいは、既存の言葉から押しつけられるそうした限定的な意味と圧を根こそぎ跳ね返す軽さの、すべてを内包して本書のタイトル「大和撫子」は立っているのではないか。

あとは野となれ——という、「やるべきことはやった」という祈りや静かな諦念に似た言葉にも、実は大きな意味が宿っていることに、本書を読み終えた読者ならば気づくと思う。「野となれ」と願う、ナツキの想い。本書の言葉を借りるなら、九分九厘が決まっている政治の道に託す一厘の望み。七代先の彼女たちの国に注ぐ白い雨が、タイトルの後ろに見える。

響きの解釈を読者にゆだねて呼びかけるようなリズムも心地よく、だから私はこの本がこんなにも好きなのかもしれない、と思うのですが。

どうなんでしょう？　宮内さん。

（初出／2020年11月　宮内悠介
『あとは野となれ大和撫子』角川文庫　解説）

対談

×朝井リョウ
物語を描くための、言葉と表現。

現代社会を見つめる強い眼差しと、ミステリーの構造を活かしたエンタメ性。読者の心を摑む作品を生み出し続けるお二人が、「言葉」について語り合いました。

構成／吉田大助　写真／土佐麻理子

辻村　朝井さんには『光待つ場所へ』の文庫解説を書いていただいたのに、今までお会いする機会がなくて直接お礼を言えずじまいでした。素晴らしい解説、ありがとうございました。ようやく言えました。

朝井　人生で初めての文庫解説が『光待つ場所へ』なんです。

辻村　そうだったんですね！

朝井　今でも「辻村さんの作品の解説なのに自分の話をしすぎ！」と思っているんです。本当は全文書き直したいくらいで……。

辻村　わかる。私も人生初の文庫解説は気合が入りすぎちゃっていて、全文書き直したい（笑）。でも、朝井さんの解説は本当に素晴らしかったですよ。私の小説って、物語について言及していただくことが多いんです。朝井さんは文章、文体について詳しく指摘してくださいましたよね。すごく新鮮でしたし、嬉しかったんです。自分の文章って特徴がなくて、無個性だなって思っていたので。

朝井　特徴、すごくありますよ！　いつも思うのは、辻村さんって句読点の置き方が独特。句読点の連打で言葉を区切って、言葉を畳み掛けてくる。

辻村　最近、原稿をチェックしていて「私、句読点が多すぎる」って反省したところでした。

朝井　私はとても好きなので反省やめてください。緊迫感があったり、読むほうもぐっと前のめりになるようなシーンで、句読点が増えてくる。その文章を追ううちに、こちらの呼吸も浅くなってくるんです。体感と文章が混ざる感じ。

辻村　書いている自分もそういう息遣いになっているから、そう書いているんだと思います。

朝井　人を追い詰める時の解像度の高さも特徴的だと思います。『噛みあわない会話と、ある過去について』では主人公が追い詰められるシーンが複数出てきますが、冒頭から一歩ずつ、主人公にとって一番痛い場所に向かってにじり寄っていって、最後に致命傷。明かす情報、差し出す言葉の順番を何一つ間違えず進んでいくから、主人公の心情の解像度がぐんぐん上がっていく。隣にいるみたい。

辻村　「私は誰を刺そうとしているんだろう？」と思いながら書いていることがありますね。朝井さんもそうじゃないですか？　登場人物だけじゃなくて、読んでいる人の心もグサッと。

朝井　読者に心地よく読書を楽しんでもらえばいいのに、なぜ「どいつもこいつも刺してやる！」が上回ってしまうのでしょうね……。

辻村　朝井さんの小説、ずっと読んでいますが、最近の作品が特に素晴らしくて。『死にがいを求めて生きているの』と『どうしても生きてる』。現代に暮らす人たちがどう生きているか、どんなふうに苦しんでいるか。もしくは苦しいとすら思わずそれが日常だと思って生きている、という感じが、それこそ高い解像度で克明に描かれている。特に『どうしても生きてる』は、読んだ時に「また直木賞取れるじゃない、これ!」と。

朝井　取りたいです!

辻村　もう取ってらっしゃいますけれども(笑)。朝井さんの小説の特徴って、登場人物たちが言葉で物語を獲得していく姿にあるんじゃないかなと思うんです。言葉でもって自覚的に、自分はこういうところがこんなふうにどうしようもなく気になってしまうとか、どんなことを基点として自分の中に持っているからこういう行動をしてしまう、といった彼ら自身の「自分の物語」がまずは詳細に示される。そのうえで、思い込みだったりもするんだけれども「相手から見た物語」を作って、そこからの対比で「自分の物語」を捉え返したり揺さぶられたりする。何重もの言葉で「自分の物語」を自覚し直していく姿が印象的なんです。

朝井　自著への総合的で客観的な意見を辻村さんから聞ける日が来るとは! 感激しています。そして、他人からの目線と自分の物語の摩擦を描いているという話、本当にその通りですね……。

辻村　人は皆、〝物語を自分でまとう〟ということをしなければやっていけないと思うんです。自分はどういう人間で、何が好きで何がイヤだと思うのか。そういった物語が何も獲得できていないと、例えば人からパワハラみたいなことをされても、モヤッとするだけで怒ることすらできなかったりする。自分を守っていくには自分の中に言葉を育てておくことが必要で、そのためには日頃からいろんな言葉に触れていなければ、言葉自体が入ってこないし、言葉という素材がなけ

辻村さんが感じた 朝井さんの文章の魅力

『死にがいを求めて生きているの』

中公文庫

平成の若者たちの生き様がここにある

8組9人が参加した螺旋プロジェクトの一冊であり、平成がテーマの最新長編。「朝井さんはデビュー作の『桐島、部活やめるってよ』から、タイトルのセンスが抜群にいい。この小説も、この内容ならこれしかない!」

『どうしても生きてる』

幻冬舎文庫

当事者ではなくても社会問題は書いていい

れば物語も作れない。朝井さんの小説を読むことは、その手助けになると思います。

朝井　ありがとうございます。世の中に大きな変化があるとどうしても「小説書いていていいのか?」と思うのですが、今本当に励まされました。

小説のネックは長さ
武器は自由度の高さ

朝井　私は年を重ねるとともに、書くものもどんどん広がっていくというよりは、一つの点から別の点に動いているだけ、という感覚があります。筆が及ぶ範囲はむしろ狭くなっている。辻村さんは、書かれる世界がどんどん広がっている印象です。例えば『嚙みあわない会話と、ある過去について』や『傲慢と善良』みたいに、こちら側が覚悟しながら読むような本もあれば、本屋大賞を受賞された『かがみの孤城』や『ツナグ』シリーズのように、物語に全身を抱きしめてもらえるような本もある。どの感情を求めているどの世代の読者も引き受けているというか。すごいことです。

辻村　実は私、『どうしても生きてる』を読んだ時に、自分が『鍵のない夢を見る』（直木賞受賞作）を書いていた頃の気持ちを思い出したんです。

朝井　恐れ多いですが何だかわかるかも……『鍵のない夢を見る』に収録されている「芹葉大学の夢と殺人」、何度も読みました。

辻村　私は初期の頃からあれぐらいまでに書いていた小説って、圧倒的に怒りの感情で書き始めたものが多いんです。朝井さんって、今も怒ってますか?

朝井　はい。でも、それがもうイヤなんですよ。ファイティングポーズをとるのが疲れるから、この状態から抜け出したいんです。

辻村　でも朝井さん、今書いてるものが

現代に暮らす人々の心のきしみを、現代的な舞台装置や題材を選び抜いて描いた全6編収録の短編集。「このことを書くのは勇気がいるだろう、と感じる瞬間がたくさんありました。これを書けるのが、朝井さんの小説の凄(すご)さだと思います」

『何様』　新潮文庫

「何者」かになりたい若者たちを比喩表現で

直木賞を受賞した『何者』のスピンオフ短編集。「朝井さんは比喩(ひゆ)が素敵。2編目の『それでは二人組を作ってください』で出てくる、〈花の頭をハサミで切り落とすように朋美が言った〉は、状況設定的にピッタリで震えます」

すごくいいから、しばらくそのままでいいと思う。

朝井　試合続行！

辻村　例えば、明るい感情が書いてあるものからしか、明るい何かを受け取れないわけじゃないですよね。『どうしても生きてる』を読んで、ほっとしたり、癒しの感情を受け取る人たちもたくさんいると思うんですよ。

朝井　逆に、自殺のシーンがあるからといって暗い感情だけを受け取るわけでもないですもんね。本って結局、祈りだと思うんです。「この物語を必要としている精神状態の人に届きますように」っていう、読者の存在を信じながら放つ祈り。ただ……悩み相談みたいになっちゃってても大丈夫ですか？

辻村　大丈夫です（笑）。

朝井　ここ数年、小説の中の一部のフレーズだけ切り取られる怖さにビビりすぎているんです。「これ書いていいんだっけ？」って、小説を曲げようとする考えが頭をよぎるどころか、襲ってくる感じ。

辻村　わかります。私も昔書いていたものを読み返すと、びっくりすることがあるんですよ。「こんな言葉、不用意じゃないか」とか、「これを書くと、そういう思想の持ち主だと思われちゃう可能性があったな」とか。当時は大丈夫だったかもしれないけど、今は誤解されやすい時代になってきている。

朝井　必要だと思う言葉はなるべく削らないよう努めているのですが、その踏ん張りで消耗します。小説って、どんな思想の人が出てきてもいいし、それができてこその多様性だと思うんですよ。文脈の中のフレーズだけを切り取られる怖さがついにフィクションの世界にも、という気持ちです。

辻村　文脈の中で見れば、例えば「ここ

朝井さんが感じた
辻村さんの文章の魅力

『かがみの孤城』

初期作品を彷彿とさせる青春ミステリー

ポプラ文庫

中学1年生のこころは鏡の世界で、同世代の仲間と共に願いが叶う鍵を探す……。2018年本屋大賞受賞。「年齢を重ねたうえで10代を克明に描写し、その親世代の読者にも届ける。"戻ってきたぞ！"という凱旋感がありました」

『噛みあわない会話と、ある過去について』

被害者側ではなく加害者側を視点人物に

講談社文庫

で不謹慎なことを叫ぶことが、誰かを生かしたりするんだよ」ってことですよね。

朝井　言葉って本当に柔らかい。どういう立場の人がどういうシチュエーションでその言葉を発したのかで、意味がぜんぜん変わってくる。小説ってそこが醍醐味だと思うんです。百万回読んだことのある「ありがとう」でも、シーンによって意味が様変わりする。だからこそネックに感じる部分はあって、それはやっぱり読み取るのに時間がかかることなのかなって。私もネット世代なので「要点を短くまとめて」という気持ちもわかるんですけど、柔らかさゆえどんなメッセージも込められる言葉の面白さを大切にしたいです。

辻村　時間はかかるけど、簡略化して伝えようとしてはいけない。複雑なことは複雑なままにしておくというのが、小説にとって大事なんじゃないかなと思います。

朝井　すごく共感します。

辻村　私が最近イヤだなと思っているのは、「当事者しか語っちゃいけない」という風潮です。女性の問題は女性が、子供の問題は子供を持っている人が、とか。当事者の思いはもちろん大事だけど、外側から考え、想像することで、内側にいるからこそ感じづらいし言葉にしづらい、怒りとか不条理を汲み取れる、そこに届くってこともあると思うんです。

朝井　自分が読む側の時も、作者と作品を切り離せてないなと感じます。書き手の情報も一緒に読んで、「こういうプロフィールの人だから、この内容なんだ」とか思っちゃう。もっと純粋な状態で言葉がやりとりできればいいのに、と表に出る側としても常々悩みます。私が表に出すぎることによって、作品の主語が登場人物ではなく作者になってしまうことに加担しているよな、と。

辻村　Ｔｗｉｔｔｅｒとかで著者が自分

過去を共有する相手との会話の中で、暴かれていくモノとは？　「2編目の『パッとしない子』と4編目の『早穂とゆかり』の主人公の追い詰められ方といったら。そのあとの立ち振る舞いも含めて、たまらない」。全4編収録。

講談社文庫

『光待つ場所へ』

若さゆえの特別意識を〈白日の下に晒す〉

作家の初期代表作『凍りのくじら』などともリンクする、5編収録の短編集。文庫解説で、朝井さんは辻村作品の醍醐味を〈自分の体の中にある空洞に、言葉がどんどん投げ込まれてきているような感覚〉と指摘している。

×朝井リョウ

物語を描くための、言葉と表現。

で発信できて、読者と繋がれたりもするから、どんどん顔が見える存在になっていく。その良し悪しはあるなぁと思います。ただ、例えばエッセイって、書き手との地続き感が強い。書き手の顔も浮かぶし、出てくる言葉が、書き手の意見として受け止められる。小説はフィクションだから、書き手も読み手も一応のワンクッションがあると思うんです。決して自分の意見ではないし、自分の思想とは相容れないことも、小説だったら書ける。当事者じゃないことでも書ける。あと、たとえ何かかっこいい言葉を思いついても、エッセイだったら「お前がどの目線から言ってるんだ」と自分で突っ込みたくなってしまったり。それも、小説に託せば届けることができる。自由度が高いメディアだと思います。

朝井　その自由度の高さを守りたいですよね。自分ではない誰かの心情を思い切り書けるなんて、小説は本当に自由で貴重な場だなと感じます。そして私、エッセイは完全に〝さくらももこリスペクト〟なんです。さくらももこさんのエッセイみたいに、何かを読み取ろうとかいい人間になろうとか、そういうことを考える余地が一切ない、ひたすら笑って過ぎるだけの読書体験を生み出したい。

辻村　エッセイが楽しい作風なほど、小説はよりヘビーなものになっているのかもしれませんね。

朝井　おお、そうかも!!

言葉の選択肢を広げ文脈を紡ぎ出す

朝井　私は今年でデビュー10周年なんですが、今思うことは、世の中の感情や現象に比べて、言葉のほうが少ないし足りないということ。「2・78」を言おうとしても、「2・8」に当たる言葉しか見つからなくて、そのズレを埋める作業を続けている気がします。

辻村　そこまでの繊細さで人の感情を見ているんですね。

朝井　感情に当てはまる言葉を多く手にしたいんだと思います。人間社会では今のところ、コミュニケーションの手段として言葉がメインですよね。ならば言葉の選択肢を多めに持っておいて、悪いことは一つもないと思うんです。

辻村　朝井さんがおっしゃったように、小説は長くて読むのに時間がかかるものだけど、そのぶん、たくさんの言葉と出会えるってことでもあると思うんです。

朝井　本当に。世の中とか自分の中にあるしんどいものって、見なくていいなら見ないで過ごしたいのは当然だと思うんです。最近は特に、痛みを伴うものに一切向き合わないでいられるぐらい、様々な種類の、しかも無料の娯楽が溢れていろ。でも、この痛みは何だろうという疑問を流さないことの大切さを、日々感じます。いざ自分の中にある痛みや疑問と向き合う時、言葉の選択肢が多ければ、「2・78」をできるだけ「2・78」のまま誰かに伝えられるかもしれない。そうすれば、その時の自分が繋がるべき人やものにも出会いやすくなるのではと思います。

辻村　このところネットの誹謗中傷が毎日ニュースになっていますけど、「バカ」とか「死ね」とか、相手を傷つけるための言葉って、それだけで相手のことをねじ伏せられる。だけど、相手を褒めたり救ったり励ましたりする言葉って、簡単には相手に響かない。だからこそ響いた時には大きいんですけど、プラスの言葉を相手に届けるのってすごく難しい。文脈だとか論理、物語を繋げていく必要があると思うんです。そこでもやっぱり小説の出番、と言いたい（笑）。読むことだけでも十分、言葉のトレーニングになりますよね。

朝井　なります！　私は読書する時、「一行でも体に跡がつくような言葉に出会えれば万々歳！」と思っているんです。一般的にはコスパが悪いって言われてしまうかもしれないけど、一生思い返し続けられるおまじないに出会えるって、すごいことですよね？

辻村　すごいです。自分が読んできた経験からすると、「この人の言葉を、自分で考えたことにしたい」みたいな気持ちになれたら最高だし、読者をそういう気持ちにさせられたら最高だなと思うんですよ。きっかけはマネであっても、その人の中に入ってしまえば言葉って育っていきますから。その後は、言葉を外に出してみることを、みんなに大事にしてほしい。たとえ受け手がいなくても、自分なりに言葉にすることで気づくことって絶対ありますから。

（初出／「ａｎａｎ」２０２０年９月16日号）

「芹葉大学の夢と殺人」が収録された直木賞受賞作『鍵のない夢を見る』。

朝井リョウ

あさい・りょう

1989年生まれ、岐阜県出身。2009年「桐島、部活やめるってよ」で第22回小説すばる新人賞を受賞しデビュー。13年『何者』で第148回直木賞を受賞。2021年『正欲』で柴田錬三郎賞受賞。

辻村深月の10冊

煌めく切ない季節に、もう一度会える

国樹由香

「辻村深月の十冊」を依頼されたとき、私はものすごく嬉しかった。

辻村さんとはプライベートでも親しいし、もちろんその作品群も愛している。『かがみの孤城』(名作!)で今年(※編集部注　二〇一八年)の本屋大賞を受賞し飛ぶ鳥を落とす勢いが止まらない、そんな彼女の十冊を私ごときが選んでいいのかと光栄にふるえた。ふたつ返事で引き受けてから後悔するまで、たいした時間はかからなかったと思う。

辻村深月作品は「面白すぎる」のだ。順に読み返したが、再読の発見があるうえ、読者にはおなじみの「作品同士のリンク」がたまらないわけで、それらを追いかけるだけでも十作品簡単に埋まってしまう。なんてことだ。作品のジャンルも多岐に渡っておりミステリとホラーは言わずもがな、お仕事もの、子育てものに歴史もの。キャパシティの広さに舌を巻いてしまう。

私は開き直った。二〇一八年六月の十冊ということにしよう。来年には、いや来月にも変わるかもしれない。それくらい激戦の十冊。

デビュー作『冷たい校舎の時は止まる』を初めて読んだと

き、一番に思ったのは「なんて瑞々しいんだろう」ということだった。学生時代の煌めきや戸惑いを丁寧な筆で綴っている。毎日笑ったり泣いたり大変だったあの頃へ簡単に引き戻される筆力に圧倒された。誰でも通ってきた青い春の季節。もう一度制服が着たくなったほどに。

だが、これは青春小説であると同時に良質なミステリだ。雪降る寒い日に登校した八人の高校生が時間が止まった校舎から外に出られなくなるという超常現象的設定。そこで八人は「自殺した同級生探し」をすることになるのだが――。

ミステリファンの一人として、筆名と同じ「辻村深月」というキャラクターが登場するのもいい（ミステリの王道！）。主要人物たちそれぞれの背景を丹念に描いているのだけれど、まさかのちの作品のキモになっているとは。これを学生時代に書き上げた辻村深月恐るべし。

ここは発表順にいこう。『子どもたちは夜と遊ぶ』はタイトルを見た段階でハートを鷲摑まれた。「子ども」と「夜」。なんとも背徳の香りがするではないか。

前作が高校生の物語だったのに対し、こちらは大学生が主人公。ショッキングな冒頭からいきなり作品世界に取り込まれ、ヘヴィな連続殺人描写に背筋が凍り付く。ミステリを敬愛しているであろう気持ちがビシバシ伝わってくる情け容赦なさだ。痛い。怖い。切ない。

全著作の中でもミステリ要素が際立つが、実は究極のラブストーリーでもある。こんなに激しく人を愛してみたいと誰もが思うのではないだろうか。

蝶の羽化についてのエピソードが織り込まれるあたり、唸るほどに巧い。名セリフの多い作品でいちいち膝を叩く思いで読んだが、個人的に一番好きな部分を抜き書きする。

「人生ってのは暇潰しなんて生易しいもんじゃない。楽することは許されないし、必死になれよ。簡単にはリタイヤさせてもらえないよって」

座右の銘にしたいくらい響いた。いい大人の自分だから尚更なのだろう。どの場面に出てくるのか、是非その目で確かめて欲しい。

そして『凍りのくじら』と続く。作者の『ドラえもん』愛は有名だが、それが遺憾なく発揮されている本作。

主人公理帆子は尊敬する藤子・F・不二雄先生が自身の作品を「サイエンス・フィクション」ではなく「少し・不思議」のSFと言ったことで、人の個性にスコシ・ナントカと名前をつける遊びをしている。秀逸でちょっと意地悪な遊びだ。例えば私なら何だろう。少し・深爪かな。空手をやっているので爪を伸ばせないのだ。

　のんきなことを書いてしまったが、物語は終始不安要素を匂わせながら進む。ろくでもない元彼、病気の母、失踪した父、不思議な先輩。そんななか途中から登場する「多恵さん」が抜群にいい。彼女が与えてくれた安心感はすごかった。エピローグを読み終えたとき、感動を反芻しながら絶対にプロローグに戻りたくなる。辻村流「少し不思議」な物語。

　さあいよいよこれだ。『ぼくのメジャースプーン』。今度の舞台は小学校。タイトルの可愛らしさに騙されてはいけない。不思議な力を持つ「ぼく」と幼なじみの女の子「ふみちゃん」が巻き込まれる事件はあまりに残酷だ。その事件のショックで心を閉ざしてしまったふみちゃん。ぼくはふみちゃんの笑顔を取り戻すために、不思議な力を使い犯人と戦う決心をする。

　この話には『子どもたちは夜と遊ぶ』に出てきた「秋先生」が重要な役で登場するのだが、他にも過去作品で活躍したキャラクターたちがさりげなく現れワクワクする。そもそもぼくとふみちゃんが作品をまたにかけまくっているのだ。人物相関図と照らし合わせたくなってくる。


不思議な力を「条件ゲーム提示能力」と呼ぶ秋先生。ぼくに力について説くくだり、淡々としているのに張りつめた緊張感が漂う。この作品で元々お気に入りだった秋先生が更に好きになった。先生の語る「愛」が胸を締め付ける。読み終えたとき自分の頬を伝う涙。魂を揺さぶられるような読書体験だった。

　魂を揺さぶられるといえば『スロウハイツの神様』も最高だ。シェアハウス「スロウハイツ」に集った若者たちの物語はあまりに眩しい。既に夢のさ中にいる者、後を追いかける者、挫折しかける者、それぞれが自分の精一杯を生きている。

　手塚治虫先生はじめ有名漫画家たちが集っていたトキワ荘はあまりに有名だが、この作品にも一人の天才作家が登場する。その名はチヨダ・コーキ。彼に追いつけ追い越せとばかりに頑張る住人たち。まさにこれは辻村ワールド版のトキワ荘と言えるだろう。漫画描きのはしくれである私には居住まいを正すようなシーンの連続だった。自分も真剣に生きなきゃと何度も。

　もちろん今回も大きな謎があったのだが、後半で怒濤のように明かされていく真実に泣き笑いするしかなかった。嬉しくて泣き、幸せで笑う。この読後感、沢山の人に味わって欲しい。ちなみにスピンオフ作品『V.T.R.』も最高にクールなので、合わせて是非。

舞台はまた高校へ。『名前探しの放課後』である。デビュー作は「自殺した同級生探し」だったが、こちらは似たようなテーマであってもひと味違う。タイムスリップした主人公いつかが仲間たちと協力し「同級生の自殺を阻止する」話だ。

懐かしいキャラクターたちとの嬉しい再会が山ほど用意されており「あっ、××くん」「えっ、○○ちゃんもいたの」と忙しい。過去作品のエピソードがちゃんと生かされており、タイムスリップを扱っていながら絵空事に思えない。我々読者が見ていなかった時間もこの登場人物たちは「学び、笑い、泣き、食べ、眠る」という日常を過ごしてきたように感じてしまうのだ。

食べるといえば今回、素敵なレストランが出てくる。ヒロインあすなの祖父がきりもりしている洋食屋なのだが、このおじいさま(とあえて呼びたい)がたいそう上品な紳士でうっとりしてしまった。華麗な動きで作るオムライスは紙面からいい匂いが漂ってくるよう。私は食べ物を美味しそうに表現する作家さんが大好きだ。

「これから自殺する誰か」を捜すという重いテーマを、青春時代ならではのエピソードを絡めながら見事に書き上げており、気持ちよく騙された。私はラストの一行を一生忘れないと思う。

ここで短編集を。『ロードムービー』である。『冷たい校舎の時は止まる』のスピンオフなのでおなじみのメンバーにまた会えた。

私は「めでたしめでたし」の続きが気になって仕方ない子どもだったので、登場人物のその後を書いてくれる辻村作品がたまらなくツボだ。時間軸は進んだり戻ったりだが、全てが腑に落ちる紡ぎかた。表題作にもやられたが「雪の降る道」のスガ兄はやっぱりカッコいい。

気が付けばここまででもう七冊紹介してしまった。しかも発表順というひねりのなさで。

でも許して欲しい。作品のリンクを考えると、飛ばすなんて出来なかったのだ。リンクはまだまだ続くのだが『ロードムービー』収録「雪の降る道」の「エピローグ、またはプロローグ」に辿り着いたことで一区切りとし、残り三冊を選んでみた。

辻村深月のホラーは怖い。二〇〇九年に『ふちなしのかがみ』を読み「ホラーも極上だ」と感嘆したものである。だが今回は『きのうの影踏み』を入れたい。それには大きな理由がある。

収録作「スイッチ」に出てくる不思議な女の子が、電車内で音楽を聴く「オレ」に「メシュガー。聴いてます?」と声をかける。もちろんオレは驚くのだが、私はもっと驚いた。

メシュガーはスウェーデンのエクストリーム・メタルバンドだ。私はこの手の音楽を長いこと聴いていて、かなり詳しいと自負している。辻村作品にメシュガーが寸分の狂いもないタイミングで出てきたことに驚いたのだ。激しい曲ならなんでもいいわけじゃない。例えばメタリカは違う。日本ではマイナーなメシュガーをこのシーンにチョイスするなんて満点すぎる。あまりに感動したので辻村さんにメールした。

「そこを指摘してくださったのは由香さんが初めてです!」

とお返事。一事が万事と言うが「辻村さんはどんなことも丁寧に調べ、理解した上で書くんだな」ということを再認識した次第。

がらりと違う雰囲気の作品も入れておきたい。ということで『東京會舘とわたし』を。心あたたかくなる珠玉作。文章が美しい。どのエピソードもいいが、下巻の第九章は胸熱だった。小椋(おぐら)の「直木賞の時に帰ってきます」というセリフ、生半可な決意ではとても言えない。小椋が、何より辻村さんがカッコいいと心から思った。

最後は『ツナグ』を。誰でも読んでいるであろうこのお話を今更入れるのは悩んだけれど、再読してあまりに胸の奥底にずしんときたので。

たった一人と一度だけ、死者との再会を叶えてくれる「使者(ツナグ)」。初読のときは純粋に一読者として物語に浸り涙したと思う。再読した現在、私には再会したい人が出来てしまった。二〇一八年六月の十冊と前置きしたのはそのせいだ。私は使者に会えないからこそ、このお話がとてもいとおしかった。辻村さん、本当にどうもありがとう。

(初出/「本の雑誌」2018年8月号)

国樹由香
くにき・ゆか
マンガ家。1994年『気絶するほど悩ましい』でデビュー。著書に『エヴリデイおさかなちゃん』『こたくんとおひるね』『しばちゃん。』、夫・喜国雅彦との共著『この花はわたしです。』『メフィストの漫画』など。

辻村深月の10冊

冷たい校舎の時は止まる（講談社文庫）

時が止まった校舎に閉じ込められた高校生八人。彼らは自殺した級友の名前が思い出せない——。

子どもたちは夜と遊ぶ（講談社文庫）

大学受験間近の高校三年生が行方不明になった。世間が騒ぐ中、木村浅葱（きむらあさぎ）だけは真相を知っていた。

凍りのくじら（講談社文庫）

藤子・F・不二雄を愛する父が失踪して五年。高校生の理帆子は図書館で一人の青年に出会う。

ぼくのメジャースプーン（講談社文庫）

学校で起きた陰惨な事件。幼なじみのふみちゃんはショックのあまり心を閉ざし、言葉を失った。

スロウハイツの神様（講談社文庫）

作家チヨダ・コーキの小説のせいで起きた事件から十年。スロウハイツに新たな住人がやってくる。

名前探しの放課後（講談社文庫）

過去にタイムスリップした依田（よだ）いつかは坂崎（さかざき）あすなとともに自殺してしまう「誰か」を探す。

ロードムービー（講談社文庫）

人気者のトシと気弱で友達の少ないワタル。小学五年生の彼らは家出を決意する。五編収録の短編集。

きのうの影踏み（角川文庫）

どうか、女の子の霊が現れますように。事故で亡くした子を待つ母の願いは祈りになった。怪談集。

東京會舘とわたし（文春文庫）

大正十一年に誕生した国際社交場・東京會舘。“建物の記憶”を通し激動の時代を生きた人々を描く。

ツナグ（新潮文庫）

一生に一度、死者との再会を叶えてくれる「使者」ツナグ。生者と死者の邂逅（かいこう）は何をもたらすのか。

対談

×大島てる
場所の魔力、家族という呪縛

日本最大の事故物件公示サイト「大島てる」。その運営者である大島てる氏と、『闇祓』で大島てるを髣髴とさせるサイトを登場させた辻村さんが、事故物件と家族の闇について語り合いました。

構成／朝宮運河　写真／川口宗道

事故物件公示サイトができるまで

辻村　今日はお会いできて光栄です。ニコニコ生放送の「大島てる×松原タニシの事故物件ラボ」が大好きで、いつも拝見しているので、ご本人が目の前にいらっしゃることが夢みたいです。

てる　こちらこそお声がけいただいてありがとうございます。『闇祓』読ませていただきました。

辻村　ありがとうございます。作品の中に「大島てる」によく似た事故物件サイトを登場させているので、直接ご挨拶できればと思っていました。『闇祓』は、コミュニティに侵入者がやってくることで闇が増殖して、人びとが不幸に巻き込まれていくという小説なんですが、コミュニティの変化をうまく可視化したいなと思って、主人公たちが事故物件サイトを開くというシーンを作りました。マップ上の変化でただならぬことが起こっているのが伝わるので、自分で言うのもなんですが視覚的なホラーとしての名シーンになったと思います（笑）。サイトのおかげですね。

てる　「大島てる」風のサイトが出てきたから言うわけじゃないですが、読んでいて第二章が一番力が入っているなと思いました。

辻村　嬉しいです。第二章は団地が壊れていく話です。今の団地は私たちが小さい頃のイメージとは違って、リフォームされてデザインの力が入り、お洒落になったところも増えていますよね。そこのコミュニティが怪異によって壊れていく。ある意味、事件の鍵になる場所なので、書く時は気合いが入りました。クライマックスの最終章でもまた同じ団地が登場します。

てる　個人的には会社でのパワハラを描いた第三章も好きでしたね。会社組織はなじみのある世界なので、読んでいて興味深かった。

辻村　「大島てる」は事故物件情報サイトのパイオニア的存在ですよね。というか、そうしたサイトが成り立つということ自体、以前は誰も考えていなかった。

てる　私が「大島てる」を開設したのが二〇〇五年ですが、確かに事故物件という言葉を周知させるのが一苦労でした。当初は事故物件情報を公示するサイトという概念もなかなか伝わらなくて、「話としては面白いけど、何の役に立つの？」という反応をされることが多かったです。

辻村　何か「大島てる」のモデルになるような存在はあったんでしょうか。

てる　具体的な先行例はありませんが、サイトを開設した二十七歳までに吸収したさまざまな情報が、自然に影響として表れているとは思います。若い頃、アメリカやオーストラリアで生活していた時期もあるので、その頃の経験も反映されているでしょうね。ひとつ覚えているのは、マンハッタンの路上で売られていたマフィアの人名図鑑です。書店で売られているちゃんとした本ではなく同人誌のようなものなんですが、マフィアの殺害現場の地図が載っていました。「大島てる」を開設してしばらく経ってから、そんな本もあったなと思い出しましたね。

辻村　少し前まで大島さんってどんな方だろうと思っていたんですが、「事故物件ラボ」を見るようになって、大島さんが信念の人だということが分かり、お話ししてみたいと思ったんです。事件のあった部屋の番号を調べるために裁判の傍聴に行くというエピソードを聞いて、本当にすごいと感動して。そこまで厳密に裏取りした情報が、「大島てる」の炎のアイコンなんですね。

てる　もちろん自分一人で傍聴に行っているわけではないですけどね。全国に協力者がいますので、手分けして情報は確認しています。

辻村　デリケートな問題なので、いい加減にはできませんよね。

てる　もちろん今出ている情報が、百パーセント正確というわけではありません。紙の本と違ってネットの情報はいくらでも上書きできるので、未完成の状態で公開して、どんどん完成形に近づけばいいと思っています。ただし事件は日々起こっているわけで、今日コンプリートできたとしても、明日にはもう記載漏れが出ることになる。私はよく「運動」という言い方をするんですが、「大島てる」は生きて動いているという表現がふさわしいと思います。

辻村　若い頃、内ゲバのあったマンションを調査しに交番に行ったら、その交番まで公安がやってきたというエピソードも衝撃的でした。

てる　よくご存じですね（笑）。過激派の内部抗争でメンバーが死んだという情報を得たんですが、建物名は分かっても部屋番号が分からなかったんです。それで馬鹿正直に近くの交番まで聞きに行ったら、公安がその交番まで来た。今だったら多少ノウハウがありますが、当時はどう調べたらいいか分からなかったんです。

辻村　小説を書いていて疑問に思ったのは、たとえばマンションの室内で刺された人が病院で亡くなったら、事故物件扱いになるかどうかということです。大島さんの基準ではどうなりますか。

てる　人が死亡していると言い切れるのはお医者さんだけです。よくニュースで「病院で死亡が確認された」という言い方をしますが、あれは生きている人が病院で息を引き取った場合に限らず、死んでいることが確認されたという場合も含まれます。それでも大家などの利害関係者は、「病院に着くまでは生きていた、だから事故物件じゃないんだ」と主張してくるわけですが、その部屋での事件が死の原因なわけですから、事故物件扱いになります。これは私だけでなく、裁判所もそう判断しています。

『闇祓』の第二章には「大島てる」風サイトも登場！

辻村　法律的にも裏付けがあるんですか。

てる　よく揉めるのは『闇祓』でも描かれている飛び降り自殺です。都会のマンションは密集しているので、真下ではなく隣の建物に落下することがあって、飛び降りた部屋と着地点のどちらが事故物件になるのか。両マンションの関係者が「大島てる」上で言い争いをしていて、まさに人間の闇だなと。

辻村　大島さんのお話は怪談ではないですよね。どんなに奇妙な事件が起こっても、大島さんはそれを怪異だと断定しない。あくまで事実に沿って、起こったことだけを記載し、話されています。その距離感が絶妙だと思います。

てる　私の怖い話はオチがないとよく言われるんですが（笑）、事実を語ることしかできませんから。5W1Hで言い表される事実の中でも、特に関心があるのは「どこで」の部分です。場所以外には興味が薄いので、あまり真に受けないでください。

辻村　ホラーにはよく事件や事故が絶えない、呪われた土地が出てきますが、そういう場所は実際あると思いますか。

てる　場所にこだわる活動を続けていて、あれっと思うことはあります。炎のアイコンを設置しようとしたら、すでに置かれている場所だったり、同じマンションの複数の階で事件が続くとか。山手線のとある駅の近くには、炎がずらっと並んでいる通りがあるんですよ。

辻村　テナントでもなぜかお店が続かない場所ってありますよね。

てる　それからこれはある霊能者さんが発見したことですが、「大島てる」に載っている事故物件の近くにはなぜか某小型スーパーチェーンが多いんです。世間を騒がせた大事件の跡地に、その小型スーパーが入っている。偶然なのか、彼らが狙って出店しているのかは知りませんが、そういう話もあるようです。

辻村　それは気になりますね！　どうしてなんだろう？

てる　ただ名誉のために言っておきますが、その小型スーパー店内ではこれまで一度も事件が起こったことがないんです。これは珍しいことなんですよ。

「大島てる」を通して見える景色

辻村　地図上に可視化することで、初めて分かることってありますね。大島さんは昔から事件現場などに関心がおありだったんですか。

てる　いえいえ、この活動を始めるまでは一般の方と同じような感じでした。私の高校時代の通学路には、一九八八年に起こった巣鴨子供置き去り事件の現場となったマンションがありました。是枝裕和（これえだひろかず）監督の映画『誰も知らない』のモデルになった事件ですが、当時はそんなことを一切気にせず高校に通っていました。また一九九七年に東電OL殺人事件が騒がれていた頃、京王井の頭線に乗っていたら、目の前のサラリーマンが広げたスポーツ新聞に事件の記事が載っていた。その直後何気なく窓の外に目をやったらちょうど事件現場の神泉（しんせん）駅で、妙な気がしたのを覚えています。どんなにマスコミで騒がれている大事件であっても、人は意識しなければその現場をスルーしてしまう。「大島てる」を始めてから、ずいぶん見える景色が違ってきました。

辻村　分かります。「大島てる」のマップを通すと、見慣れた街が違って見えるんですよね。実は私の家の近所にも、一時大きなニュースになった殺人事件の現場の家があるんです。「大島てる」に写真が掲載されているんですが、そういう目で見るからか、その家だけサイト上でも風格が違って見える気がして……。

てる　「大島てる」に対して、人間は忘れることで生きていけるのに、過去を掘り起こしてくれるな、と文句を言う人がいます。しかしデマや誤解によって別の家が事件現場扱いされるくらいなら、正確な記録を残したほうがいい。人は思い込みを抱きがちなものですから。我々がやっていることは、正確に歴史を記録することだと思っています。サイトに現場の写真を載せているのも、イメージを強化するためなんです。

辻村　それも大島さんの信念ですね。たしかに写真で見ると雰囲気があるんですが、一方でまわりの景色に溶け込んでいるのも分かるんです。まったく予備知識なしに見たら、現場とは分からない。

てる　一目見て分かるようなら「大島てる」が要らないことになりますが、そうはなっていないですから（笑）。だからこそ記録し続けなければいけない、という立場です。

辻村　ところで先ほどの小型スーパーの話じゃないですけど、「大島てる」をビジネスに利用する人も出てきそうですね。

てる　いますよ。私もそういう業者には協力するようにしています。よく「大島てる」は不動産業界と対立していると誤解されるんですが、そんなことはありません。不動産屋は借り手・買い手と貸し手・売り手を仲介するのが仕事であって、事故物件に住みたいお客には事故物件を、それが嫌だというお客には別の物件を勧めればいい話。紅茶とコーヒー、両方置いている喫茶店のようなもので、本来的にはデメリットではない。中には付き合いからオーナーに肩入れして、我々に苦情を入れてくる不動産屋もいますが、不動産業界も決して一枚岩ではないんですよ。

辻村　じゃあ、苦情は大家さんからのものが多いのですか。

てる　そうですね。一軒しか物件を持っていないオーナーからしたら、余計なことしてくれるな、黙っていてくれという感じでしょう。ただ投資意欲の旺盛なオーナーは「大島てる」にも理解がありますし、サイトをビジネスに役立てているようです。

日本の住環境と家族の変化

辻村　以前、ある女性が夫の男性を都内の自宅で殺害するという事件があった際、そのマンションが賃貸で、しかも社宅として借り上げていた物件だったためにその会社を相手取った訴訟になっている、と人から聞いたことがあります。

てる　その話は初耳ですが、ありうる話だと思います。訴訟といえば「大島てる」が民事訴訟に登場したこともありました。ある事故物件を巡る裁判で、オーナーが損害を受けた例として、『大島てる』にも取り上げられている」と主張したんです。

辻村　裁判に登場するほど一般化しているんですね！　すごい。

てる　私に言わせると、次々新しい作品を書かれる作家さんのほうがすごいですよ。『闇祓』はある家族が形を変えながら存続していく、という話ですね。「大島てる」というのはそもそも私の祖母の名前なので、家族が続いていくという感覚は個人的に分かる気がします。

辻村　日本の家制度って考えてみると不思議なんですよね。誰に命じられたわけでもないのに、続けること自体が目的になっている。強い呪縛のようなものを感じます。

てる　日本は特にそうですね。今日本で起こっている殺人事件の中で、半分ほどが家族間で起こる事件なんです。典型的なのは兄弟げんか、夫婦げんかですが、老老介護の果ての殺人や、引きこもりの子を親が殺す、親が幼い子を虐待死させるという事件も含まれています。その中で私が注目しているのは、兄弟の一方が加害者、一方が被害者になるというケースです。こういう事件が起きると、多くの親は加害者の子をかばうんですよ。一人は死亡し、残された一人が刑務所に入ってしまうと、親は子供を両方失ってしまう。

辻村　家族がばらばらになってしまうわけですね。

てる　それを避けるために、親は被害者の子をことさらに悪く言うんですよ。素行が悪かったとか、殺されても仕方がないとか。それで情状酌量による減刑を狙うんですが、被害者は浮かばれないですよね。それで「大島てる」にもクレームを入れてくるんです。家族内のトラブルだし、家を売却する気もないんだから、サイトに載せないでくれと。私にはまったく共感できませんが、家を残す、子孫を残すという観点からすると、理解できなくもありません。

辻村　うーん、つらい話ですね。家族同士って血のつながりがあるせいか、自他の境界が曖昧になりがちですよね。他人にだったら絶対口にしないような暴言も、家族相手だったらつい言ってしまう。親だったら、我が子だったら大丈夫という甘えがどこかにあるんでしょうね。しかも家庭内部のトラブルは、なかなか他人には見えてこない。家庭内での事件が起こった後、「そんな家だとは思わなかった」とよくご近所さんがコメントしますが、本心なんだろうと思います。

てる　最近ですとモラハラ、DVが特に問題になっていますね。以前は嫁姑同居がトラブルの大きな要因でしたが、核家族になっても新たな問題が出てくる。これは日本の住環境に原因があると思っています。もっと家が広ければ、家族間のトラブルも減ると思うんですが。

辻村　マスコミ報道にしても、他人同士だと「殺人」、家庭内だと「虐待」「心中」と表現することが多いですよね。家族間で起こった事件は、一般の事件とは切り離して扱われてしまっている気がします。

てる　無理心中という言葉もよく使われますが、あれは殺人をした後に犯人が自殺したというのが実態ですよね。心中はお互い納得して死を選ぶものなので、似て非なるものです。

辻村　家族の話は身につまされるものがありますね。今日いろいろお話をうかがって、「大島てる」の炎のアイコンひとつひとつに込められた重みを実感しているところです。と同時に、パイオニアである大島さんのすごさもあらためて感じました。もし私が事件に巻き込まれて、自宅が「大島てる」に掲載されたとしても文句は言えないですね（笑）。家族にもよく伝えておきます。

てる　そうならないようお互い気をつけましょう（笑）。最後にひとつ強調しておきたいのは、日本ではまだ人が殺されたり、自殺したりするのは例外的だということです。滅多に事件が起こらない住宅街に事故物件があるから人は注目するわけで、「大島てる」のサービスが成り立つには、社会の治安が保たれていることが大前提なんです。

辻村　珍しいから気にかかる、という側面もありますね。「大島てる」がますます興味深くなるようなお話の数々、ありがとうございました。

（初出／「怪と幽」2021年12月vol.9）

大島てる
おおしま・てる

事故物件公示サイト「大島てる」を2005年に開設。殺人、自殺、火災死、孤独死などがあった物件を“事故物件”として、日本全国のみならず海外まで扱い、WEB上で公示する。「大島てる」は英語版も存在する。

対談

×大槻ケンヂ

どうしてみんな生きづらい？それでも生き抜いていくための、いくつかの方法

辻村さんが中高生の頃、生きづらい現実を乗り切る原動力となったのは、
大槻ケンヂさんがボーカルをつとめるバンド「筋肉少女帯」の音楽でした。
辻村さんが、敬愛する大槻さんと、同調圧力に立ち向かうための方法を語り合います。

構成／瀧井朝世　写真／ホンゴユウジ

傷や不幸が華やぎと隣り合わせな感覚をテレビで語る姿が衝撃だった

辻村　大槻さんには以前『オーダーメイド殺人クラブ』の刊行時に対談をお願いして、その後、文庫化に際しては解説も書いていただいて。あの頃、何者でもなかった私に、その節はありがとうございました。

大槻　いやいや、すでに何者でもあったでしょう（笑）。

辻村　中学生くらいからずっと「筋肉少女帯」を聴いて憧れ続けてきたので、本当に信じられないくらい嬉しかったんです。生きていてよかった……って、なんかファンミーティングみたいですみません。

　中学生の時、大槻さんが「世界ふしぎ発見！」に解答者として出演されていて、その時に話の流れで大槻さんが、ライブの時に女の子がキャーッと言って失神すると華やぎが生まれて、彼女がその場でヒロインになるというお話をされていたんです。私の身近でも、怪我したり、涙を流した子が突然特別感を得ることがある、とその頃感じていたので、傷や不幸が華やぎと隣り合わせなその感覚をテレビで語ってくれた人がいると思って衝撃を受けたんです。そこから大槻さんのことを調べ始めて、筋肉少女帯を聴くようになりました。

大槻　そうだったんですか。僕、ミュージシャンがバラエティー番組に出ていていいのか悩んだ時期もあったんですけれど、なんでも仕事はするべきですね（笑）。

辻村　「ノゾミ・カナエ・タマエ」とか「蜘蛛の糸」とか、どうしてこんなに私の気持ちをわかってくれるんだろうって、〝自分だけの理解者〟を見つけたような気持ちになったんですよね。私だけでなく、筋肉少女帯がいてくれたから頑張れたっていう人はいっぱいいると思います。よく言われるのが、「10代の時に好きだった人が今も格好いいなんて羨ましい」って。

大槻　いやいや、僕もメジャーデビューして31年になります。ライブ依存症でね。何かが大脳皮質に刷り込まれちゃってて、ライブがやめられない。ただ、最初は音楽をやりたかったわけじゃないんです。僕の世代はとにかく学歴社会で、成績が悪い奴はもう人生駄目だというのがあった。で、僕は成績が悪かった。しかもその頃って、ちょうどパンクが出てきて、パンクの「学校、親、社会、すべて敵だ」「すべてぶっ壊せ」という部分がクローズアップされていたんです。それで僕、一分一秒も勉強しなかったんですよ（笑）。そしたらどんどん落ちこぼれて、若くして人生を諦めていました。

　僕の世代って、そういう奴らは、とりあえずバンドをやる（笑）。だから僕もそうしたんですよね。今だったらラップやネットになるんだろうけど。

辻村　それが大槻さんには天職だったわけですよね。

大槻　最初にドテチンズというバンドを組んだんですが、クラスに他にアーリータイムスというイケてるバンドがいて。そのイケてる連中が「おまえら、前座やれよ」って。

辻村　なんて上からな言い方……。

大槻　同級生なのに奴らの前座をやったのが最初でした。アーリータイムスは普通にコピーをやっていたんですが、僕らはコピーをやるにしても「銭形平次」とかで、あとはオリジナルの訳の分からないノイズみたいなものをやったんです。でもそうしたら、うちらのほうがウケちゃった。その時に「あ！　これが自分の表現なんだ」と思えました。嬉しくて、町にできたばかりのモスバーガーでみんなで打ち上げをしましたね。

「中心」ってなんだろう、と考えた学生時代

辻村　いい思い出ですね（笑）。私は大槻さんの本でそれを読んで「あ、バンドってクラスの中心の子だけのものじゃないんだ」って思えて、そこにも勇気づけられたんです。あと、よく〝クラスの中心の子たち〟とか言うけれど、〝中心〟ってなんだろうとも考えました。

　私は10代の頃、優等生なことがずっとコンプレックスだったんです。大人に「勉強しなさい」「本を読みなさい」と言われ、その通りにしていると、わりと見向きもされない。みんな結局は勉強もせず外で遊んでいる子たちばかり見ていた気がして、大人の言うことに合わせてやってきた自分というのは、誰が肯定してくれるんだろうと感じていました。

　今、息苦しい思いをしている10代の人たちに、大人たちが「中学校や高校なんてたった3年間じゃないか」と言うかもしれないのですが、でも、私は中学校時代が一番嫌だったし、辛（つら）かった。だから今一番苦しいと感じている、あなたが同じ思いをしている子たちに、その苦しさは大人の苦しさと比べても本当に辛いものだと言いたいし、そういうことを小説にも書きたかったんです。

「信じていれば夢は叶う」という嘘

大槻　実際、書けていますよね。

辻村　ありがとうございます。それと、私の頃は「何者かになりなさい」という圧力がすごく強かった気がします。夢は持ってなきゃ駄目だ、夢を叶えて何者かになりなさい、夢を持つなら応援してあげる、という感じ。だけど、世の中は、

なりたいものが明確にある人たちばかりじゃないですよね。
　それに夢を見たって、全員が全員サッカー選手になれるわけじゃない。生まれつきの向き不向きがあるのに、誰もそれを教えてくれなくて、努力すれば夢は叶う、と言われていて。今はやっとそれが裏返って、夢が叶わなかったからといって本人の努力が足りなかったというのは違うのではないか、という風潮になってきていますが。

大槻　僕は「暴いておやりよドルバッキー」という曲で、信じていれば夢は叶うなんて嘘だということを、ずっと歌っていますから。

辻村　そうですよね！

大槻　僕は10代で人生を諦めていましたが、その時の心の支えとして、たくさん映画を観たり、たくさん本を読んだりして、自分はそういうことをしているから何かできるはずだと思っていました。でも今、ネットで映画いっぱい観ている奴がみんなクリエイティブになっているかといえば、全然なってないね。いっぱい観てTwitterで「はらはらした。おもしろかった」とかって書いているだけなんですよね。情報があふれているからかな。

辻村　私は地方育ちで、ネットもない頃だったのがかえってよかったのかもしれません。自転車で行ける範囲のCDショップにあるものしか聴けなくて、その分、渇望がすごく生まれた気がするんです。渇望して、探して探して、見つけていくのが楽しかった。大槻さんが歌詞に引用している小説を書店で探したり、そうやって世界を広げていきました。次から次に観るのでなく、ひとつひとつをとことん味わえたのはよかったな、と。
　当時はそうやって読んでいる小説や漫画を親に禁止されたりして、自分の好きなものを理解してくれる大人が周りにいないと絶望するような気持ちがあったのですが、今考えると、そういう環境だったからこそ、自分で信頼できる大人を歌や本の向こう側に探せたんですよね。だから、学校で漫画を教材にするとか、そういうことはする必要はあまりないと思うんです。学校は良くも悪くもプラットフォームで、そこで常識的と呼ばれることを与えてもらって、その他の遊びの部分は自分で見つけないと、価値が感じられない気がします。

大槻　そうだね、本当に。

自分で自分の好きな場所や居場所を見つけられたら

辻村　今の子たちも、学校ではきれいごとや「そんなの理想じゃん」ということをたくさん教わると思いますが、それ以外のことは期待しないで自分で探すようになってもらえたら、そういう経験をしてきた者の一人としては、すごく嬉しいなあって。

×大槻ケンヂ

どうしてみんな生きづらい？ それでも生き抜いていくための、いくつかの方法

大槻　僕は学校って、裏の学び方みたいなのがあると思っていて。先生の裏の顔を探して、この人なんか心の闇があるな、とか（笑）。そういう人間観察をしていました。

辻村　自分だけの何かを見つけられるといいですよね。私、作家になって二、三年した頃に、読者から「マイナーだけど大好きです」って言われたことがあって感激したんです。ものすごい褒め言葉だと思う。「マイナーですけど、私は分かっていますよ」と言ってくれる人が何人もいる状態が、ヒットと呼ばれる状態になっていくんだろうな、と思って。私も10代の頃、大槻さんのファンはものすごくたくさんいるけれど、この町で一番、大槻さんのことを好きで、切実に曲を聴いてるのは私だと思っていました（笑）。本当にそうだったかどうかは問題じゃなくて、そう思いながら生きられることが誇りだったし、10代を生きる私を支えてくれた。大槻さんの曲を聴いたり本を読んでいる多くの人たちがきっと同じ気持ちだと思います。

大槻　いや、ありがたい。ありがたい。

辻村　私に「マイナーだけど好き」と言ってくれた子も、周りに分かってたまるか、みたいな意地とか、自分のプライドを持って言ってくれたと思うんです。そういうふうに、みんなが、自分で自分の好きな場所や居場所を見つけられたら。ただ、田舎に住んでいると、私にも周りにも、東京を目指せばなんとかなるという感覚があった気がするんですよ。でも、大槻さんは東京育ちで……。

大槻　東京にいても駄目な奴は駄目ですからね。僕は、『グミ・チョコレート・パイン』を書いた時に、読者から「自分は地方に住んでいるので、地方の少年少女のやりきれなさも書いてほしかった」と言われましたよ。僕は東京育ちだから分からないし、とは思いましたけれど、東京にはライブハウスも映画館もいっぱいあったから、僕は東京生まれというだけで恵まれていたのかもしれない、とは思いました。

辻村　私が昔イベントで言われたのが、「辻村さんの小説には、主人公が田舎を出て何かが開かれていく終わり方のものがあるけれど、東京生まれの自分はどこに行ったらいいんですか」ということ。その時、うまく答えられなかったんです。

大槻　ああ、『島はぼくらと』もそういうとこありましたよね。

みんな同じにしなきゃいけない みたいな息苦しさ

辻村　今なら、生まれ育った環境などに限界や閉塞感を感じるなら、思い切ってその場所を離れて、別の場所で違う価値

観に飛び込んでみよう、ということの象徴としての東京なんだよ、と言語化できるんですけれど。私も生まれた場所から離れて、ようやく自分の生まれやアイデンティティを、距離を置いて見られるようになりましたし。

大槻　僕はたまたまロックバンドのボーカルになって世に出て、一時期は小説を書いたりエッセイを書いたり「世界ふしぎ発見!」に出たりしたけれど、まだ何が自分に適している仕事か分からない。周りのミュージシャンと比べたら、オリンピック選手と昨日スポーツを始めた人くらい音楽力の差があるし。だからまだ自分に向いている仕事を探し中なんですよ。

辻村　大槻さんの歌は大槻さんにしかできないですよ。

大槻　まぁ、歌うまコンテストとかで、音程通り、ピッチ通りに歌える人も「高木ブー伝説」は歌えないでしょうね（笑）。僕は人と違うところで一点突破したのがよかったのかもしれない。それと、小説やエッセイは今お休みしてるけど、作詞だけは続けているので、作詞は向いていたかもしれないとは思います。

辻村　私もまだ、自分があまり大人だと思えないというか。『かがみの孤城』を書いた時に、中学生の子たちから「なんでこんなに僕らの気持ちが分かるんですか」と言ってもらえたんですが、その時、「え、私は君たちの仲間だよ!」と思って衝撃を受けたんです。自分は変わってないつもりなのに、10代の子たちの目から見ると、いつの間にか大人に見えていたんだな、って。

大槻　大人になっても、組織とか社会とか、みんな同じにしなきゃいけないみたいな息苦しさはあるしね。今は特に、コンプライアンスの名のもとに、すべて駄目になっていってるでしょう。ネットなんて自分で自分の首を絞め続けているようなものだし。昔のSF的な発想なんだけど、ネットというのは、ゆるゆると人類を滅ぼすためにできたんだと思うんですよ。

人の間違いを正そうという気持ちが不寛容さを生んでいる

辻村　最近の風潮として、一度失敗したり、躓いた人を許さない雰囲気がすごくありますよね。純度の高い正義を求める傾向にあって、それはやっぱり怖い。みんな、叩いている自分が躓く可能性をまったく考えていないように思えて……。たとえば『かがみの孤城』なんかもそうですが、私は10代の子の話を書く時に「いじめ」という言葉を極力使わないようにしているんです。だって、本人はいじめと思ってやっていないから。大多数の子は「いじめはやめなさい」と言われても本気で「いじめじゃないです」と答

×大槻ケンヂ

どうしてみんな生きづらい？　それでも生き抜いていくための、いくつかの方法

えると思う。なぜかというと、みんな「自分は正しい」と思っているから。いじめているわけじゃなくて、「分かってないあの子に、分からせてあげなきゃ」とか「周りが迷惑しているから罰さなきゃ」と思っている。

大槻　ああ、まさにネットで人を叩く人とかもそういう気持ちなんでしょう。

辻村　みんな、いじめるのが好きというわけではなく、人の間違いを正そうという気持ちが不寛容さを生んでいる気がします。他人に興味がありすぎるというか。干渉しすぎるほどの他人への興味を減らさないと難しいのかもしれない、と最近思うようになりました。

大槻　小説でも書きづらいことが多くなっていませんか？　今後、暴力的なこととか、性的なこととか、どんどん規制が入っていくでしょうね。そうすると描写にしても、なんでそんなのがＯＫなの？という描写がＯＫで、なんでそれが駄目なの？　というのが駄目になっていく。歌詞もそうなっていくだろうから怖いな。

辻村　私は逆に意識しすぎないようにしようという気持ちが強くなっています。「これを書いたら傷つく人がいるかもしれない」ということが、昔よりも意識の中にありすぎてしまう気がしていて。だから、その時は中２だった自分に問いかけるんです。ここで怯んで手を抜くことを中２の頃の自分が良しとするのかどうか。彼女に「大人になって、そんなのを書くようになっちゃったんだね」と言われたらおしまいだなって。配慮の度が過ぎないようにしたいなとは思っています。

大槻　何が正しいことなのか分からなくなってきている。だからこそ、洗脳されないように生きていくということが、非常に重要でしょうね。

辻村　小説や映画だと、失敗する人間にもいいところがある、という話も受け入れてもらえるんですけれど、現実だと難しくなる。世界平和は祈れるのに、隣の人の咳払いは許せない、みたいなところがありますよね。そういうことを、今後、小説でも書いていきたいなと思っています。今日はありがとうございました！

（初出／『その境界を越えてゆけ』２０２０年１月刊）

大槻ケンヂ
おおつき・けんぢ
1966年生まれ。82年、中学校の同級生だった内田雄一郎と共にロックバンド「筋肉少女帯」を結成して活躍。2000年より「特撮」でも活動を始める。エッセイや小説の人気も高く、著作に「グミ・チョコレート・パイン」シリーズや『縫製人間ヌイグルマー』『ロッキン・ホース・バレリーナ』ほか多数。

文庫解説

森博嗣『ψの悲劇』

（講談社文庫）

文／辻村深月

作家にはおそらく、この作家のデビューに読者として立ち会えた喜びと幸福を生涯にわたって感じる存在がいる。私にとって、森博嗣という作家はその最たる存在だ。

デビュー作『すべてがFになる』が刊行された一九九六年、私は十六歳で、高校二年生だった。当時の大人たちが口々に傑作と呼び、誰とも似ていない「新しさ」を語るその本は装丁からして無視できない存在感を放ち、私は修学旅行のバスの中で、クラスメートとの会話そっちのけで夢中になって読み耽った。今思い返しても、高校時代にそんなふうに森博嗣のデビュー作と出会えたことは幸福で、得難い、そして今となっては誇らしい体験だった。

私は当時、大学を受験するにあたって、「文系」と「理系」を選ばねばならない岐路に立っていた。自分の希望と裏腹に、得意科目によって進路を選択せざるをえない、と諦めに近い思いでいたその時に、「理系ミステリ」とそこから長く呼ばれることになる最初の森博嗣作品と出会ったのだ。

この出会いが私にとって一番大きかった理由。それは、作中の「理系」と呼ばれる登場人物たちの思考に触れたことももちろんだったが、それ以上に、この世界が「理系」と「文系」の思考の仕方、あるいは向き不向きによって、どちらかに対する好奇心を手放す必要がないことを教えてくれた点にある。言葉にして教えられたわけではない。ただ、作品の壮絶な面白さと真相の切れ味の鋭さをもって高校生の私はそう捉え、そして、そこから数々刊行されていく森作品の新刊を楽しみにする十代最後の時間を送った。

本書『ψの悲劇』は、その森博嗣の鮮烈なデビュー作『すべてがFになる』に始まるS&Mシリーズの流れを汲んだGシリーズの十一作目だ。本書は全十二作で完結することが予告されており、つまりは最終巻のひとつ手前、ということになる。

前作『χの悲劇』から、Gシリーズは後期三部作に入った。それまでとは趣が異なる『χの悲劇』の始まりに、何らかの予感を感じた読者も多かったと思う。そして、そのラストの展開は、読者の予感を遥かに凌駕したはず。私もまた、興奮した一人だ。

その衝撃的な結末から続く今作『ψの悲劇』には、前作の主人公・島田文子を名乗る人物が登場する。それだけで、この小説を読む理由になる。

『χの悲劇』から始まる後期の三部作はエラリー・クイーンが別名義で発表した『ドルリー・レーン四部作』の『Xの悲劇』『Yの悲劇』といった作品を擬えて書かれた、いわば、それら名作へのオマージュ作品である。

『χの悲劇』がそうしたように、『ψの悲劇』でも『Yの悲劇』に多くを拠っている。失踪した元大学教授八田洋久は、名前の読み方は「ひろひさ」だが、親しい者たちから「ようく」と呼ばれていた。『Yの悲劇』で行方不明を伝えられる富豪の名はヨーク・ハッターである(――とその要素を掘り下げていくと、Gシリーズのファンである私はその名が登場しない人物に対してさえ勝手に思いを馳せたり、「まさかね」と首を振ったりもする)。作中の引用文も、同作からとられている。

『Yの悲劇』は、レーンの四部作中、最も傑作の呼び声が高い小説でもある(私も一番好きだ)。ただし、もしこの解説を本編より前に読んで、では、先にそちらを――と思ったのだとしたら、その必要はないということも書いておく。おそらく、『ψの悲劇』は『Yの悲劇』を知らずとも楽しめる。というか、未読の方がよいかもしれない。けれど、本書を読み終えた後に、読者にはいつか『Yの悲劇』に触れてほしい。そうすれば、あの作品を踏まえた上で、いかに著者が凄いアプローチをしたのかがわかり、おそらく二度、震えることができる。

先ほど「オマージュ」と書いたが、本書の場合、私にはこの「オマージュ」という言い方が実はしっくりこない。なぜなら、『ψの悲劇』で描かれた真相は、森作品の流れの中で予め書かれるべくして書かれたものだ、という気がしてならないからだ。Gシリーズ後期三部作に名作を擬える趣向は、その趣向の方が先にあったのか、それとも描かれるべきテーマの方が先にあったのか。どちらかわからないほどに、この『ψの悲劇』を迎えて分かちがたく結びついている。その形の美しさに慄き、だからそれはオマージュという言葉では到底、語り尽くせない。凄い、としか言いようがない。読者として、だからとても興奮する。

シリーズは残すところ、あと一作。『ωの悲劇』というタイトルが予告されている。「ω」を記して著者が描く新たな「悲劇」がどんな結末を迎えるのか、何を措いても見届けたい。

さて、冒頭、ひどく個人的な森作品との最初の出会いについて私が書かせてもらうことにしたのは、『ψの悲劇』の「解説」にそれが最もふさわしいと判断したからだ。もっと言うなら、他のシリーズとも合流するこの壮大なGシリーズ最終巻ひとつ手前の解説を自分が依頼されたのは、今、このタイミングでその影響についてを語れと言われたに等しいと思っている。

私は、高校時代に森博嗣の小説に触れ、その影響をとても受けている。森作品に登場するようなキャラクターを自分の手から生み出したいと願い、彼らの話す会話のセンスに魅了され、できることなら再現したいと試みる。自覚して意図的にそうしたというよりも、自分自身さえ気づかないレベルでそうしたものの方がおそらくは圧倒的に多い。自分ではわからないので、確かめられないが。影響とは得てしてそうした無意識に宿る。その影響に導かれる無意識の私は、果たして本当に「私」だろうか？

私と同じく森作品を愛し、その作品に影響を受けたことを、同じく作家の西尾維新が、本書が属するGシリーズの第一巻『φは壊れたね』に寄せた解説の中で

「もしもこれまでの人生、一冊の森博嗣も読んでいなかったら。これは僕がもっとも恐怖を感じるであろう問いかけのひとつです。」

という言葉で語っている。

本書『ψの悲劇』の中には、その名も「ψの悲劇」という小説が登場する。その小説を読んだ者たちは、そこに組み込まれたプログラムにより影響を受け、操られ、行動する。

影響を受ける、ということはつまり、そのものの思考に触れたことで、触発されるということだ。このような文章を書きたい、その思考を自分の中に組み込みたい。何かがインストールされる感覚とも近い。作家の場合は、とりわけ、その作家のようなものが書きたい、と強く切実に望む。それはプログラムによる導きさながらに。その影響の前には、「理系」と「文系」による分け方も存在しない。

私や西尾維新が、『すべてがFになる』が第一回の受賞作となったメフィスト賞出身の作家であることは必然だった。——と書くと、情緒的過ぎるだろうか。私や彼だけでなく、もっと広い、きっと多くの場所で、『すべてがFになる』に始まる様々な影響が今も走り続けているだろうと想像する。リアルタイムに森博嗣が切り開いていく一冊一冊を「新刊」として受け止めていたものが、今は歴史となって積み重なった世代でも、それはきっと変わらずに起こっているはずで、だから、歴史を体現してきた一人として、森作品が今も、悩める高校生の修学旅行中にバスの中で読まれることを願う。だけど、なぜ願うのだろう。これも操られているのだろうか?

作中「ψの悲劇」を読んだ人々に作用する影響がそれぞれに違うように、私と、別の誰かでは、おそらくその中に注がれた影響は違う表出の仕方をする。そして、そのそれぞれに違った表出部分に触れた別の誰かが、また次の小説や世代にそれを受け継ぐはずだ。森博嗣のデビューから四半世紀が経った世の中では、そこかしこに、作品が残した影響と、思考、思想が散らばる。何にも似ていなかった「新しさ」がやがて歴史になるというのはそういうことだ。著者が望むと望まざるとに限らず、それはもう回収できずに存在し、今この瞬間も「新しく」広がり続けていく。その様子は、まさに真賀田四季のいる世界の広がりと重なるように。あるいは、『ψの悲劇』の、「継承」と呼ぶにはあまりにも冷酷なラストの延長を見るように、「私たち」は「私」を生きていると信じながら、誰かの影を生きていく。

本書で示される真相とテーマは、現在における非現実と未来を描くようでいながら、今の私たちに起きていることそのもの、広がり続ける無意識の「私」という存在の意識と未来、孤独について描き出している。傑作である。

この先、森の存在も、その影響を受けた作家のさまざまな歴史も呑みこんだ先の小説とミステリは、どこに向かい、どんな作品が生まれるのか。それを考える時、作中の島田文子の言葉が蘇る。

時間は、未来に向かって、無限にあるのよ。

凡人である私は、自分の肉体がなくなった先の世界を見ることができない寂しさから逃れることはどうしたってできないが、森作品の新刊を読んだ後——とりわけ、Gシリーズ後期の小説を読み始めてからは、その寂しさから一刻、解き放たれることができる。純粋に、ただ、わくわくしてくる。

この気持ちも、導かれているのだろうか？

（初出／2021年6月　森博嗣『ψの悲劇』講談社文庫　解説）

対談

×藤巻亮太

若い時と今を比べなくていい

ミュージシャン・藤巻亮太さんと辻村さん。山梨の隣町出身で同級生の2人が、40代になった今の心境や、小説と音楽の創作の裏側について語ります。

構成／加藤千絵　写真／有村蓮

中学生の心が書ける理由

藤巻　お会いするのは、辻村さんが原作の映画『太陽の坐る場所』が公開された2014年以来ですかね。僕が楽曲を作らせていただいて、その縁で対談させてもらったら、同級生で同郷で、しかも隣町出身だったっていう。

辻村　お互いに40代になりましたね。自分が40代になる日が来るなんて。

藤巻　『はじめての』と『かがみの孤城』を読ませていただいたんですが、どちらも中学生たちが主人公で、なんでこんなに中学生の気持ちだとか、心の動きだとかが書けるんだろうなって。改めて、本当にすごいと思ったんです。

辻村　ありがとうございます。中学生の読者から「なんでこんなに僕たちの気持ちがわかるんですか」とか、「今の子たちに取材をしているんですか」と聞かれることがあるんですけれど、そう聞かれると実は寂しい部分もあって。私も昔中学生だったのに、10代の子どもたちからすると大人に見えてるんだなぁと考えると、不思議な感じなんですよね。でもかつては中学生だったんですよ！

藤巻　そうなんですよね。大人になると過去が大量になってくるから、経験値がすごく上がってきて、経験で語りたくなるじゃないですか。でも子どもってもっともっと生々しくて、過去なんか生きてない、今を未来に向かって生きてるから、過去の匂いがするものには敏感に気づく。そういう意味で、辻村さんは生々しく動いているものを捉えていて、未来に向かって生きているような感覚がずっとおありになるのかな、と思って。

辻村　子どものことが書けるのは、子どもがいるからじゃない？　って言われることがあるんですけど、そこは別物みたいな感覚で、あまりしっくりこなくて。自分の子ども時代を渡してない感じが、ずっと続いている気がします。

藤巻　渡してないというと？

辻村　下の世代にまだ譲っていないっていうか。私は自分の中の子どもの感覚でまだ書いているんですよね。いろんな書き方の作家さんがいると思うんですけど、『はじめての』を書いてる時も『かがみの孤城』を書いてる時も、中学の教室に戻って書いている感覚なんです。子どもはこう書けば子どもらしいというような、俯瞰は絶対にしてなくて。

藤巻　『はじめての』の登場人物は主に2人で、『かがみの孤城』は群像劇なんですけど、感覚としてはそれぞれの登場人物ごとにその人になりきって書くんですか？

辻村　そうですね、憑依型と呼ばれる書き方をしていると思います。1人ずつ書いていて、「もうこの人のこと嫌いだな」って思ってる時にはその人を本気で嫌いなんです。だけどいざ別の視点を取ると、

「あー、もうすごい好きだ」ってなったり。登場人物が会話を重ねる中で相手のことを好きになると私も好きになっていく、っていう書き方が続いています。

テーマを与えられた方が燃える？

藤巻　『はじめての』は4人の直木賞作家に「はじめての○○」というお題を出して書いてもらっているという一冊なんですが、「家出」をテーマにしたのは辻村さん自身なんですか？

辻村　そうですね。作家さんの並びを見た時に、私に振られてるのはきっと暗黒面担当だ、って思って、負のイメージの「はじめて」がいいと思って（笑）。

藤巻　シンプルに聞きたいんですけど、今回のようにテーマをもらって書き始めるものと、本当にゼロから作り上げていくものって、やっぱり違いますか？

辻村　藤巻さんもいろんなお題とか、誰かと何かの企画をすることがたくさんあると思うんですけど、お題をもらえた方が燃えたりしませんか？

藤巻　それ、昔からですか？

辻村　昔から割と。20代の頃はテーマを与えられた中で、ほかを制圧して一番おもしろいものを書いてやる！って思ってたんです。でも今はもう思えない（笑）。

藤巻　へー、どうして？

辻村　若い時はそうやって、誰かが読んだ時に一番心に残るものを、って思えたんですけど、40代になってくると、競うというより楽しもうという方が強くなって。全体で見た時に、自分は戦隊でいうと何色になりたいんだろう、みたいなことを考えて。（リーダーの）レッドを目指すことはあまりしなくなりました。

藤巻　やっぱ、20代はレッドを目指しますよね（笑）。

辻村　20代のがむしゃらにレッドを目指してた時の自分のことも大好きだし、嫌いじゃないんですけど、今は全体をプロデューサーみたいな目線で見られるようになった部分もあるし、「レッドだけが人に刺さるわけじゃない」ってことも分かるようになってきたんですよね。全員が１００点をつけてくれないかもしれないけど、この話を必要とする人が出会った時に１２０点つけたくなるような響き方って確実にある。

今回は、その出会いの前と後で人生が変わるような、そういう感じのことが書けたらなぁと思って書いた短編なんです。その一夜が自分にとって特別だったとか、出会いが特別だったとかって、渦中にいる時は意外と分からないものだと思うんです。だけど、数年経った時に「あそこがターニングポイントだったな」「あの夜があったからよかった」って思えたりするものじゃないかと。それが人との出会いじゃなかったとしても、あの曲に出会ったからとか、あの人に憧（あこが）れたからとか、振り返れば運命だった、っていうことがきっとある。だからこんな形の話になったんだろうなぁ、と。

創作には逆算がない

藤巻　今おっしゃったことってすごく分かりやすくって、本当にそうだなって思うんですよ。でも書き始める時って、そういうものを書きたいなと思って書き始めます？

辻村　あ、思わないです（笑）。

藤巻　ね！　そこがむずかしいんですよ。（創作には）逆算がないじゃないですか。

辻村　そうなんですよ。これを先に知ってればもっと楽に書けたのに、って毎回思う。

藤巻　書き終えてみるとそういうことだったんだな、って分かるんですけど、その実感から始まることってなかなかむずかしいですよね。どんなテーマで作るかとか、どんな作品になるかっていうのが分かってて作ることってなくって、作りながら気づいていくとか、テーマを掘っていくとか。それで、作り終えた時に自分が気づかされることの方が圧倒的に多くて。

辻村　だから名曲になるんですよ。小説も、テーマとか狙いありきでやると失敗しちゃうんだろうな、と思って。

藤巻　だから僕がこの歳になって一番きついなと思うのは、構造が分かってくること。

辻村　分かります、それも。

藤巻　理屈が分かってくると、みずみずしい部分が絶対減っていくはずなんですよ。

辻村　ほかの人の小説を読んでても、こういう構造でこうなって、って設計図が見える時があるんです。そうすると自分にもそれを応用しそうになりますし。だから最初から設計図が見えていて、設計図ありきで書く方もいっぱいいるとは思うんですけど、自分はそういうタイプじゃない方がいいのかな、と思っています。

藤巻　途中まで行って、「ああこれもうだめだ、書ききれない」ってなった小説はあるんですか？

辻村　『かがみの孤城』も、最初からすべての設定ができていたわけじゃないんですよ。城がどういうものかとか、私も気づいてなくて。

藤巻　分かった時にめちゃハッとしますからね。鳥肌立ちますよね。

辻村　ありがとうございます（笑）。作中で5月に始まって3月に終わる小説なんですけど、私の中で（登場人物の）それぞれの背景や城の秘密に気づけたのは「夏休み」くらいだった。それがなかったら収拾がつかなかった小説だと思います。

藤巻　すごいですよね。僕、辻村さんが脚本を書いたドラえもんの映画も観させていただいたんですが、理屈や構造を見事に人間関係に落とし込んでいきますよね。

辻村　たまたまできる、っていう感じになるので、いつもそれが起きなかったらどうしよう、って不安なんですよね。でも今までもどうにかなったし、って気持ちで飛び込んでいく感じ。長編と短編の書き方の違いを泳ぎにたとえると、短編は何となく岸は見えてるから、そこまでどういうタイムでどう泳ぐかを考えることができるんです。でも長編は岸から入る海でもなくって、どっかにヘリとかで連れて行かれて、いきなり下ろされる感覚です、どっちを向いてもどこが最短ルートなのかも分からない。

藤巻　めちゃめちゃ怖いですね。

辻村　そうなんですよ。だからたまに岸が見えてくると、見えた！　ってなる。

藤巻　その例えでいったら、ボツってる曲ってたくさんあって。

辻村　あー、もったいない！

藤巻　そんなこともなくて、やっぱり縁がないんですよね。書き始めたけど、どこに行くか分からない、ってことはあるんですか？　書き始めたら岸を探すんですか？

辻村　どんな形でも終わらせる、っていう、その一心ですね。

藤巻　肺活量がつきますね。泳ぎきる筋肉も（笑）。

甲府盆地に戻っていく

藤巻　僕は2012年にレミオロメンっていうバンドからソロになって、それが結構大きなことで。それももう10年経つんですけどね。

辻村　映画「太陽の坐る場所」がきっかけでお会いした時って、ちょうどソロになって2年目くらいでしたよね。山梨が舞台の作品でしたが、藤巻さんは当時からすごく地元への向き合い方が大人で、私は圧倒されていました。

藤巻　いやいや、そんなことないですよ。

辻村　隣町出身で、見てた景色がだいたい一緒なのに、私がずっと閉塞的に捉えていた部分や景色について藤巻さんがすごく感度の高い言葉で捉え直してて、衝撃だったんですよ。山梨は盆地で、四方が全部山だから、好きな本や音楽のような文化も山を越えて届いてくるイメージがあって。だからずっと作り手側が見えないし、10代の頃は周りに作家やミュージシャンもいなかったし、それが息苦しかった、っていう話をしていたら、藤巻さんは私と同じ感覚や景色を根っこにもった上で、「あの山の向こうには何があるんだろうってずっと気になってた」という風に語っていて。私が内に向けて考えていた、その外側をちゃんと見てた。なんてすてきな言葉で表現するんだろうって感動したんです。

藤巻　360度山だったので、「向こうに何があるんだろうな」みたいな好奇心はやっぱりありましたよ。でもそこから出て行って、いろんな経験をしていくと、「今どこにいるんだろうな」って分かんなくなる時があって。そういう時にまた、甲府盆地に戻っていく。自分が小さい頃、親に大事にしてもらったとか、愛情をもらったとか、良いことも悪いことも、友達の関係もあったなとか、何でこれをやっていいのか、やっちゃいけないのかとか、理屈にならない部分って人間にあると思うんですよ。「なぜなら」って言葉にならないものが。僕の場合はこの世に生まれてきて、音楽に出会えたからこそ、できることは一生懸命やりたいなって思うし、盆地の外に行ってもまた帰ってきたいなと思うし、そこに山梨の風景とか人間関係とか、何かあるんですよね。

辻村　やっぱり原風景に戻っていくんですね。

藤巻　原風景っていうのがいつぐらいの記憶なのか分からないんですけどね。辻村さんは山梨にいた10代から切れてない自分がずっといらっしゃる。今の中学生が読んで、「これ、私の話だ」とか「なんで私のこと分かるんだろう」と思える小説が書ける。その途切れずにずっといる、一貫した部分がすごいなと思いますよね。

辻村　たぶん、自分が悔いのない、楽しい学生生活を送っていたら、こんなにも学校や10代を舞台にしないと思うんです。そうじゃなかったから、何度も何度も教室に戻ってくる。あの頃は教室でうまくやれなかったし、なぜ自分がうまくやれないのか、さっぱり分からなかったんです。今大人になって、何度も何度も考えてきたことで、当時の自分が言語化できなかったものも今なら言語化できる。それを今の読者の人達が「自分のことみたい」って読んでくれるんだとしたら、自分にはすごくいっぱい弟や妹のような仲間がいたんだって思うし、みんなが感じてはいるけれど言葉にできていなかったってものを探して捕まえるのが小説家の仕事なのかな、と思いますね。

「テクニカル」のあやうさ

藤巻　自分にとって地元の山梨はすごく大事な風景なんですけど、本当に住んでいて書いたものと、東京で暮らすようになって書くものだとやっぱりどこかズレが出てくるような気がするんです。テクニック的な山梨っぽさとか、自然描写とか、そういうものは出したくないなぁとか。じゃあどこが落としどころになるかとか、曲作りには悩んでることが多いんですけど。

辻村　たぶん、それ、私も同じようなところに来ていますね。

藤巻　本当ですか、こんな作品が書けてらっしゃるのに（笑）。

辻村　悩みの一つとして、たとえば、どんな感じで作家を続けていきたいですか？　と聞かれた時に、一番の夢としてはずっと現役で書き続けていけること。もう一つは「手癖にならないこと」があるんです。20代の頃は「何が自分らしいかは自分が決める」って強く思っていたのが、30代くらいになるともう、「何が私らしいかは、読んでくれた読者がそれぞれ決めていいことだ」って思うようになったんです。でも今はそこに甘え続けると、求められている自分像を自分で2次創作し始めそうで、それが怖いなって思うところがあって。藤巻さんがテクニックっておっしゃいましたけど、テクニカルな10代を書くとか、テクニカルな風景を書くっていうことができるようになってきてしまう分、あやうさもすごく感じるので、藤巻さんが今まさにそこで踏みとどまろうとしてるんだって思うと、力がもらえます。

藤巻　いやー、すごく揺らぎますよね。おっしゃる通り、20代は何者でもなかったので、何者かになりたいエネルギーで突き進んだと思うし。周りのものを打破していくようなエネルギーで。それでもし、何者かになったとするならば、そこから周囲の期待に応（こた）えるのか、それをさらに壊していくのかっていうのは、本当に悩みが深いところで。そこは今、辻村さんはどんな感じなんですか？

辻村　光栄なことに、作家って書いた小説が時を経て映像化してもらえたり、舞台化してもらえたり、新しく命を吹き込んでもらえることがあるんです。そういう時に20代の自分が書いたものを見ると、「もうこれはできないな」ということもやっぱり目の当たりにする。年を取って成熟することもあるんでしょうけど、若い時に何も知らないからこそできたエネルギーみたいなものは絶対にありますよね。でも若い時にそれを書いたのも自分なら、今の自分も自分。「手癖になりたくない」って考える時に、若い時の自分が作ってきた作風と今を比べなくていいって自然と思えるようになって、そうなったらちょっと楽になりました。

カレーとパクチーソーダ

藤巻　周囲の期待に応えるということではどうですか？　「レミオのこういう感じが好きだ」っていうことに応えたいと思いながらも、今の自分とのズレを感じることがあって。20代、30代、40代と、どう過ごしてきたかとか、何が見えるかとかを歌ってくると、年齢的なものがすごく出てきてしまうんです。曲を作ることは自分なりに答えを出していくことなんですが、すごく引き裂かれるし、辻村さんはどうなのかな、と思って。

辻村　ちょうどそういうことを考えますよね。私は最近もう、書いた小説ごとに違っていい、と思っているんです。『かがみの孤城』とか『はじめての』収録の「ユーレイ」の作風は、自分の中ではカレーライスみたいなもので、みんなが好きだし、みんながきっと選んでくれる、っていう気持ちなんですけど、極北のすごく黒い感情みたいなものを書くこともあって。好き嫌いがあって当たり前って思うから、響く人が誰か一人でもいればいいという気持ちで送り出しています。ただ全ての小説をヒット作として売りたいって思ってくれてる出版社の人にはちょっと申し訳なくて、「これはもっとこういう風に展開すれば、広い層に届く」って言われても、「これはパクチーソーダみたいなものだからこれでいいです」って返してしまう（笑）。

藤巻　カレーにはならないって（笑）。

辻村　だってこれカレーライスじゃないから、でも好きな人は必要とするから、っていう感じに。広く薄くするより、そのもののよさを殺さずにいることの方が大事なんですよね。それが自由にできる状態を40代までに作っておけたことが、創作を続けてきた今の自分の財産なのかもしれないです。

藤巻　やっぱそこですよね～。

辻村　例えが変ですいません（笑）。

藤巻　そういう風に作品を生み出されてきて、ファンの方を獲得してきて、実績がそこにあるからできる冒険があって。

辻村　曲もそうだと思うんですけど、その時は受け手に刺さらなかったけど、時を経た時に、同じ人だけど状態が変わったことによって届くことってやっぱりあると思うんですよね。そう考えると、誰に何が刺さるか、に正解はないですよね。

創作のモチベーションは

藤巻　今は何が一番のモチベーションですか？

辻村　最終的に一番モチベーションになっているのは、「あれだけなりたかった職業だぞ」っていう昔の自分に対しての裏切れない気持ち。何かお仕事が来た時に、「スケジュールが……」ってなりそうな時も、それを断った時に10代の頃の自分に絶交されないかどうかをつい考えちゃうんです。「お前はそういうことがやりたくて作家になったんだろ」って怒られそうなものについては、忙しくても受けてしまうかも。10代の時に小説が大好きで、その世界に入りたいと思ってた時の自分くらい厳しく小説を読んでた人間を知らないので、あの時の自分が読んで「大人になってこんなの書くようになっちゃったんだ」って思われたらおしま

╳藤巻亮太　若い時と今を比べなくていい

いだな、とは思ってますね。藤巻さんの今のモチベーションって何ですか？

藤巻　ソロになってから何周もしてる部分ではあるんですけど、バンドの時って、美しく言えば、メンバーのためにがんばれたんです。曲を書くこともそうだし、これをがんばることでバンドが前に進むとか、バンドが維持できるとか。大変だったとしてもモチベーションをすごくもらっていたから、それがなくなった時にすごくむずかしくなって。自分だけのためにはそこまで書けないな、って思うところから始まって。１回、レミオとして社会との接点は得たんだけれども、藤巻亮太としてもう１回音楽を始めた人間だとするならば、その接点をちゃんと作って、その中で自分の役割を見つけて、経験値が増えていく中で新鮮なものに出会っていく。その感覚だけは忘れたくないなと思っていますね。

辻村　世界との接点を探してるんですね。

藤巻　接点みたいな感覚ってないですか？

辻村　接点がないって感じてる時は孤軍奮闘感があるんですけど、読者がついてくれたと信じられたことで、自分の仕事がきちんと繋(つな)がった感じがあります。藤巻さんはフェスも主催されていますよね？　多くの方と、間近な形で接するのがすごいなと思って。

藤巻　山梨の人に楽しんでもらいたいって気持ちがあるし、裏テーマとしては自分のフェスを開催すると、自分が尊敬するミュージシャンとの接点が生まれるんですよね。それは本当にありがたいことだと思っていて。歌い続けていくっていうのはすごく大事なことで、そこには新しい出会いがありますし、自分自身の中に色褪(あ)せない部分があることを再発見することもできる。今日、辻村さんに会ってこうしてお話しできたことも、すごく勉強になりました。

辻村　私も今日は励みになる言葉にたくさん出会えました。ありがとうございました。

藤巻　こちらこそ、ありがとうございました！

（初出／「好書好日」２０２２年９月10日）

藤巻亮太
ふじまき・りょうた

ミュージシャン。1980年生まれ。2003年にレミオロメンの一員としてメジャーデビューし、「3月9日」「粉雪」など数々のヒット曲を世に送り出す。2012年、ソロ活動を開始。

文庫解説

三浦しをん『ののはな通信』

（角川文庫）

文／辻村深月

本書を読み終え、あなたの胸に、今、誰の顔が浮かんでいるだろうか。

読書とは、本を読むこと。物語に身をゆだねること。必ずしも、自分の人生を照らし合わせることではない。そうわかっていても、どうしても「自分の物語」だと思わずにはいられない本が、世の中にはある。三浦しをんの『ののはな通信』は、私にとって――そして、おそらくは多くの「私たち」にとってそういう一冊だ。たまらなく心を持っていかれてしまう。これまで自分の歩いてきたどこかに、痛烈に気持ちが引き戻されてしまう。

主人公は野々原茜と牧田はな。ののとはな、二人の往復書簡だから「ののはな通信」。

二人は横浜にあるミッション系の女子校で出会う。庶民的な家庭で育ち、クールで毒舌なののと、外交官の家に生まれ、天真爛漫で、甘え上手なはな。手紙のやり取りは昭和59年の日付から始まる。漫画『日出処の天子』の展開に心躍らせ、グリコ森永事件の「かい人21面相」の名が登場するその時期に、二人は互いに向けてせっせと手紙を書く。明日、学校で会えるのに、速達で。他のクラスメイトと話すのとは別格の、自分たちだけが通じ合える文面を互いに送る。

その幸福に、私は息が詰まり、読みながら、何度も手が止まった。なぜなら、私はこのやり取りを知っているから。むせかえるほどの幸福と楽しさを湛(たた)え、相手に惹(ひ)かれていくまっすぐな情熱が伝われば伝わるほど、その純粋さに懐かしさとともに胸が痛んでいく。

だって、知っているから。こんなにも相手のすべてを受け入れ、自分が受け入れられたと心の底から思えた日々の先に、別れの予感があることを。

少女たちの手紙のやり取りは、誰かの秘密がとびきりのスパイスになる。多感な日々にナイショ話をかわす二人は、自分たちもまた「秘密」と無縁でいられない只中(ただなか)の時期にあることをまだ知らない。その「秘密」はある時は自覚的に、ある時は衝動を抑えきれずに、突如彼女たちに舞い降り、また襲いかかる。

いつしか、はなに友情以上の気持ちを抱いたののは玉砕覚悟で彼女に告白をする。衝動的だった秘密の告白は受け入れられ、しかし、その一方で、自覚的に踏み込んだはずのののある秘密が、はなへの裏切りとして、二人を長く苦しめることになる。

一章が終わるこの展開に至って、私の心は震えた。二人に別れが訪れたから、ではない。驚嘆した一番の理由、それはこの「運命の恋」を経た二人の物語が、その先も長く長く続いていることだった。ページはまだまだあり、その先に、この小説の真のすごさが広がっていた。

女子校で出会ったののとはな。なぜか気が合い、かけがえのない親友となった二人は、やがて恋人同士に。「運命の恋」を経て、少女たちは大人になる——。

本書のあらすじを書くとしたら、おそらくこうなる。私もきっとこう書く。けれど、実を言えば、本書を読む人たちには、できるだけ、他者がそう書くよりなかった言葉以外の在り方で、それぞれが胸に受け止めてほしいとどうしても願ってしまう。二人の関係の名前も、彼女たちに訪れた変化も、「親友」や「恋人」、「運命」や「大人」という言葉の枠にたやすくはまりきらない。逆に言えば、それくらい『ののはな通信』は、私たちが「大人になる」としか言いようがなかったものが本当はどういうことなのかを、つぶさに、鮮やかに教えてくれる物語だ。

高校時代に「運命の恋」を経て別れた後、はなはその持ち前の天真爛漫さでののにまた手紙を書き、彼女と再び繋がろうとする。最初は撥ね除けようとするののだったが、二人は再会する。

高校時代を描いた一章、大学時代を描いたこの二章ともに、相手に何をどこまで明かすか、秘密が巧みに隠され、混ぜ込まれる手紙のやり取りは、続きが気になってたまらないミステリー小説のようだ。互いの存在を特別なものと思いつつ、ののもはなも、それぞれ別の愛を知り、違う道を歩き始める。早熟だったののに対し、おっとりとして見えたはなが大学生になって初めて、目先のことではない「自分について」も語り始める。

二度目の別れを経て始まる三章では、二十代と三十代の大きな時間を隔て、二人は、「大人」になっている。ののはフリーのライターとして東京で暮らし、はなは大学時代に出会った外交官の夫について、アフリカ中西部のゾンダ共和国（本書を読んで、ネットで検索したりした人も多いと思います。リアリティの厚みがそれくらいすごいし、私も検索した一人ですが、どうやら架空の国です）で大使夫人として暮らしている。

四十代になった二人のメールのやり取りは「秘密」の色や匂いが、それまでとがらりと変わる。大人になった二人にとっての「秘密」とは、少女時代あんなにもキラキラと顔を輝かせて興じた娯楽ではもはやなく、互いにだけそっと打ち明けたい過去であり、心の中に密かに固めた決意や意思だ。

二人は、確かに「大人になっていた」。だけど、そこまでにしてきた選択や、静かに胸に沈めた決意は、まぎれもなくそれまでの彼女たちの生き方、考え方の延長にあるものだ。大人になることはそれまでの自分や過去と断絶することではなく、昨日までの自分と地続きであることを二人の手紙が語る。あんなにも互いをゆさぶった激しい恋も、苦い後悔の記憶も、切り捨てることなく、二人の中にちゃんとある。ののとはな、互いが互いに対して思う潔癖さが、二人の言葉を真正面から向き合わせる。砂に眠る神殿のような思い出を抱えたままの世界で、これまで読んできたあののと、あのはなが、今生きていることが伝わる。互いに対する理解や信頼、愛情が、やり取りした言葉の分だけ蓄積されて。

友だち、という言葉が便利な言葉だ、という言い回しが、学生時代ののの手紙に出てくる。この世に存在するどんな感情よりも深い思いをこめることもできれば、なんの思い入れもない知り合いを遠回しに表現することもできる、と。

関係性の名前を一つだと無条件に信じ、だからこそ純粋に怒り、泣き、狂おしいほどの幸福にも哀しみにも襲われた苛烈な日々を経て、〝大人になった〟二人の関係性には、名前がいらない。これこそが、「大人になる」ということそのものなのかもしれない。相手を想うのに、関係に名前を求める必要がなくなる。

ののとはなは女性同士であるがゆえに、交際していることも、していたことも、その関係をどう説明するかも、迷ったり、しらばっくれたりする。はっきりとした関係の名前がないことに、歯噛みしたくなることも、窮屈さや悔しさを感じることも、おそらくあった。けれど、「友だち」であり、「親友」であり、「恋人」であり「元恋人」で、互いに認める唯一無二の「運命の相手」でいられ、その関係にどんな名前も必要としないのに同時にどんな関係でもいられるのは、二人がともに女性であったからだという気がしてならない。

相手の知らない過去を秘密として、互いに打ち明けた手紙を読む時、それまでは、おそらくはどちらかに感情移入の比重を多くしていた私たち読者は、もう、ののでも、はなでもある。だから、悦子さんとの別れを伝えた後の返信で、はなが洩らす「ああ、のの!」の一文にこんなにも涙が出る。「外交官夫人会の女王だった」と打ち明けた手紙に返すののクールな「あなたったらほんとに自由なひと!」の言葉に、こんなにも胸がすく。

ラスト、離れた場所にいるはなに、ののが書き綴る手紙でこの物語は終わる。東日本大震災が起きてすぐの、二〇一一年の日付の手紙だ。

誰かを思い、手紙を書くことは、作中でののが書くように「知り、考え、想像すること」だ。

ののだけではなく、私たちは自分の人生を生きる時、無意識に、おそらくは大切な「誰か」に向けて心の中で手紙を書いている。今の自分が何をどう考え、それをどう捉えているか。相手から見た自分は今、どんなふうに見えるだろうか。たとえ二度と会うことがなくても、その人の幸せを願い、思う。

ののとはなの長い通信は、私たち読者が無意識に行っていた「誰かを思う」ということを、しなやかに可視化した物語だ。だから、読者の心がこんなにも波打つ。自分が接してきたあの人、途切れてしまったあの人、相手を想った狂おしい日々の全部が詰まって、読みながら、自分の人生のあの場面、この場面に気持ちが、心が、引き戻される。

他者と触れ合い、理解された日のすべてが満たされた喜び、後悔や裏切り、大切な存在だとわかっているからこそ見透かし、傷つけ、だけど、大好きだから何度も惹かれ合う。関係性の名前を一つだと無邪気に無条件に信じていられた十代二十代を経て、新しく何度も繋がり直すののとはなの手紙を読みながら、何度も胸が引き絞られ、涙があふれる。それは私が通ってきた道であり、通ることができなかった道だから。

天真爛漫を装ったはなが、勇気を出して、もう一度繋がろうと伸ばした手を、多くの「私たち」は、人生のどこかで相手に伸ばせなかった。あんなにも好きで、相手と一体化してしまいたいと願ったあの気持ちを、ののように勇気を持って恋だと認めることが、私はできただろうか。相手に伝えられただろうか。

恋に至らなかったあの思い出も、傍(はた)からは「運命」と名付けてもらえなかったけれど、確かに私の中にあった「運命」も、ののとはなの勇気を携えた長い往復書簡は、肯定してくれる。どのページにも、あの日の私や、選べなかった多くの私が息づいているから、私たち読者は、本書を「私の物語」と呼ぶ。

『ののはな通信』は、そういう、私たちにとっての特別な、大切な一冊だ。

三浦さん、書いてくれて、心の底からありがとう。

（初出／2021年6月　三浦しをん『ののはな通信』角川文庫　解説）

×松本理恵

誰かの人生をマシにする可能性

小説家・辻村さんとアニメ監督・松本理恵さん。
異なる業種にいるからこそ、尊敬の念を抱きあうお二人が考える「物語を作る」仕事について。

構成／兵藤育子　ⓒマガジンハウス

今から10年前、『ハケンアニメ!』を執筆する際、辻村深月さんはアニメ業界で働く様々な立場の人を取材。その中の一人が、20代にして高い評価を得ていた、アニメ監督の松本理恵さんだった。取材を機にプライベートでも交流を深めてきたふたりが、10年の歩みを振り返り、同志として、友人として、今、思うこと。

辻村　吉野耕平監督が『ハケンアニメ!』の映画を作る際に、理恵ちゃんに取材をしたそうですが、その節はお世話になりました。

松本　無事に完成してよかったです。自分の経験をいろいろ思い出しながら観ましたが、私にとってはサスペンスでした。開始5分で動悸が激しくなってきて……。もちろん、誰も悪くないんですよ!　ただアニメ業界の人間に、アニメを作っている映像を見せるのがやばいっていうだけで（笑）。

辻村　想像していなかった反応です（笑）。現場のリアリティが、それだけ映画で表現できていたっていうことなのかな?

松本　私は20歳でアニメ業界に入っていますが、今までアニメを作ることについてと、それに仕事として取り組むことの両立をあまり深く考えずに来てしまったなと思っていて、反省しているんです。辻村さんは文章を書くことと、それを仕事にすることをきちんと自分の中で確立している気がするので、新刊を送ってもらうたびに、すごいなあ、偉いなあって。

辻村　本を送るたびに、追い詰めてしまっていたとは（笑）。

松本　いえいえ、尊敬できる人の仕事が結局一番刺激になるので。自分のいる業界じゃない場所で活動しているクリエイターの作るものにたくさん影響を受けています。

辻村　それは私も一緒です。同時代のクリエイターが頑張っているのを見るとすごいなと思って、自分もやらねばという気持ちになります。でも、アニメが仕事ではなかったとしたら、理恵ちゃんにとってアニメとは果たして何？

松本　そこなんですよ。映画を観て、なんで私はアニメを作っているんだろうって考えたんですよね。そもそも仕事としてやるのであれば、労働とお金のバランスがとれていないといけないと思うんです。私は今までアニメを作ることを、時間とかお金で割り切ることができなくて、自分が納得できるまでやり続けるしかなかったんですけど、これって仕事とは呼べないなあと思って。5～6年前までは、それこそ監督なのだから何でもできないとまずいと思って、自分を追い込んでいた節もあったのだけど、みんなの想いが強い分、ぶつかり合うこともしょっちゅうで。長く続けるには、このままでいるとしんどいぞ……と思いまして。

辻村　監督は信頼を受けるけれども、時には憎まれ役も一手に引き受けなければならないポジションなんだなあって、話を聞くとあらためて感じます。それを理恵ちゃんは20代半ばからやっているっていうことが、こうして会っているときはいまだに想像がつかないんですよね。しかも一回の仕事に対する沸き方や爪痕の残し方が尋常じゃないから、小説のキャラ!?　って思います。『光のヨスガ』を作った伝説の王子監督〟ばりに〝弱冠25歳で『プリキュア』劇場版を初監督〟みたいなことを現実でやっている（笑）。そこはもう尊敬です。

この業界に来る人が希望を持てる場所にしないと

松本　もし今、アニメを題材に小説を書くとしたら、やっぱり監督を主役にすると思いますか？

辻村　すると思いますよ。

松本　私は今、同じように取材を申し込まれたら受ける自信がないから、10年前でよかった（笑）。

辻村　逆に、10年前はどうして受けてくれたんですか？

松本　無知だったからでしょうね。20代の頃はアニメ業界のこととかもあまり考えず、とにかく面白いものを作ればいいと思って、手元の作業だけに集中していました。それから経験を積んで、スタジオが変わったりしたこともあって、業界全体の問題とかも、やっと見えてくるようになるわけです。辻村さんと出会った頃は、そういうことまで思い至ってなかったから、何も考えず楽観的に引き受けられたんですよね。もし『ハケンアニメ！』とか、自分たちが作ったものを観て、アニメを仕事にしたいと思うような人がいるとしたら、その人たちがちゃんと希望を持てるよう、この業界にいる私たちがまずは変わらなければいけないっていう危機感は、すごくあります。

執筆時、松本理恵さんにも取材した『ハケンアニメ！』

辻村　それは深く腑に落ちます。私も『ハケンアニメ！』を書き始めた10年前と、40代になった今とでは、出版業界の見え方や、先輩・後輩に対する考え方が結構変わってきているので。以前は自分の小説についてだけを書いていればよかったけれど、これまで考えてこなかったことを考えなければいけないときが来ているんですよね。そうした問題を引き受けて、後に続く人たちが同じことで悩まないよう、自分のところで止めるか、それとも引き受けないほうを選ぶか問われるような場面が多くなっている気がします。30代の私だったら引き受けないほうを選んだのだろうけど、今は絶対に面倒になるのが見えているのに引き受けざるを得ない。理恵ちゃんはまだ30代だけど、キャリア的なところで考えると同じ状況にぶつかっているんだなと思いました。

松本　それぞれの業界に限った話ではなく、日本の社会全体が今までずっと知らんぷりしてきたことを、なんとかしたほうがいいっていう空気にようやくなってきたのかもしれないですね。

辻村　そう思います。あのとき理恵ちゃんに取材をさせてもらった後、私が「よかったら、これを機に友達になってほしいです」と言ったんですよね。そしたら「大人になってから、そんなことを言うなんてすごい」って驚かれて（笑）。だけどこうやって本当に友達になってくれたのは、なんてありがたいことだと思うし、仮に今、好きな監督として初めて会ったとしても、当時みたいな近づき方はできないと思うんですよね。だから、何も考えてなかったと思っている理恵ちゃんに、図々しく友達になろうと言えてよかったです。

松本　社交辞令だったのかもしれないのに、私は真に受けて、速攻、メールで映画に誘ったじゃないですか。あれも今考えると、恥ずかしくなるんですよね。本当に、何も考えてなくてよかった（笑）。辻村さんに対しては、この人と頑張って親しくならなきゃみたいな気負いを抱いたことが一切ないんです。頑張って友達になろうとすると大抵うまくいかないものだし、友達になれる人は、たぶん頑張る必要がないんですよね。

辻村　なるほど！　10代とか20代前半の頃のように、毎日連絡を取ったり、頻繁に会わなくても、友達でいられると自分が思えるようになったことが嬉しいんですよね。それは私の中で、年を取って得た素晴らしさのひとつかな。

松本　以前、六本木の美術館に一緒に行ったの、覚えてますか？

辻村　「マグリット展」ね。

松本　そうそう。あのとき私はメンタルが決壊寸前で、半日だけ休みをもらって出てきたんです。それで、自分の作品にいつも双子を出してしまうっていう悩みを、辻村さんにぶつぶつ話していて。そしたらルネ・マグリットの絵も、同じモチーフが何度も出てくるんですよね。こんなに超すごいとされている人でも、新しいことと並行して、繰り返さずにいられないテーマがあるんだな……と辻村さんと展示を観ながら自分もとりあえずそれを真似してみたらいいかなと思えてきて。一人だったら、こうは考えられなかったし、警戒しないでいられる人と一緒だったから、気がつけたんですよね。

辻村　あくまでも私の体感ですけど、基本的に理恵ちゃんは制作が始まると連絡が取れなくなって、ある日突然、ポン！と作品が世に出てくる。それを私が見て、また連絡が取れるようになるっていうイメージなんですよね。その意味でも、やっぱり特殊な仕事なんだろうなって思います。だから『京騒戯画』のときも、最終回が放送された直後に会いに来てくれて、すごく嬉しかったんです。嵐の中から陸に上がってきてくれたみたいな感じがして（笑）。

松本　もっと楽に作りたいですよ。電子レンジに入れて3分チンしたら、アニメができてたら超いいなっていつも思いますから（笑）。

傷つけられてきた側に寄り添うような道筋を選びたい

辻村　小さいときからアニメを見てきましたが、毎週同じ時間にテレビをつけると好きなアニメが当たり前のように放送されることのすごさを、『京騒戯画』のときに実感しました。『ハケンアニメ！』

×松本理恵

誰かの人生をマシにする可能性

も取材として申し込んだのは1回だけですけど、理恵ちゃんと出会ってアニメの制作現場のリアリティが自分の中に感覚としてインストールされたから、書けたことがたくさんありました。なんなら他の小説にも影響を受けていると思うし、受け手のことを常に考えるクリエイターであるところも一貫していて、共感できます。

松本　見る人のことを忘れるのが、一番ダメだと思っていて。良くも悪くもアニメはいろんな人が見るし、表現である以上、人を傷つける可能性もあれば誰かの人生をマシにする可能性もあるわけじゃないですか。そういう可能性を考えると、例えば悪いことばかりしていた父親が、最期にいいことをして死んだから、今までのことはチャラになるみたいな乱暴な表現は絶対にしたくない。物語にありがちな展開かもしれないけれど、傷つける側が楽になる方法ではなく、傷つけられてきた側に寄り添うような道筋を選びたいなと。

辻村　私が物語に対して持っている違和感として、『ハケンアニメ！』でも同じような葛藤を描いています。結局、私が子供のときに見て、刺さっているものって、ハッピーエンドではないかもしれないし、大人が教えるにしてはつらい真実かもしれないけれど、自分の信念や本気をちゃんと届けようとしてくれた物語なんですよね。

作り手として客観と主観のバランスをどう保つか

松本　駆け出しの頃の絵コンテって、面白いこととしてやろうっていう気持ちだけで描いているから、意味不明だったりするんですよね。例えばショックを起こす様子をいろんな角度から見せるとき、オチをなぜかサーモグラフィーで表現したことがあって。そしたらベテランの音響スタッフさんに、「サーモグラフィーにどんな音を付ければいいんだよ！」ってめちゃくちゃ怒られて。そのときの私は、「面白そうだから、入れちゃえ」ってノリで描いているから説明もできない。今考えてもバカだなって思うんですけど、一方でトンチキなことをやらなくなってきた自分が、面白くないなとも思うんです。自分自身が、後からたまげるような演出をしたいんですよね。

辻村　同感です。私も新人の方の小説を読んでいると、例えば今、ルッキズムを扱うとしたら、社会的な背景を配慮して避けるべき表現や設定が、キャリアが長くなったことでわかってしまう。だけど勢いで書けるのが新人の良さだし、もし今の私が持っているセオリーで、新人の頃の自分を矯正したら、つまらなくなるだろうなって思うんです。さっき理恵ちゃんが言ったように、受け手のことを考えるのは大前提なんですけど、考えすぎてつまらなくなる可能性もあるから、そのバランスを保つためにどう踏みとどまれるかが、今の自分には大事だったりします。

京都であって京都でない、カガミの都「鏡都」を舞台に、家族の再生という普遍的なテーマが描かれるTVアニメ「京騒戯画」。

松本　客観視が行きすぎると、だったら作らなくてもよくない？　ってことになりがちですよね。今まさにその悩みを抱えながら絵コンテを描き直していて、この葛藤を抜けたときに、新しい表現ができるといいなと思っています。

辻村　私の今の目標は、作家でい続けることと、手癖にならないことなんですよね。

松本　えー、手癖で書きましょうよ！　辻村さんが手癖で書いてると思ったら私も安心できるから。逃げ道を確保しておきたい（笑）。

辻村　いろいろ迷いつつ、頑張っているんだね（笑）。

松本　おかげで、そろそろ現場に行かなければ、という気持ちに今日はなりました。

辻村　集団の中に飛び込むスイッチが入ったら、しばらく連絡が取れなくなるだろうから寂しいけど、新作もすごく楽しみです。

松本　私、辻村さんにいつも甘えてますよね。だけど甘える人がいないから甘えてるんじゃなくて、甘えたいから甘えてるんです！

（初出／「ａｎａｎ」２０２２年５月25日号）

松本理恵

まつもと・りえ

2010年、25歳にして劇場版『ハートキャッチプリキュア！花の都でファッションショー・・・ですか!?』で監督を務め、高い評価を得る。監督作にTVアニメ『京騒戯画』『血界戦線』、webアニメ『ベイビーアイラブユーだぜ』、MV「GOTCHA！」など。

対談

×幾原邦彦

孤独が助け合う世界

2012年3月以来、10年ぶりとなる対談。
敬愛するアニメ監督・幾原邦彦さんと辻村さんが語り合う、創作の苦難と孤独。

構成／藤津亮太　写真／田上富實子

監督と作家双方が見る〝隣の庭〟

――『ハケンアニメ！』の原作小説には協力者のひとりとして幾原邦彦監督の名前が挙げられています。

辻村 アニメ業界を題材に小説を書くとなったときに、いろんな方に取材をお願いしました。幾原監督にもご自身のお仕事に関してや、今のアニメ業界についてどう見ていらっしゃるかなど、複合的にお話を聞きたくて取材をお願いしたんです。そうしたら快く受けてくださって。

幾原 辻村さんとはもともと『子どもたちは夜と遊ぶ』の文庫に解説を書いたという縁があって。

辻村 そうなんです！ 解説では「辻村深月は僕の妹だ。……なんてね」と書いてくださって。

幾原 小説を読んだら「共通の風景を見てきたな」っていうふうなディテールが随所にあったので、そういう書き方をしたんですよね。その後、食事でもという話になったんだけれど、そのときにはすでに前段として「アニメ業界を舞台にした小説を用意している」という話があったと思います。

――幾原監督はその『ハケンアニメ！』の小説や映画をどう思いましたか？

幾原 最初はね、ちょっと「嫌だな」と思ったんです（笑）。

辻村 だと思います（笑）。

幾原 いや、作品がどうのこうのではなく。自分の業界のことが書いてあると、読んでしまったら今後の自分の行動にバイアスがかかると思ったから。それで長い間、そのまま置いてた。でも、読まざるを得ないときが来たので原作を読み、辻村さんから舞台版にも招待していただいたんで舞台も見て。そういう距離感だったので、映画は最初から見ないようにしていた。でもいろんなところから「ご覧になりましたか？」って聞かれて（笑）。

辻村 （笑）。

幾原 公開されてから、すぐ近くのスタッフが「絶対見たほうがいい」って言ってきて。そのスタッフがなんで見たかを教えてくれたんだけど、「幾原をどうコントロールすればいいのかっていう参考に見た」って言っていて。

辻村 ええ!?

幾原 （笑）。それで見たんですけど、映画もすばらしかったです。お仕事ものでもあるんだけど、映画はバディものの部分を強調してあって、監督とプロデューサーがバディであるというところがよかったです。

辻村 ありがとうございます。いや……でも小説が出たときも、いろいろご迷惑をおかけしてしまったんじゃないかと、実は心配していて。幾原さんに取材をさせてもらったことで、（主人公のひとりである）王子千晴（おうじちはる）監督のモデルが幾原さんなんじゃないかと連想する方もいるかもしれないし、幾原さんの新作を待つ合間に「『ハケンアニメ!』を読んで待っていよう」みたいな感想をおっしゃる読者の方もいたりして……。

幾原　（笑）。

辻村　それで「あ、皆さん、そう思うのか」って著者として気づくところもありました。

幾原　そもそも僕、〝覇権〟したことないですから（笑）。

辻村　でも〝覇権〟と聞いて思い浮かべるインパクトを作品に備えた監督がやはり幾原さんなんだと思います。小説が出た後も、メールのやり取りの中などでは、そういう身の回りであったであろう騒がしいことに一切触れずにいつも要件だけ書いてくださっていて、そういうところも、とてもありがたく感じていました。

――幾原監督への取材は『ハケンアニメ!』にどんなふうに生きたのでしょうか。

辻村　ちょうど「輪るピングドラム」の企画が立ち上がって、走りだすころから取材をお願いしていて。だから最終回を迎えるまでの辺りは、幾原さんと恐れ多くも友人と言わせてもらえるような距離感だったので、「TVアニメのシリーズをひとつつくるってどういうことか」を目の当たりにできた感覚がすごくありました。それが参考になったからこそ、数字じゃなくて「10年残るアニメとはなんなのか」とか「いろんなかたちの〝覇権〟があるんだ」といった部分を、小説でもブレずに書けたのだと思います。

――辻村さんは、幾原作品のどの辺りにひかれているのでしょうか。

辻村　どこにつれていかれるかまったく予測がつかないところでしょうか。見ている最中に自分が今どこにいて、何を見てるかわからない。たとえば「ピングドラム」の高倉家は、内装も外装もファンシーです。だから「今回は美術のコンセプトがこういうテイストなんだな」とアニメ表現だと解釈して見るわけですけど、それが途中で現実世界とも地続きのすごい理由があることがわかってくる。そうやって先入観をひっくり返されて「だから、あのファンシーさと古びた鍋の生活感が混ざってたんだ!」となった瞬間に鳥肌が立つんです。こちらの思い込みをぶん殴られる感じ。うわべから想像していた遥か先にものすごい全体像が浮かび上がる、そういう瞬間を幾原作品にはどうしても期待してしまう。

幾原　そういう仕掛けってこちらとしては、そのつもりで仕込んでいるんですけど、うまく伝わるかどうかは運なんですよね。そういうふうに狙ってもそうはならないことがだいたいは普通で。だからそう感じてもらえたのだとしたら運がよかったのと、スタッフに恵まれたからだと思います。

辻村　スタート地点ではどれぐらい内容を決めていたんですか？

幾原　スタートは3人の兄弟妹が共同生活をしてるっていうところから始まってるんです。でもその段階では3人が本当の兄弟妹じゃないということは考えてないんですよ。

辻村　そうなんですか!?

幾原　最初は本当の兄弟妹だと思ってた。で、途中で「本当の兄弟妹じゃない」というふうにしたらどうだろうと考えるわけですけど、そこで迷いました。「本当の兄弟妹じゃなくなったら、みんな興ざめするんじゃないか？」って思うわけ。本当の兄弟妹だから無償の愛ということに説得力がなくなるんじゃないか、と。それで「裏切られた」と感じる視聴者もいるかもしれない。そういう葛藤は最初の段階でありました。でも、そうやって迷いながらも全体のアウトラインを作っていく過程で、覚悟が決まるんです。このストーリーラインをとるなら「兄弟妹のふりをして暮らしている人たち」でいくしかない。その時には自分のなかではもう答えが決まっているんです。でもそこに至るまではかなり考えました。

――そういう苦労もオリジナル企画の醍醐味だったりするのでしょうか。

幾原　どうだろう。ただオリジナル企画をやってると、ベースになるものがないから、視聴者がどう思うかは考えますね。そこをルーティーンでやっていくとズレが大きくなるんじゃないかな。だからある意味、自己否定をしながらやるようなところはある。だからすでに人気のある原作の魅力をうまくすくって映像化する人と、オリジナルをつくる人の使う〝筋肉〟は全然違うよね。

――小説家の視点から見ると、集団制作のリーダーであるアニメーション監督が、ちょっと不思議な仕事に見えたりしませんか？

辻村　そうなんですよ。監督さんって基本的に我が強いと思うんです。だけどスタッフに「こうしたい」ってお願いしないと進まない仕事もあるわけで……。

幾原　そうですね。

辻村　そこがもう想像できなくて。『ハケンアニメ！』ではアニメ業界を書けば書くほど魅力的に感じていたんですけれど、同時に「私には、アニメはきっと無理だ」と感じるところもあるんですよ。小説は何でもひとりでできるから、自分の責任をとるのも自分ひとりだし、そこはすごくシンプルなんです。でも監督という仕事はそうではないわけで、チームでつくることへのあこがれはありつつ、「想像を絶するな」という思いになり、ただ『ハケンアニメ！』で映画にかかわったことで、前よりは「みんなでつくる楽しさ」みたいなものはわかるようになりました。

幾原　みんなでつくっていると、それはそれでいろいろあるね。遭難もするし、途中で船ごと変えなくちゃいけなくなることもあるし。途中で「船長がいなくなった」みたいなこともね（笑）。

辻村　船長が行方不明！『ハケンアニメ！』で王子監督が失踪する展開を書いたら、アニメ業界の友人から「あんなことしたら、戻ってきたとき、席がありませんから」と指摘されたのですが（笑）。

幾原　まあでも、極端なことを言うと、船出が始まれば監督っていらないんです。方向性さえ決めたら「いなくても大丈夫です」っていうふうになるし、実際に手放してもかってに進んでいったりするんですよ。

――幾原監督は小説家に対してのあこがれはありますか？

幾原　それは……隣の芝生は青く見えるものなんで……。

辻村　そうなんですね（笑）。

幾原　あの、作家ってすごく孤独ですよね。その孤独さと戦わなくてはならないというのは、いちばん大事なポイントかなと思います。たとえば監督が誰とも会わないで部屋にこもって絵コンテをガリガリ描くとすると、それはかなり作家的な行為というふうに見えるかもしれない。でも自分なんかはそれをするとズレていってしまうような気がする。……何の仕事でもすねるのは簡単なんですよ。「外が悪いんだ」「分からないほうが悪いんだ」って。でもそうするとあっという間にはぐれちゃいますからね。すねたら終わりなんで、すねないためにも、自分は周りの力を借りていったほうがいいんじゃないかと思っていて。周りによく言ってるの。「助け合いです」って（笑）。

辻村　「助け合い」（笑）。

幾原　「みんなで互助ですよね」って（笑）。

辻村　どの辺りのタイミングでそう考えるようになったんですか？

幾原　20代のときですね。ちょうど「美少女戦士セーラームーン」をやっていたころですね。それまではブルドーザー的な感性でバリバリやっていて、何でも「それは僕にやらせて」って挙手してた。それがある日、ボキッと折れたんです。まったく立てなくなってしまって、鉛筆も持てない状態になってしまった。

辻村　20代で。

幾原　うん。そのときは、周りのスタッフに支えてもらって何とかしのいだんだけれど、それがきっかけで仕事のやり方を変えようと思った。ちょうどそのころ、東映動画（現・東映アニメーション）以外の制作会社の人と知り合うようになって、自分は東映動画という会社のルーティーンのなかでちょっと身動きが取れなくなっていたんじゃないかって考えるようにもなって。

辻村　そこからですか？　「互助です」って言えるようになったのは。

幾原　そうですね。それがきっかけです。

――辻村さんは、執筆に行き詰まったときにはどうしているのでしょうか？

辻村　今はもう締め切りのために書いてる感じですね（笑）。テニスみたいに、ボールが来たから打ち返すみたいな。それを続けているといつの間にか原稿がたまっているので、「よし、直しに入るか」っていう感じになるんです。

――「止まる瞬間」をつくらないという感じでしょうか？

辻村　そうですね。長く止まるときっと書けなくなっちゃうんじゃないかっていう怖さもあります。あと行き詰まりとは違うんですが、以前は書いているときに『器用な人だ』って思われてるんじゃないか」っていういらだちみたいなのと戦っていました。

――いらだちですか。

辻村　作家って、寡作で10年ぶりの新作で賞を取ったりするような人がかっこよく見えたりするところがありませんか？　そういう風潮をかってに感じて、「いいですね、それに比べて私なんて小器用に見えてるんでしょうね」って思っちゃうような時期があって。それは今考えると、ちょっといびつな姿勢だったなと思うんですが、そのころに会食の席である作家さんが「僕は辻村さんみたいに……」って話しはじめたことがあったんです。そのとき、私は「この後にきっと『辻村さんみたいに器用じゃないから』って続いて、で、本人にその自覚はないけど私は傷ついて帰るんだろうな」っていうことまで先回りして想像していたんですね。そうしたらその方は「僕は辻村さんみたいにストーリーテラーじゃないから」って言ってくれたんです。それを聞いてからは、そういういらだちから解放された気がします。いろんなタイプの作家がいるなかで、自分の特性というか、作家としていちばん大切にしたいものを「ストーリーテラーであること」というところに求めていいんだと思えるようになって。……そういえばきょうは幾原さんに聞きたいことがあるんです。

――どういうお話ですか？

辻村　幾原さんはいろんなインタビューで「今の若い人たちに必要とされるものを」というお話をされていますよね。「ピングドラム」のTVシリーズの時点でも、幾原さんは今の私より年上だったと思うんですが、そうやって「若い人に」と常に思い続けられる原動力ってなんだろうということをうかがいたかったんです。

幾原　どんなことだろう？

辻村　自分の感覚で言うと、結構最近まで自分のなかでは〝若者〟をやっていたんです。実際にティーンではなくなっても、気持ちのうえでは〝大人〟に殴りかかるようなつもりで書いていて。私自身としては、それは時代の変容とはあまり関係なく、自分が小さいころに思っていた普遍的に変わらないところに投げている感覚なんです。でも幾原さんは「今の若い人に」と作品ごと、時代ごとにメッセージを投げる先が刷新されている感じがして、そう思える原動力はどこからくるんだろうかって思っていたんです。

幾原　うーん、たとえば身の回りに若いスタッフがいたりすることもあるのかもしれないけれど、基本は辻村さんとそこまで変わらないんじゃないかな。自分はやっぱり10代に見たり読んだりした映画やアートで、人生観が変わったわけで。だからその時代時代の〝自分〟に向けて作品をつくりたいと思ってるところがあって。時代の変化みたいなものも考えるけど、基本はやっぱり〝自分〟にあると思う。

辻村　そうなんですね。私は文庫の解説で「幾原さんの妹」と光栄にも呼んでいただけたわけですけど、「ピングドラム」からさらに10年がたって、私から見た〝妹〟や〝弟〟が増えているということを感じます。説明され尽くさないからこそ演出や美術を楽しむことができる。幾原作品の〝そういう感じ〟が共有できる人たちがいるっていうだけで私はすごく心強い気持ちになれるんです。10代で「セーラームーン」や「少女革命ウテナ」を見ていたときの私にも仲間がいて、今の私にもやっぱりそういう仲間がいる、ということがとてもうれしいです。

（初出／「ニュータイプ」2022年9月号）

幾原邦彦

いくはら・くにひこ

1964年生まれ、徳島県出身。TVシリーズ「輪るピングドラム」(2011年)のほかにも近年「ユリ熊嵐」(15年)、「さらざんまい」(19年)などオリジナル作品を生み出している。

劇場版
『RE:cycle of the PENGUINDRUM』
Blu-ray BOX
【期間限定版】

「劇場版：RE:cycle of the PENGUINDRUM」
高倉家の双子の兄弟・冠葉と晶馬は病に冒された妹・陽毬の命を救うため、謎のペンギン帽に命じられた「ピングドラム」を探して奔走する。公式サイトでは、切り口の違う幾原×辻村対談を掲載中。
https://penguindrum-movie.jp/

文庫解説

宮下奈都『田舎の紳士服店のモデルの妻』

（文春文庫）

文／辻村深月

数年前、とある友人とこんな会話をしたことがある。

「高校の時に憧れてた彼が、地元に戻ったら、〝いいお父さん〟になっててショックだった。ちょっと太って、田舎の紳士服店で買ったみたいなコート着て。ほら、よく広告に載ってるような、こたつのマットみたいな生地の――」

ああ、ああいう感じの生地か。そして、彼女とは同郷ではないが、きっとうちの地元でいったらあの店みたいなところで買ったコートなんだろう。

「ショック」と言いながらも、彼女の口調は軽やかで、そしてちらりと悔しそうでもあった。地元で再会したその彼は、おそらく幸せそうだったのだろう。誰かの家の〝いいお父さん〟をしている彼の妻は、自分ではない誰かで、その家は彼女の家ではない。

バカにするとも、強がるとも微妙に違う、「過去の憧れ」と「ショック」。「地元」という言葉で表現された「田舎」と「紳士服店」。たわいないこの会話を、それでも何か引っかかりとともに私はずっと忘れられなかった。だからだろう。宮下奈都さんの新刊のタイトルが『田舎の紳士服店のモデルの妻』だと知った時、私はいてもたってもいられずに書店に走った。

「0年」と書かれた章から、物語は始まる。

主人公、竜胆梨々子は、夫・達郎のうつ病を機に、彼の故郷である町に引っ越すことになる。東京から、何もない「田舎」へ。潤と歩人、二人の子どもを連れて。

出会ったばかりの頃の達郎は、梨々子にとって「光る男」だった。海外営業部のホープで、「閃光」であり「芳香」だった。その光が現実の夫となり、薄れ始めている。そんな日々の中、田舎へ移る。いるもの、いらないものを東京の家で振り分け、息子の幼稚園で一緒になった筒石さんからは、「お餞別」として「十年日記」をもらう。


田舎に移る、ということは、多くの場合「左遷」のような形で語られることが多い。

冒頭の「0年」は、梨々子のこの先10年への予感に満ちている。気の進まぬ田舎行きに、彼女はここから折り合いをつけていくのではないか。日記を綴りながら、きっと、そこでの日々をゆるやかに肯定していくのだろう。派手なことがなくても、自分の居場所と幸福を見つけていくのであろう――。そんな、通り一遍の予感を抱いてページをめくり、そして、「2年」、「4年」と「10年」までの章を読んで、そんなふうに高を括っていた自分の思いあがりを恥じた。

ここには、「折り合い」も「ゆるやか」も、「肯定」も「居場所」も、そんな言葉をまるごと跳ね返して相手にしない、そういう日々と感情がある。そんな言葉ではとても束ねられない、これは竜胆梨々子の物語だ。

本書が単行本として刊行された際、帯にあった紹介文は、「愛おしい『普通の私』の物語」だった。そして、この『普通の私』を、私は無意識に見くびっていたのだ。本の向こうから思わぬ激しさをもって、

――どっこい、生きている。

と彼女から叱られた気がした。

タイトルは「妻」だが、家族内での梨々子の立場は、一般的に

言われる「お母さん」だ。お父さん、お母さん、お兄ちゃん、弟。よく見られる、家族構成。

そして、多くの家庭の場合、「お母さん」は、おそらく最初から「お母さん」だ。特に、子どもにとっては物心ついた時からそうだ。「お父さんの妻」で、「おばあちゃんの娘」。性別ということであれば「女の人」だということを、事実としては知っている。けれど、それがどういうことか、深く考えることはない。「お母さん」という立場で思考が止まり、その「お母さん」が妻として悩んだり、娘として時に立ち止まったり、恋をしたり、という彼女の背景にまで気持ちが及ぶのは、おそらく、仰ぎ見ていた「お母さん」と自分が同年代になってからではないだろうか。

梨々子と、私の年は近い。結婚して子どもがいるという点では立場も近い。しかし、読んでいる間、私の思考と視点は、梨々子の気持ちに寄り添う一方で、一つところにとどまらず、何度も夫や子どもたちに移った。自分が幼かった頃に見た母の背中を梨々子に重ね、気づけない鈍感な夫の立場になって、妻としての梨々子に弁解したくなる。

家族の中で、「当たり前」においしい麻婆豆腐を作ることが期待された妻や母だって、「当たり前」を提供することに葛藤がないとはいえない。

「お母さん」は恋などしないものだと、私もずっと思ってきた。ドラマや小説の中で見る不倫や浮気——、離婚ですら一部の特別な家庭にしか起こりえない、「当たり前」の場所にはないものだと、そう無条件に信じてこられた自分の脳天気さに呆れるとともに、若き日の母に思いを馳せる。当たり前に家族の中で「お母さん」というポジションを貫き、子どもに疑問を抱かせぬまま日々をともに過ごす。光の薄れた夫と生きることを選ぶ。多くの「お母さん」がこうやって生きている。

そして、「0年」の梨々子と近い場所にいる私は、10年後の自分を想像することがまだできない。しかし、家族の中で無事に「お母さん」でいられるのか不安に思う時に、この小説を思い出すであろうことだけは、もう漠然と、予感できている。

この本を、普通の「母」や「妻」の向こうにある背景の話、とだけ読まないでほしい。梨々子は、作中、自分が何者かでない、ということをすでに知っている。達郎や、潤や、歩人。自分の家族にとってのみ、代わりのきかない存在だということを認め、けれど、家族という繋(つな)がりだけで無条件につながり合っているわけではないということも、自覚しすぎるほど自覚している。

　私はひとりだ。

という梨々子の気づきは、それほどに深い。

　家族ひとつひとつに、その家族の形があり、「妻」や「母」ひとりひとりに違う個性とそれぞれの事情がある。しかし、たとえ芸能人と気持ちが通い合う恋をするような事件があろうと、竜胆梨々子の物語と想いは誰にとっても普遍的だ。だから、この話が『普通の私』の物語」と描写されることに意味がある。この小説は、とても強い。

　今回、この解説をお受けするにあたって、宮下さんと担当の編集者がこの話を『イナツマ』と略されているのを耳にした。「『イナツマ』の解説を、お願いできないでしょうか」。その耳に心地よい『イナツマ』の響きを聞いてしまったら、断ることなど考えられなかった。

　優しく、愛おしむように略された『イナツマ』は、著者の宮下さんにとっても大事な一冊なのだろう。ここに託された宮下さんの愛情と、導かれたラストに見える梨々子の表情をどうかたくさんの人に見てほしいと、そう、願った。

　田舎に暮らす、ということはその場所の地図を、心と体に沁(し)み込ませていくということだ。

　この場所にはこの人がいて、ここの場所にはこの思い出があって、と、顔の見える人たちの中で、土地の地図を豊かにしていく。自分の日々を重ねる日記と、この地図とを持っている梨々子の口から咄嗟(とっさ)に出た、惚(ほ)れ惚れするような方言を、皆に聞いてほしいと、心から思う。

　田舎の紳士服店で買ったようなコートを着た、かつての思い人にショックを受けた私の友人にも、ぜひ届けたい。しあわせと不幸は、コート一枚には表れない。

10年後の自分を想像できない私だけれど、宮下さんと、そのかけがえのない『イナツマ』から、10年後を先取りするようにして、もう教えてもらったことがいくつかある。

一番大きいのは、きっと、その時自分がたとえどんな問題を抱えていようと、葛藤していようと、あの瞬間を迎えられるのだろうということだ。何の前触れもなく、じわじわとお腹から波がやってくるみたいに、他に何もいらないと思えるほどの圧倒的なしあわせが、「普通の私」にもきっと来る。

先取りにそれを知りながらこれからの10年を生きられる私は、宮下さんと梨々子に深く感謝しながら、きっと日々を送る。

私だけでなく。

多くの「妻」と「母」の足下を灯台のように静かに照らす、この小説は光だ。

（初出／2013年6月　宮下奈都『田舎の紳士服店のモデルの妻』文春文庫　解説）

辻村深月がおすすめ！ ホラーミステリ5選

2021年、辻村深月さん初の本格ホラーミステリ長編『闇祓』が刊行されました。学校、団地、会社など、さまざまなコミュニティに蔓延（まんえん）する名前のないハラスメント。その根源にいるのは誰か？ 恐怖と謎が共存する力作の刊行を記念し、辻村さんにおすすめのホラーミステリ5作を選んでいただきました。辻村さんが目標とする名作から、玄人好みの心霊ドキュメンタリーまで。辻村さんの「好き」が詰まった5作は、『闇祓』を楽しむための副読本になりそうです。熱い推薦コメントとともにお楽しみください！

構成／朝宮運河

1 ホラーを書くうえでの偉大な目標

綾辻行人
『緋色の囁き〈新装改訂版〉』（講談社文庫）

綾辻さんのホラーミステリといえば『Another』はもちろん素晴らしいんですけど、大好き過ぎてあちこちで語っているので、今回は『緋色の囁き』について語れたら。綾辻さんがデビュー間もない時期に書かれた「囁き」シリーズの第1作です。「囁き」シリーズは3作どれもそれぞれに素晴らしいんですけど、最初に読んだこともあって『緋色の囁き』には特に強く衝撃を受けました。これを読めば『Another』を書くはるか前から、綾辻さんのホラーミステリはすごかった！ ということが伝わると思いますし、このシリーズの先に『Another』があることに感動を覚える読者も多いと思います。

全体の「絵」が素晴らしいですよね。全寮制の女子高に魔女を自称する少女たちがいて、残酷な殺人事件が起きる。綾辻さんの作品はどれも世界観が完成されていますが、『緋色の囁き』もそうです。漢字と仮名の使い分けや、ページの下の方に書かれるリフレインなど、文章の描写や技法も素晴らしく、読んでいると酩酊（めいてい）感を感じます。小説ができることってこんなにすごいのか、と心が震えました。

しかもホラーの魅力で引っ張りながら、最終的にはミステリとして鮮やかな驚きが待っている。完全にやられました。綾辻さんのホラーミステリを読んだことで、その後、自分が「ホラー作品」

というものに対して期待するハードルがすごく上がったと思っています。

ミステリ作家がホラーを書くとはこういうことだというお手本を、10代にして刷り込まれた感じでしょうか。もし自分がホラーミステリを書くなら、綾辻さんのような仕事ができなければ挑む意味がないとずっと思ってきました。ホラーミステリを書きたいと思ってから長い時間が経ちましたが、『闇祓』でなんとか及第点が出せていれば嬉しいです。

2 世界最小のホラーミステリ

吉田悠軌『一行怪談』（PHP文芸文庫）

オカルト研究家の吉田悠軌さんの小説集です。一行怪談とは「題名は入らない」「文章に句点は一つ」などのルールからなるたった一行の怪談。どれもごく短いんですが、冒頭とラストで景色が変わって、ミステリ的な面白さを味わえます。

「カッターで切り裂いた手首からざりざりと米粒だけが流れ落ちるのを見た時、彼女はやっと、両親が自分を愛してくれない理由が分かったのだという。」や「寝る時に必ず、洗濯機を回し続けることだけは忘れないよう願いますが、それさえ守ればたいへんお得な物件だと思いますよ。」など、一編のホラーミステリ映画を見ているようです。文章も美しいし、アイデアも豊富だし、吉田さん天才だなと。自分では書けそうにないですが、こんな作品が書けたら楽しいでしょうね。

一行をざっと読んだその後で、どういうことなんだろう？　とこっちの想像力が試されるような作品もあって、頭の中に見えている像を補うその作業もとてもミステリ的だと思います。ホラーにおける様式の美しさが詰まっているので、若い方にもぜひ読んでほしいです。

3 心霊ドキュメンタリーの〝アベンジャーズ〟

寺内康太郎監督『心霊マスターテープ』

私は『ほんとにあった！呪いのビデオ』や『Not Found』などのいわゆる心霊ドキュメンタリーが大好きなんですが、そんな中、心を摑まれたのが、寺内康太郎監督の『心霊マスタ

ーテープ』。これまで心霊ドキュメンタリーに関わってきた有名ディレクターやスタッフが登場する、いわばこのジャンルの『アベンジャーズ』のような作品です。……この言い方に複雑な思いを抱える登場人物の葛藤の場面も登場するので迷ったのですが、おすすめする際のわかりやすさを優先させて、『アベンジャーズ』呼び、今は許して下さい（笑）。

シーズン1の第1話に登場するのが『残穢　住んではいけない部屋』の中村義洋監督！　スタッフが中村監督のところに取材に行くと、監督が新しい心霊ドキュメンタリーの準備をしていて……、というところから始まるんですが、実はこれはドキュメンタリー風に撮られたドラマ。出演者の皆さんが芸達者で引き込まれます。

この作品はフィクションですが、心霊ドキュメンタリーにどんな作品があり、どんなクリエイターがいるのか、これを見ておけばよく分かりますし、ホラー好きが結集した作品だけに恐怖演出も多彩で楽しませてくれます。ところでわたしがこの作品の存在に気づいたのは、シーズン2が始まってからなんですよ。こんなにも心霊ドキュメンタリーを愛しているはずなのに！　と不覚をとったことにしばらく落ち込みました（笑）。

あと、その後に作られた谷口猛監督の『心霊マスターテープーＥＹＥー』も素晴らしいです。谷口監督は寺内監督の作品にも登場していた方ですが、寺内さんからのバトンを受けて谷口さんのテイストでシリーズが引き継がれていった過程にも胸が熱くなります。

4 「人を殺せる」怪談を探すという新しさ

新名智『虚魚』（ＫＡＤＯＫＡＷＡ）

私が選考委員を務めた第41回横溝正史ミステリ＆ホラー大賞の受賞作です。賞の名前に「ミステリ＆ホラー」と入っていても、おそらくは、どちらかの魅力が突出したものが受賞する傾向にあるのだろうと思いつつ毎年候補作を読むのですが、この小説は優れたホラーであり、かつ本格ミステリの構造を持っているということで、選考会でも盛り上がりました。

主人公は怪談師で「人を殺せる」怪談を探している。それを「呪いか祟りで死にたい」という思いを持つ同居人のカナちゃんに試していく――というストーリーなのですが、この設定がまず新しくて、冒頭から心躍りました。「この話を聞いた人のところには二日以内に〇〇が」「あの存在を見てしまった者には不幸が」というのは怪談の常套句であるのに、それをこんなにも真剣に試し検証していく長編ってそういえば読んだことがなかった、と。

　作中に登場する怪談も、現実にありそうな雰囲気を守りながらも、どれもオリジナリティがあって引き込まれます。何より、怪談をただ並べていくというわけではなくて、それが社会の中で「語られる」ものであるという姿勢が一貫してブレないのが素晴らしいんです。怪談が語られる影響がどう波及するか、人はなぜ怪談を語るのか、という大きなテーマに迫っていきます。

　その先に待ち受けるクライマックスもすごくよくて、実際に圧倒的な「怪異」の存在を目の前にしたらきっとこんなふうに見えるのかもしれないという臨場感があって息を呑みました。

　この小説がデビュー作ということにまず驚きますが、これから先のご活躍が楽しみです。「オレ、新名智はデビューの時から読んでたよ」と人に自慢したい方は、ぜひ今のうちに読んでおいてください！

5 怪異への合理的なアプローチ

小野不由美（おのふゆみ）「ゴーストハント」シリーズ（角川文庫）

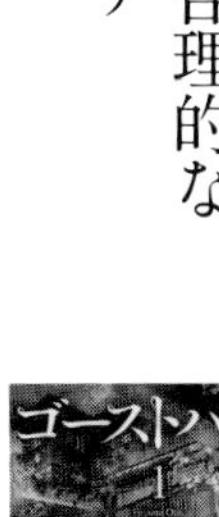

　最後はやはり小野不由美さんの「ゴーストハント」。これは決定的な影響を受けた本なので外せません。心霊現象の調査事務所・渋谷サイキックリサーチの面々が、心霊現象に立ち向かうという全7巻のシリーズです。このシリーズがすごいのは、怪異に向かうスタンスが合理的であること。怪しい現象が起こってもすぐに怪異だとは決めつけずに、考えられる可能性をすべて検討するんです。その手続きがホラーでありつつ、ミステリなんですよね。
　洋館ものあり、学校怪談ありと、あらゆるホラーのパターンを味わえるのも魅力的。主人公の高校生・谷山麻衣（たにやままい）をはじめとするレギュラー陣も魅力があって、巻が進むにつれて全員のことが好きになると思います。
　なおこのシリーズには『悪夢の棲む家　ゴースト・ハント』（講談社X文庫ホワイトハート）という続編があって、それがまた素晴らしいんです。シリーズ全7巻を経て、少し大人になったキャラクターのその後が描かれていて、思わず感動です。ただし、怖いですよ（笑）。

（初出／「カドブン」2021年11月5日）

辻村深月の人生を変えたアニメ5選

アニメのあのシーン、あのセリフに、笑ったり感動したり勇気が出たり……。「アニメを観てきたことは、作家としての武器であり財産」と言い切る辻村さんに語っていただきました。

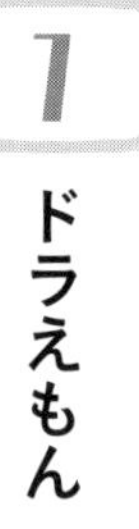

ドラえもん

これなくして今の自分はないと言えるほどに大切なのが、藤子・F・不二雄先生の作品。特に『ドラえもん』は私にとってのOSみたいな感じで、人格形成にまで影響を受けていると思います。こういうことをしたら人としてダメだというのを教えてもらったし、お話作りのお手本としてもあらゆる基礎がつまった一番の教科書です。テレビアニメ版と映画版、どちらも好きなのですが、今でも毎週放送されていることに幸せを感じます。

©藤子プロ・小学館・テレビ朝日・シンエイ・ADK

2 銀河鉄道999

特に夢中になったのは劇場版。周りの男子はメーテルに夢中になっていたけれど、私は女海賊・エメラルダスの強さに惹かれました。彼女はトチローという男の人のことが好きで、彼のことをずっと探しているんです。告白したり、結ばれることを前提としないで、自分の心の中だけで好きな人のことを想い続ける恋愛の形があってもいいし、それがすごく素敵だなと思えた作品。エメラルダスとトチローは、私にとって理想のカップルです。

©松本零士・東映アニメーション

構成／兵藤育子

3 新世紀エヴァンゲリオン

高校生のときに放送された作品で、私と同世代で影響を受けていない人はほぼいないはず。内容の深刻さやシリアスさもですが、人間の弱さを描くテーマなど禁忌がないところが斬新でした。これまでアニメを観ていなかった子を含め、教室のあちこちでみんながアニメの話をオープンにするようになったのも当時は衝撃でした。それまでアニメを観なかった子とビデオの貸し借りをするようになったり、人によって見方が違うのも新鮮でした。

©カラー／project Eva.

4 絶対無敵ライジンオー

私が理想とする、ロボットアニメのすべてがつまった作品。クラスメイトが地球防衛組として団結して悪と戦うのですが、大事な模試の最中に出動要請があったりして、小学生の普通の悩みと地球を救う重大な任務が同居している。アニメはこうであってほしいと思うんです。最終回も衝撃的で、子どもをなめていない。自分が子どもに向けて何か書くときは、大人も面白いと思えるものでなければ通用しないのだと、常々言い聞かせています。

©サンライズ

5 少女革命ウテナ

この作品がなければ、今と同じ形で小説を書いていることはなかったと思います。最初に感動して、もう一度観直したらフェミニズムの話として完璧な一本の歴史を見せられた気持ちになって。これを作った幾原邦彦監督が男性であることにも、すごく勇気づけられました。主人公たちやこのアニメを作った人に軽蔑（けいべつ）される生き方はしたくない、自分の好きなことを貫きたい、という規範になる部分がたくさんあって、女性として人として生きていく上でも大きく支えられました。

©ビーパパス・さいとうちほ／小学館・少革委員会・テレビ東京
©1999少女革命ウテナ製作委員会

（初出／「ａｎａｎ」２０１７年12月6日号）

辻村深月　全作品リスト

※2023年3月現在
※単著のみ

1　冷たい校舎の時は止まる
（2004年6月～8月 講談社ノベルス【上・中・下】／2007年8月 講談社文庫【上・下】／2019年6月 講談社限定愛蔵版）

2　子どもたちは夜と遊ぶ
（2005年5月 講談社ノベルス【上・下】／2008年5月 講談社文庫【上・下】）

3　凍りのくじら
（2005年11月 講談社ノベルス／2008年11月 講談社文庫）

4　ぼくのメジャースプーン
（2006年4月 講談社ノベルス／2009年4月 講談社文庫）

5　スロウハイツの神様
（2007年1月 講談社ノベルス【上・下】／2010年1月 講談社文庫【上・下】）

6　名前探しの放課後
（2007年12月 講談社【上・下】／2010年9月 講談社文庫【上・下】）

7　ロードムービー
（2008年10月 講談社／2010年9月 講談社ノベルス／2011年9月 講談社文庫／2013年8月 講談社青い鳥文庫 絵：toi8）

8　太陽の坐る場所
（2008年12月 文藝春秋／2011年6月 文春文庫）

9　ふちなしのかがみ
（2009年6月 KADOKAWA／2012年6月 角川文庫）

10　ゼロ、ハチ、ゼロ、ナナ。
（2009年9月 講談社／2012年4月 講談社文庫）

11　V．T．R．
（2010年2月 講談社ノベルス／2013年2月 講談社文庫）

12　光待つ場所へ
（2010年6月 講談社／2012年6月 講談社ノベルス／2013年9月 講談社文庫）

13　ツナグ
（2010年10月 新潮社／2012年9月 新潮文庫）

14　本日は大安なり
（2011年2月 KADOKAWA／2014年1月 角川文庫）

15　オーダーメイド殺人クラブ
（2011年5月 集英社／2015年5月 集英社文庫）

16　水底フェスタ
（2011年8月 文藝春秋／2014年8月 文春文庫）

17 **ネオカル日和**
（2011年11月 毎日新聞社／2015年10月 講談社文庫）

18 **サクラ咲く**
（2012年3月 光文社／2014年3月 光文社文庫）

19 **鍵のない夢を見る**
（2012年5月 文藝春秋／2015年7月 文春文庫）

20 **島はぼくらと**
（2013年6月 講談社／2016年7月 講談社文庫）

21 **盲目的な恋と友情**
（2014年5月 新潮社／2017年2月 新潮文庫）

22 **ハケンアニメ！**
（2014年8月 マガジンハウス／2017年9月 マガジンハウス文庫）

23 **家族シアター**
（2014年10月 講談社／2018年4月 講談社文庫）

24 **朝が来る**
（2015年6月 文藝春秋／2018年9月 文春文庫）

25 **きのうの影踏み**
（2015年9月 KADOKAWA／2018年8月 角川文庫）

26 **図書室で暮らしたい**
（2015年11月 講談社／2020年10月 講談社文庫）

27 **東京會舘とわたし**
（2016年7月 毎日新聞出版【上（旧館）・下（新館）】／
2019年9月 文春文庫【上（旧館）・下（新館）】）

28 **クローバーナイト**
（2016年11月 光文社／2019年11月 光文社文庫）

29 **かがみの孤城**
（2017年5月 ポプラ社／2021年3月 ポプラ文庫【上・下】／
2022年3月 ポプラキミノベル【上・下】）

30 **青空と逃げる**
（2018年3月 中央公論新社／2021年7月 中公文庫）

31 **噛みあわない会話と、ある過去について**
（2018年6月 講談社／2021年10月 講談社文庫）

32 **小説 映画ドラえもん のび太の月面探査記**
（2019年2月 小学館／2019年2月 小学館ジュニア文庫／
2022年3月 小学館文庫）

33 **傲慢と善良**
（2019年3月 朝日新聞出版／2022年9月 朝日文庫）

34 **すきって いわなきゃ だめ？**
（絵：今日マチ子 2019年5月 岩崎書店）

35 **ツナグ 想い人の心得**
（2019年10月 新潮社／2022年7月 新潮文庫）

36 **琥珀の夏**
（2021年6月 文藝春秋）

37 **闇祓**
（2021年10月 KADOKAWA）

38 **レジェンドアニメ！**
（2022年3月 マガジンハウス）

39 **嘘つきジェンガ**
（2022年8月 文藝春秋）

各紙誌に掲載された記事は再収録にあたって加筆修正しています。

辻村深月（つじむら　みづき）

1980年2月29日生まれ。千葉大学教育学部卒業。2004年『冷たい校舎の時は止まる』でメフィスト賞を受賞しデビュー。11年『ツナグ』で吉川英治文学新人賞、12年『鍵のない夢を見る』で直木三十五賞を受賞。18年には『かがみの孤城』で本屋大賞第1位に。主な著書に『スロウハイツの神様』『V.T.R.』『ハケンアニメ！』『島はぼくらと』『朝が来る』『傲慢と善良』『琥珀の夏』『闇祓』『嘘つきジェンガ』などがある。23年6月に最新長編『この夏の星を見る』を刊行予定。

Another side of 辻村深月（アナザー サイド オブ つじむら みづき）

2023年3月24日　初版発行
2023年4月20日　再版発行

著者／辻村深月（つじむら みづき）

発行者／山下直久

発行／株式会社KADOKAWA
〒102-8177　東京都千代田区富士見2-13-3
電話　0570-002-301（ナビダイヤル）

印刷・製本／大日本印刷株式会社

ISBN 978-4-04-113449-8　C0095

大切な人との絆を感じる、傑作怪異短篇集

『きのうの影踏み』

辻村深月

角川文庫

本日は大安なり
辻村深月
角川文庫
つ
14-2
辻村深月
本日は大安なり
角川文庫